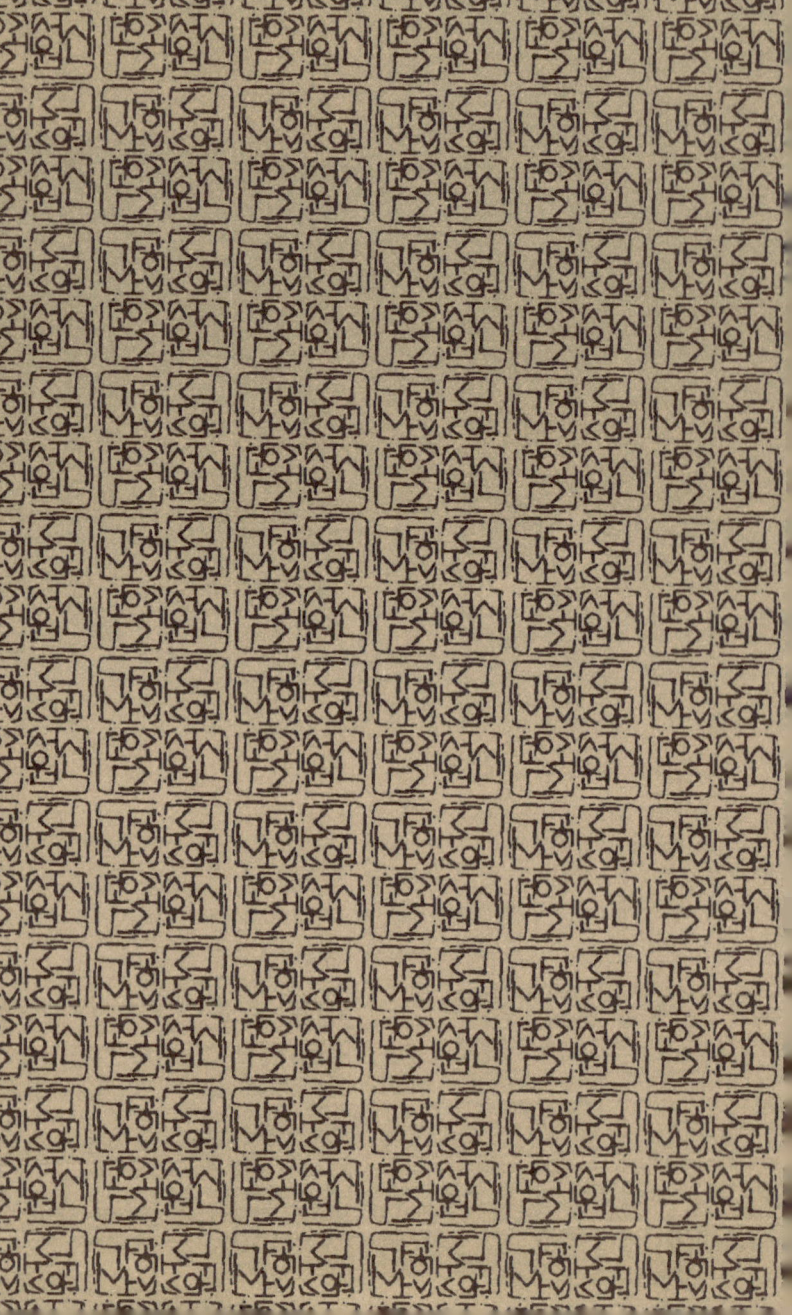

봉신연의 3

지은이 허중림
옮긴이 김장환

도서출판 신서원

역사여행 19 **봉신연의 3**

2008년 6월 20일 초판1쇄 인쇄
2008년 6월 25일 초판1쇄 발행

지은이 ▪ 許仲琳
옮긴이 ▪ 김장환
펴낸이 ▪ 임성렬
펴낸곳 ▪ 도서출판 신서원
　서울시 종로구 교남동 47-2 협신빌딩 209호
　전화 : 739-0222·3　팩스 : 739-0224
　등록번호 : 제300-1994-183호(1994.11.9)
　ISBN 978-89-7940-719-8

신서원은 부모의 서가에서 자녀의 책꽂이로
'대물림'할 수 있기를 바라며 책을 만들고 있습니다.
잘못된 책은 연락주세요.

목차

23 문왕이 밤에 비웅의 조짐을 꿈꾸다 ▪ 5

24 위수에서 문왕이 강자아를 찾아가다 ▪ 23

25 소달기가 천자의 연회에 요괴들을 초대하다 ▪ 49

26 달기가 계략을 세워 비간을 해치다 ▪ 67

27 문 태사가 회군하여 열 가지 대책을 진언하다 ▪ 91

28 강자아가 군대를 일으켜 숭후호를 치다 ▪ 115

29 숭후호를 참수하고 문왕은 후사를 부탁하다 ▪ 135

30 주기가 부성윙에게 반역하라고 부추기다 ▪ 155

31 문 태사가 군사를 몰아 황비호를 주격하다 ▪ 181

32 황천화가 동관에서 부친을 만나다 ▪ 199

33 황비호가 수에서 크게 싸우다 ▪ 217

34 황비호가 주나라에 귀순하여 강자아를 만나다 ▪ 237

35 조전이 서기의 일을 정탐하다 ▪ 257

36 장계방이 조칙을 받들어 서쪽 정벌에 나서다 ▪ 277

文王夜夢飛熊兆

문왕이 밤에
비웅의 조짐을 꿈꾸다

문왕이 서기의 각 성문에 토목공사 계획을 내걸자 깜짝 놀란 군민軍民들이 다투어 그 고시를 보러 모여들었다. 글이 다음과 같은 적혀 있었다.

서백 문왕이 군민들에게 알리노라! 서기 경내는 도덕의 고장으로 병기나 무력을 사용하는 근심없이 백성은 평안하고 물자는 넉넉하여 송사가 줄고 관리는 청렴하도다. 짐이 유리에 갇혀 고초를 겪었으나 이제 사면의 은혜를 입고 귀국했도다. 요즈음 홍수 등 재앙이 자주 일어나는 것을 보고 조사해 보니 재앙과 상서로움을 점칠 단壇이 하나도 없었도다. 어제 성 서쪽으로 관에 속한 땅 한 곳을 보아두었는데, 그곳에 대를 하나 짓고 '영대'라 이름하여 바람과 기후를 점치고 백성의 재앙을 미리 살피고자 하노라. 그러나 토목공사가 번잡하여 여러 군민들의 힘을 상하게 할까 걱정이도다. 특별히 매일 은전 한 냥씩을 쓰도록 지급할 것이다. 이 공사 역시 기일에 구애받음 없이 백성들이 편한 대로 하겠으니, 공사에 참여하기를 원하는 자는 곧 이름을 올려주면 즉시 급료를 지급할 것이며, 만일 원치 않는 자는 각자의 일에 종사하도록 하라. 결코 강제하지 않겠노라. 여러 사람들에게 이 사실을 알려주기 바라노라.

서기의 군민들이 포고문을 보고 모두들 기뻐하며 입을 모아 말했다.

"대왕의 은덕이 하늘같은데 무슨 보상을 바라리오! 우리가 해 뜨면 즐거이 놀고 해 지면 숙소에 돌아와 태평의 복을 앉아서 누리는 것이 모두 다 대왕이 내리신 은덕인데, 이제 대왕께서 영대를 짓고자 하면서 공전工錢까지 주시겠다 하시다니! 우리가 비록 온몸이 땅에 구르고 손발에 군살이 박힌다 한들 또한 달게 여길 것인데, 하물며 우리 백성의 재앙과 상서로움을 점치기 위해 지으신다니 어찌 대왕님께 공전을 요구하리오!"

전체군민이 모두 기뻐하지 않는 자가 없었으며, 진

정으로 힘써 누대 짓기를 자원했다. 산의생이 민심이 이와 같음을 알고 사실대로 대전 안으로 들어가 아뢰었더니 문왕이 말했다.

"군민들이 그와 같은 마음을 먹었다니, 속히 교지를 전하여 은전을 나누어 주도록 하게나."

뭇 백성들이 모두 받기를 마치자, 문왕이 산의생에게 말했다.

"이제 길일을 택하여 땅을 파고 공사를 일으키시게."

백성들은 성심성의껏 진흙을 나르고 나무를 베어 누대를 지었다. 만 1개월이 안되어 영대가 다 완성되었다. 문왕이 크게 기뻐하며 문무백관과 함께 성곽을 나가 영대에까지 이르러 보니 대들보의 조각과 그림하며 우뚝 솟은 누대는 참으로 일대장관이었다.

문왕이 문무양반을 거느리고 영대에 올라 사방을 둘러보았다. 문왕은 그다지 기뻐하는 표정이 아니었다. 상대부 산의생이 반열에서 나와 아뢰었다.

"오늘 영대가 완공되었는데 대왕께서는 어찌 기뻐하지 않으십니까?"

"기쁘지 않은 것이 아니네. 이 대가 비록 훌륭하기는 하나 대 아래에 '물·불이 이미 건너니, 음양이 서로 짝하네'라는 뜻에 어울리는 연못 하나가 모자라기 때문이야. 연못을 다시 하나 만들고는 싶으나, 백성들의 힘을 수고롭게 할까 짐의 마음이 무거울 따름이네."

"영대의 공사가 이처럼 컸어도 얼마 걸리지 않아 완성되었는데, 하물며 대 아래에 연못 하나 만드는 공사야 어찌 어려운 일이겠습니까?"

산의생이 곧 왕의 뜻을 전했다. 말이 다 끝나기도 전에 백성들이 크게 외쳤다.

"자그마한 연못 하나쯤 무엇이 어렵겠나이까? 심려 마소서!"

사람들이 곧 삽과 괭이를 가지고 나와 일시에 흙을 쳐냈다. 그러던 중 누군가가 백골 하나를 파내 길에 던졌다. 문왕이 대 위에 있다가 이 광경을 보고 물었다.

"백성들이 던진 물건이 무엇이오?"

좌우에서 아뢰었다.

"땅을 파다가 인골 하나를 발견하여 사람들이 이것을 버린 것입니다."

문왕이 급히 뜻을 전해 백성들에게 명했다.

"백골을 가져다가 한곳에 모아 상자에 담아라. 높은 언덕에 잘 묻어야지 어찌 함부로 버린단 말이냐! 짐이 연못을 파라고 해서 이 해골이 드러났으니 이는 실로 짐의 죄라 하겠노라."

사람들이 이 말을 듣고 큰소리로 외쳤다.

"성군의 덕이 백골에까지 미치니 우리 백성들에게야 이슬비의 은혜가 아니 적실까? 참으로 인의를 널리 베푸시고 천심에 합당한 도를 펴시니, 서기의 만민들이 부모를 얻은 것일세!"

백성들이 환성을 올리며 크게 기뻐했다. 문왕은 영대에서 연못 파는 것을 보다가 어느새 날이 점점 어두워져 돌아갈 수가 없게 되었다. 왕은 문무백관을 거느리고 영대 위에서 잔치를 베풀어 군신이 함께 즐거워했다. 자리가 파한 뒤 문무신하들은 대 아래서 편안히 쉬었고, 왕은 대 위에서 수놓은 침대를 펴고 잠이 들었다.

잠이 들어 마침 꿈을 꾸었는데, 갑자기 동남쪽에서 흰 이마를 하고 겨드랑이에 한 쌍의 날개가 있는 맹호 한 마리가 나타나 휘장 안으로 달려들었다. 왕이 급히 좌우를 불렀으나 단지 대 뒤에서 큰소리가 울리더니 불빛이 하늘로 치솟았다.

문왕이 깜짝 놀라 잠을 깨어나니 온몸이 땀에 흥건히 젖어 있었고 밖에서는 이미 3경을 알리고 있었다. 왕이 생각했다.

'이 꿈은 흉몽인가, 길몽인가? 날이 밝을 때를 기다려 다시 상의해 보아야겠군.'

다음날 아침 문무신하가 영대에 올라 알현이 끝나자 문왕이 말했다.

"대부 산의생은 어디 있는가?"

산의생이 반열에서 나와 예를 갖추어 말했다.

"어인 일로 부르시나이까?"

문왕이 어젯밤 꿈 얘기를 소상히 알렸다. 다 듣고 난 산의생이 몸을 굽혀 축하하며 말했다.

"이 꿈은 대왕께서 크게 길하실 징조입니다. 대왕께서는 동량이 될 신하를 얻으실 터인데, 대단한 현인으로 풍후風后나 이윤伊尹에 뒤지지 않을 인물일 것입니다."

"경은 어째서 그렇게 생각하시는가?"

"옛날 상나라 고종高宗은 일찍이 비웅의 꿈을 꾸고 나서 벽돌공사장에서 부열傅說을 얻었나이다. 오늘 주공께서 날개달린 호랑이를 꿈에 보았는데, 그것은 바로 곰이옵고 대 뒤에서 불빛을 보신 것은 바로 불로 사물을 단련한다는 뜻입니다. 서쪽은 오행 중 금金에 속하는데 쇠는 불에 의해 단련됩니다. 차가운 쇠를 단련하면 반드시 큰 그릇을 이룰 것입니다. 이는 바로 주周를 흥하게 할 큰 길조이므로 신이 특별히 기뻐 축하드린 것입니다."

신하들이 이를 듣고 목소리를 합하여 모두들 축하하고 칭송했다.

한편 강자아姜子牙는 마씨와 헤어진 뒤 반계磻溪에 은거하면서 매일매일 위수渭水가에서 낚시를 드리우며 지냈다. 그렇게 오로지 때를 지키고 천명을 기다리면서, 한가롭거나 바쁘거나를 막론하고 날마다 『황정경黃庭經』을 독송하며 도를 깨닫고자 수도했다. 마음이 답답할 때면 푸른 버드나무에 기대어 낚싯줄을 드리웠고, 고요히 흐르는 강물을 바라보며 남몰래 눈물도 흘리곤 했다. 또 때때로 마음속에 곤륜산崑崙山이 떠오르면 사부의 도덕을 잊을 수 없어 아침저녁으로 근심이 서려왔다. 하루는 낚싯대를 잡은 채 탄식하며 시를 지었다.

> 스스로 곤륜을 떠나온 지
> 어느덧 스물네 해.
> 상商의 도읍에 반년간 있으면서
> 임금 앞에서 직간했지.
> 그곳을 버리고 서토로 돌아와
> 반계에서 낚시하네
> 언제나 참주인 만나
> 구름 헤치고 다시 하늘을 보려나?

자아는 시를 다 읊고 나서 수양버들 아래에 앉았다. 도도히 흐르는 물은 다함도 쉼도 없이 밤새도록 동쪽으로 흘러가면서 숱한 인간의 고통을 견뎌내는 듯했다. '청산과 유수는 예전 그대로인데 옛날과 지금이란 모두 헛된 것이네'라는 말이 바로 이것이었다. 자아가 탄식을 마쳤을 때 어떤 사람의 노랫소리가 들려왔다.

> 산에 올라 고개넘어 쾅쾅 나무 찍는 소리.
> 큰 도끼 걸메고 가서 마른 등나무 찍었다네.
> 벼랑 앞에선 토끼가 뛰고,
> 산 뒤에선 사슴들이 짝 찾는 소리.
> 나뭇가지 끝에선 이름 모를 새들이 날고
> 버드나무 밖에선 꾀꼬리 우네.
> 푸른 소나무, 전나무, 측백나무들이 그곳에 있고,
> 자두는 희어라, 복숭아는 붉어라.
> 근심없는 나무꾼
> 허리춤 돈이야 있어 무엇하리.
> 땔나무 한 짐 지고 가서 쌀 석 되로 바꾸고,
> 때로는 채소 뜯어 술 두 병을 산다네.
> 달과 대작한다면
> 외로운 숲이언정 어찌 아니 즐거울까?
> 깊은 산 그윽한 곳,
> 첩첩 싸인 골짜기엔 들리느니 바람소리.
> 기이한 꽃 이름 모를 풀 해 뜨면 다퉈 피어나니,
> 여유롭게 소요하며 마음 가는 대로 오간다네.

나무꾼은 노래를 마치자 땔나무 짐을 받쳐놓고 잠시 쉬다가 자아에게 물었다.

"노인장! 내가 여기에서 자주 뵙는데, 매일같이 낚싯대를 잡고 고기를 낚고 있으니 나와 당신은 하나의 고사故事 같구려."

"무슨 고사 같다는 거요?"

"저와 당신은 '어부와 나무꾼의 문답'을 닮았소."

자아가 크게 기뻐하며 대꾸했다.

"'어부와 나무꾼의 문답'이라, 거 좋죠."

"노인장의 성씨가 무엇이고 어디 사시는데, 무슨 연고로 예까지 오셨는지요?"

"나는 동해의 허주사람으로 이름은 강상, 자는 자아, 그리고 도호道號는 비웅飛熊이외다."

나무꾼이 듣고 나더니 너털웃음을 그치지 않았.

자아가 나무꾼에게 물었다.

"당신은 이름이 어떻게 되오?"

"저는 이름이 무길武吉이고 조상은 서기西岐사람이오."

"당신은 내가 명호를 말하자 계속 웃고만 있으니 어인 까닭이오?"

"방금 비웅飛熊이 도호라고 말씀하셔서 웃었습니다."

"사람마다 호가 있는데, 어째서 우습단 말이오?"

봉신연의 3 13

"옛사람들은 고명한 선비나 성인·현인이라야 가슴 가득 주옥같은 재주와 끝없이 수놓은 듯한 훌륭함을 숨기고 있어서 풍후風后·노팽老彭·부열傅說·상상常桑·이윤伊尹과 같은 이들이나 그 호를 불렀소. 그런데 당신도 이런 호가 있다니 이름과 실제가 어울리지 않아 웃었을 뿐입니다. 늘 보아하니 버드나무에 기댄 채 낚싯줄이나 드리우고 특별히 하는 일도 없으니 융통성이라고는 전혀 없는 수주대토守株待兎 격이어서 그러했습니다. 그저 맑은 물이나 바라보고 앉아 있을 뿐 무슨 고명한 식견도 없는 듯한데 어찌 도호까지 들먹이니 가당키나 한 일입니까?"

무길이 말을 마치고 낚싯대를 들어보니 낚싯줄 끝에 바늘이 하나 붙어 있는데 끝이 구부러지지 않은 것이었다. 나무꾼은 손뼉을 쳐가며 더욱 크게 웃어대며 말했다.

"노인장의 이 낚싯바늘은 어째서 구부러지지 않았소? 옛말에 '향기로운 미끼로 금거북을 낚는다'고 했소. 내 한 가지 방법을 알려주리다. 이 바늘을 불에 발갛게 달구어 두드려 갈고리 모양으로 만들고 그 위에 향기로운 미끼를 거시오. 그리고 낚싯줄에 찌를 달면 물고기가 와서 물 때 찌가 움직일 것이외다. 그러면 물고기가 온 것을 알아채고 한번 위로 채서 낚싯바늘로 아가미를 꿰게 해야 비로소 잉어를 얻을 수 있소. 이것이 바로 물고기를 잡는 방법이오. 이렇게 생긴 낚싯바늘로는 3년 아니라 1백 년을 기다려 봐야 한 마리도 잡을 수 없을 게요. 보아하니 엔간히도 어리석은 분 같은데 호는 어찌 터무니없이 비웅이라 하셨습니까?"

자아가 웃으며 말했다.

"당신은 하나만 알지 둘은 모르는구려. 늙은이가 여기서 겉으로는 낚시를 하고 있지만 내 뜻은 물고기에 있지 않소. 내가 지금은 여기 있지만 청운의 꿈을 안고 마침내 길을 얻어 떨치고 일어나 하늘로 뛰어오를 텐데, 어찌 굽은 낚싯바늘로 고기나 낚겠소! 이는 장부의 할 바가 아니라오. 내 차라리 곧은 것 가운데서는 취할지언정 굽은 것에서는 구하지 않을 것이오. 비단잉어 같은 물고기를 위함이 아니라 단지 왕조의 흥성을 낚으려 하는 것이라오. 내게 그럴 듯한 시가 있으니 들어보시겠소?"

짧은 낚싯대에 긴 낚싯줄로 반계를 지키니,
이 계책을 누구라 알리오?
임금과 만나기 위해 낚시질을 하는데,
어찌 마음이 물속의 물고기에 있으리!

무길은 다 듣고 나서 크게 웃으며 말했다.

"이 양반 왕후王侯가 될 생각이시구먼! 노인장 얼굴 생김생김을 보니 왕후는커녕 꼭 원숭이 같구려!"

자아도 웃으며 말했다.

"당신은 내 얼굴생김이 왕후를 닮지 않았다고 하지만, 나 역시 당신을 보아하니 뭐 좋은 곳이 없구려."

"그래도 내 얼굴생김이 노인장보다야 조금 낫소. 내 비록 나무꾼이지만 노인장보다야 더 유쾌하오. 봄이면 복숭아와 살구를 보고, 여름이면 붉은 연꽃을 즐기고, 가을에는 노란 국화를 보고, 겨울에는 매화와 소나무를 감상한다오."

자아가 정색하며 말했다.

"그런 유의 관상이 아니오. 내 당신 얼굴의 기색을 보니 별로 좋은 것 같지 않소."

"내 기색이 어떻게 좋지 않다는 말이오?"

"당신 왼쪽 눈은 푸른데 오른쪽 눈이 붉은 걸 보니, 오늘 성에 들어가 사람을 쳐죽일 상이오."

무길이 듣고 나서 나무라며 말했다.

"노인장과 그저 농담삼아 하는 말인데 어찌 그리 독살스러운 말로 사람의 마음을 상하게 하시오?"

무길은 화를 내며 땔나무 짐을 짊어지고 일어섰다. 그가 짐을 지고 서기성 안으로 들어가 남문에 이르렀을 때 갑자기 문왕의 수레와 마주쳤다. 왕은 재앙과 상서로

움의 징조를 점치러 영대로 가는 길이었다. 양편의 시위군들이 크게 외쳤다.

"대왕님 수레시다. 물렀거라!"

시장통 길은 너무 좁았다. 무길은 땔나무 짐을 다른 어깨에 바꿔지느라 머리를 숙이고 짐을 추스르다 그만 문을 지키던 군인 왕상王相을 옆문에 끼이게 하여 그 자리에서 죽이고 말았다. 양편에 있던 사람들이 크게 외쳤다.

"나무꾼이 수문군守門軍을 죽였다!"

즉시 잡아 왕에게 보였다.

"대왕마마, 이 나무꾼이 그만 수문군 왕상을 죽게 했습니다."

문왕이 말 위에서 물었다.

"나무꾼은 이름이 무엇이냐? 어찌하여 왕상을 죽게 했느냐?"

무길이 아뢰었다.

"소인은 서기의 양민으로 무길이라 합니다. 대왕의 수레가 오는 것을 보고 피하려는데 도로가 너무 좁고 힘이 들어 나뭇짐을 바꿔지다가 그만 잘못해서 왕상을 죽게 했나이다."

왕이 말했다.

"무길은 왕상을 죽게 했으니 마땅히 목숨으로 보상

해야 한다는 것쯤은 알겠지?"

곧 남문 밖에 땅에 금을 그어 감옥을 만들고 나무를 세워 옥리로 삼아 무길을 그곳에 가둔 채 영대로 갔다. 이것은 은나라 주왕 때 땅에 금을 긋고 감옥을 만든 일을 본뜬 것으로서 서기에만 이런 관행이 남아 있었다.

동·남·북에 이어 조가에도 금옥禁獄이 있었지만 오직 서기만은 문왕이 하늘의 운수를 점치는 것으로 인해 화복에 차이가 없었다. 이 때문에 백성들은 감히 도망가 숨을 수 없었고, 그러므로 땅에 금을 그어 감옥을 만들어도 백성들은 감히 도망하지 못했다.

어쩌다 도망가는 자가 생기면 문왕이 직접 점을 쳐서 알아내 갑절의 죄를 내렸다. 이 때문에 사납고 교활한 백성들까지도 공법을 받들어 지켰다.

무길은 사흘간 갇혀 있어 집으로 돌아갈 수 없었다.

'의지할 데 없는 어머님께서는 마을어귀에서 내가 돌아오기만을 기다리고 계시겠지? 내가 이 지경이 되어 있는 줄은 꿈에도 모르실 거야!'

어머님 생각에 무길은 그만 소리 놓아 울었다. 행인들이 사방에서 쳐다보았다. 그때 산의생이 남문을 지나다가 무길의 비통한 울음소리를 듣고 물었다.

"너는 일전에 왕상을 죽게 했다. 사람을 죽였으니 마

땅히 벌을 받는 것인데 어찌하여 큰소리로 운단 말이냐?"

무길이 아뢰었다.

"소인이 불행하게도 왕상을 죽게 했으니 벌을 받는 것이야 마땅하옵고 어찌 원망이 있겠습니까? 단지 소인에게는 형이나 동생도 없고 처자식도 없이 오직 홀어미가 계시는데 70세가 넘으셨습니다. 늙으신 홀어미가 개천가에서 굶어죽어 시신이 아무렇게나 버려질 것을 생각하니 마음이 찢어지는 듯합니다. 그래서 소인이 소리 높여 울지 않을 수 없었습니다. 어찌할지 모르겠으니 대부께서 죄를 용서해 주시기를 간절히 바랄 뿐입니다."

산의생이 듣고 나서 한동안 침묵하며 생각했다.

'무길이 왕상을 죽게 한 것은 싸우다가 인명을 살상한 것도 아니고 단지 땔나무를 지고 가던 중에 실수로 인명을 다치게 한 것이라 했으니 스스로 죄업을 닦아야 할 이유가 없지 않은가?'

산의생이 말했다.

"무길은 울지 마라. 내가 임금께 상소를 올려 너를 집에 돌아가게 해보겠다. 너는 어머님의 몸을 봉양할 수 있는 것들을 마련해 드리고 나서 가을이 되면 다시 돌아와 국법을 지켜야 하느니라."

무길은 머리를 조아리며 말했다.

"하늘같으신 대부의 은혜에 감사할 뿐입니다."

산의생은 다음날 편전에 나가 문왕을 알현하고 조례를 마친 뒤 아뢰었다.

"대왕께 아뢰옵니다. 전날 무길은 왕상의 목숨을 상하게 하여 남문 밖에 갇혀 있습니다. 신이 남문을 지나는데 갑자기 무길의 통곡소리가 들려 그 연고를 물었더니, 70이 넘은 노모가 계시는데 자식이라고는 무길 한 사람밖에 없다 합니다. 게다가 무길은 처자식도 없어서 이제 그 모친은 아무 소망도 없게 되었다 합니다. 무길은 국법에 처해져 풀려나올 수가 없으므로 모친이 필시 도랑의 귀신이라도 될까 걱정이 되어 큰 소리로 울었답니다. 신이 생각건대 왕상이 죽은 것은 실수로 그리된 것입니다. 신의 어리석은 생각으로는 무길을 집으로 돌아가게 풀어주었다가, 모친을 봉양할 준비가 다 마련되면 다시 돌아와 왕상의 목숨 값을 갚게 하는 것이 어떨는지요. 대왕께서 결정해 주시길 주청하나이다."

왕은 산의생의 말을 듣고 곧 명을 내렸다.

"속히 무길을 풀어주어 집으로 돌아가게 하라."

집 생각으로 마음이 조급했던 무길은 그 즉시 옥을 나와 날듯이 뛰어 집에 돌아왔다. 모친이 마을어귀에서 아들 돌아오기만을 기다리다가 무길이 돌아오는 것을 보고 서둘러 물었다.

"애야, 네 어인 일로 이제야 돌아오느냐? 이 어미는 새벽까지 불안해 하며 행여 네가 깊은 산에서 호랑이나 승냥이한테 당하지나 않았나 걱정하느라 잠도 한숨 못 자고 먹지도 못했단다. 오늘 네 모습을 보니 내 마음이 이제야 겨우 놓이는구나."

무길이 울며 절을 하고는 자초지종을 말했다.

말을 마치고 무길은 한없이 울었다. 모친은 아들의 얘기를 듣자 그만 정신이 아득해져서 어찌할 바를 모른 채 무길을 부둥켜안고 슬피 울었다. 모친은 두 줄기 구슬 같은 눈물을 흘리면서 하늘을 탄식하여 말했다.

"내 아들은 일평생 살아오는 동안 너무도 성실하여 남에게 속임수나 망령됨 없이 어미에게 효도를 다하여 왔습니다. 또한 분수를 지켜왔는데, 오늘 무슨 죄가 있기에 천지에 죄를 짓고 이 같은 재앙의 함정에 빠졌습니까? 아들아, 너를 떠나보내고 어찌 살란 말이냐!"

무길의 모친은 마치 하늘을 향하여 하듯이 말했다. 이어서 무길이 어미에게 또 다른 지난 일을 말했다.

"전날 제가 땔나무를 지고 반계를 지나다가 낚싯대를 드리우고 있던 어떤 노인을 만났는데 낚싯줄에 바늘 하나를 비끄러맨 채로 고기를 잡고 있었습니다. 제가 그에게 '어찌 바늘을 구부리지도 않고 미끼도 없이 낚시를 하시오?'라고 물었더니, 그 노인은 이렇게 대답했습니다. '차라리 곧은 것 중에서 취할지언정, 굽은 것 중에서는 구하지 않겠소. 아름다운 물고기를 위해서가 아니라 왕후를 낚을 뿐이오!' 제가 그를 비웃으며 '당신이 왕후가 될 생각을 하다니! 당신의 그 몰골은 왕후는커녕 꼭 원숭이 같구려!'라 하자, 그 노인은 저를 찬찬히 보더니 '당신의 왼쪽 눈은 푸르고 오른쪽 눈은 붉은 것이 오늘 틀림없이 사람을 죽게 할 것이오!'라고 했습니다. 그러더니 정말 그날 왕상을 죽게 했던 것입니다. 제 생각으로는 그 노인의 주둥이가 악독하기 이를 데 없었나 봅니다."

모친이 무길에게 물었다.

"그 노인은 이름이 무어라 하더냐?"

"그 노인의 이름은 강상이고 자는 자아, 도호는 비웅이라 했습니다. 그가 호를 얘기하자 제가 비웃었더니 그같이 재수없는 말을 했던 것입니다."

"그 노인이 관상을 잘 보는 걸 보니 틀림없이 선견지명이 있을 게다. 아들아! 그 노인에게 다시 찾아가 너를 구해달라 해라. 그 노인은 틀림없이 고매한 분일 게다."

무길이 모친의 명을 듣고 자아를 만나러 반계로 갈 준비를 했다.

渭水文王聘子牙

위수에서 문왕이 강자아를 찾아가다

무길이 계곡가로 가서 자아를 찾으니, 강자아는 수양버들 아래에 홀로 앉아 푸른 물결 위에 낚싯대를 드리운 채 노래를 지어 부르며 즐거워하고 있었다. 무길은 자아의 뒤로 가서 천천히 불렀다.

"강 어르신!"

자아가 고개를 돌려 무길을 보고 말했다.

"당신은 일전에 여기에 왔던 나무꾼이구려."

"그렇습니다."

"그래, 당신은 그날 사람을 죽게 했지요?"

무길이 황망히 무릎을 꿇고 눈물을 흘리며 고했다.

"소인은 산중의 무식쟁이로 그저 도끼질이나 하는 터에 어찌 그 심오하심을 알 수 있었겠나이까? 사람 보는 눈이 범속하여 어르신께서 고명하신 은거지사이심을 몰라뵈었습니다. 그래서 지난날과 같은 말로 어르신께 큰 잘못을 저질렀나이다. 어르신은 우리들 소인배와는 다르시오니, 인자함을 크게 펴시고 측은한 마음을 넓게 베푸시어 무지렁이를 구제해 주시기 바랍니다."

무길은 그날 있었던 일을 처음부터 끝까지 고했다. 그러고 나서 늙으신 어머님을 위해 자기 목숨을 구해 줄 것을 간곡히 청했다.

자아가 듣고 나서 말했다.

"'운명은 정해져 있어 바꾸기 어렵다'고 했소. 당신이 사람을 죽게 했으니 목숨으로 갚는 것이야 마땅한 일이오. 내 어찌 당신을 구할 수 있단 말이오?"

무길은 슬피 울고 절하면서 간청했다.

"어르신께서 은혜를 베푸시면 곤충과 초목에까지 그 자비가 미치지 않는 곳이 없으니, 저희 모자의 목숨을 구해 주신다면 결코 그 은혜를 잊지 않겠나이다."

자아는 무길의 뜻이 경건하고 정성스러우며 그가 훗날 필시 귀하게 될 인물임을 알아보았다. 그리하여 자아가 말했다.

"내가 구해 준다면 당신은 내게 절을 하고 스승으로 모시겠는가?"

무길은 말을 듣자마자 곧 절을 했다.

자아가 말했다.

"자네는 이제 내 제자가 되었도다. 그럼 속히 집으로 돌아가 침상 앞에 자네 몸집만한 구덩이를 하나 파게나. 넉 자 깊이로 말일세. 그리고 황혼이 되면 그 구덩이 속에서 자게. 자네 모친께는 자네 머리맡에 등잔을 하나 켜고 다리 쪽에도 등잔을 하나 켜두시라고 이르게. 쌀이라도 좋고 밥이라도 좋으니 두 움큼을 자네 몸 위에 뿌리고 헝클어진 풀도 좀 올려놓으시도록 하게. 그렇게 하룻밤을 자고 일어나서는 얼마든지 장사를 하러가도 아무 일 없을 것일세."

무길은 스승의 명을 따라 집으로 돌아가 그대로 했다. 자아는 3경이 되자 머리를 풀어헤치고 검을 든 채 바람을 타고 무길의 집으로 갔다. 자아는 비방秘方을 꺼내더니 곧 무길에게 주문을 외웠다. 다음날 아침 무길은 자아를 뵙고 '사부'라 부르고 절했다.

자아가 말했다.

"이미 나를 스승으로 삼았으니 아침저녁으로 내 가

르침을 들으라. 땔나무 하는 일은 네가 오래 할 일은 아니다. 일찍 일어나 땔나무를 해서 팔고 때에 맞춰 오면 병법을 강론하겠다. 지금은 천자가 무도하여 천하 4백 진의 제후들이 반란을 일으켰으니 네게 필시 필요하리라."

"사부님, 어느 4백 진의 제후가 반란을 일으켰습니까?"

"동백후 강문환이 40만 병사를 이끌고 유혼관遊魂關에서 대전을 치렀고, 남백후 악순이 반란을 일으켜 30만의 인마를 이끌고 삼산관三山關을 공략했다. 내가 전날 하늘의 현상을 보니 머잖아 서기에서도 사방에서 병사가 일어날 징조였다. 이제는 무예를 써야 할 때이니 힘써 이를 익혀 공을 세워야 할 터인데, 어찌 나무하는 것으로 일을 삼겠느냐? 옛말에도 '장상에는 본래 씨가 없는 법이니 사내라면 마땅히 스스로 힘써야 한다'고 일렀다. 이제 그만 가보아라."

무길은 사부의 말을 듣고 아침저녁으로 주의를 기울였다. 무길은 한시도 자아를 떠나지 않고 무예에 정진하여 곧 『육도六韜』에 정통하게 되었다.

한편 산의생은 어느 날 무길의 일이 생각났다. 한번 가더니 반년이 지나도 오지 않는 것이었다. 산의생은 궁정으로 들어가 왕을 뵙고 아뢰었다.

"무길이 왕상을 죽게 했으나 신이 그의 집에 봉양할 사람이 없음으로 인해 주군께 아뢰어 무길을 집으로 보내 그 어미의 관이며 비용을 마련해 놓고 곧 돌아오라고 한 적이 있었습니다. 그런데 그자가 결국 국법을 멸시했는지 벌써 반년이 지났는데도 죄 갚음을 하러오지 않고 있습니다. 대왕께서 운명을 점치시어 그 진실을 살펴주소서."

문왕이 곧 금동전을 취하여 길흉을 점치더니 탄식하여 말했다.

"무길은 교활한 자가 아니네. 형벌을 두려워하여 스스로 만 길이나 되는 깊은 연못에 빠져 이미 죽었네. 정법으로 논한다 해도 싸우다 살인한 것도 아니고 잘못 실수로 인명을 상하게 한 것이니 죽을죄에 해당하지는 않았네. 그런데도 법이 두려워 죽음을 택했다니 무길이 참으로 억울하고 불쌍하게 되었구나!"

왕이 한동안 탄식했고, 군신들이 모두 고개를 끄덕였다.

그러는 동안 세월은 화살처럼 흘렀다. 하루는 문왕이 문무대신들과 한가하게 봄 풍경을 즐기며 지내고 있었다. 버들가지가 흩날리고 복숭아꽃·배꽃들이 서로 자태를 뽐내는 봄빛 한창인 계절이었다.

문왕이 말했다.

"이 봄날 풍경은 변화하고 만물이 피어나니 가슴이 다 상쾌하구나. 짐은 여러 아들과 경들과 함께 남쪽 교외로 가서 봄놀이를 하며 산수간의 즐거움을 나누고 싶도다."

산의생이 앞으로 나아가 아뢰었다.

"대왕이시여, 지난날 영대를 지으실 때 꿈에 비웅을 보신 것은 서기에서 국가의 동량이 될 인재를 얻고 주군을 보좌할 현신을 갖게 된다는 뜻이었습니다. 지금 봄빛도 화창하고 꽃과 버들이 고움을 다투는 때이니, 첫째로는 남교에 행차하시고 둘째로는 산택山澤에서 현인을 찾는 것입니다. 신들이 뒤를 따르고 남궁괄과 신갑이 수레를 보위하면, 바로 요순께서 백성들과 함께 즐거워하신 뜻이 됩니다."

왕이 크게 기뻐하며 곧 교지를 전했다.

"내일 아침에 남교로 행차하여 즐기겠노라."

다음날 남궁괄은 5백여 장수를 이끌고 남교로 나가 황제나 귀족들의 사냥터인 위장圍場을 한 차례 거닐었다. 여러 무사들이 왕과 함께 성을 나서 남교에 이르렀다. 봄빛 경치가 참으로 절경이었다.

온화한 바람이 일렁이니 온갖 꽃들이 다투어 피어나고 복숭아는 불같이 붉으며 부드러운 버들은 금빛을 이루었다. 새싹이 막 돋아나고 온갖 풀들이 푸릇푸릇했다. 숲속에는 새 지저귀는 소리가 청량하고 숲 밖에는 안개가 자욱했다. 목동 몇이 소 등에 올라탄 채 젓대를 불고, 밭에서는 호미질하는 이들의 손놀림이 바빴다.

그러던 중 어느 산간에 이르러 보니 사냥터가 있었는데 그물이 설치되어 있었다. 문왕이 얼핏 보니 허다한 장수들이 갑옷을 입고 무기를 들었으며 참매와 사냥개들까지 어우러져 그 웅장한 위용이 대단했다.

문왕이 이런 광경을 보고 급히 물었다.

"상대부, 어찌 사냥터를 이 산에 설치했는가?"

산의생이 말 위에서 몸을 굽히며 대답했다.

"오늘 대왕께서 봄놀이하시며 봄경치를 함께 즐기시도록 남궁 장군이 이 사냥터를 설치했나이다. 주군께서 사냥행차 하시기를 기다려 마음을 활짝 펴고 한 번의 행락을 그르치지 않으면서 군신이 함께 즐기려 함인 줄로 아옵니다."

문왕이 듣더니 정색을 하고 말했다.

"대부의 말은 틀렸네! 옛날 복희伏羲황제는 새나 짐승의 고기를 먹지 않아 지성至聖이라 칭해졌네. 당시에 풍후風后라 하는 재상이 복희께 날고기를 바치자 복희께서 말씀하셨잖은가? '이 생식은 모두 온갖 짐승의 고기인데 우리 사람이 배고프다고 해서 그 고기를 먹고 목이 마르다고 그 피를 마심으로써 이것으로 자양滋養의 도로 삼는다면, 우리의 목숨을 부지하고자 잔인하게 저들을 죽이는 것이니 어찌 차마 이러한 마음을 갖겠는가? 짐은 이제 금수의 고기를 먹지 않고 차라리 온갖 채소와 곡식을 먹으려하오. 각각의 모든 생명이 하늘과 어울려 자라나 상함도 해함도 없다면 어찌 아니 아름답겠소?' 복희께서는 넓고 거친 세상에 거하시면서 온갖 곡식의 풍부함이 없었는데도 오히려 생식[육식]을 아니 하셨구려. 하물며 지금은 오곡을 먹고 살 수 있으며 기름지고 달콤한 것이 입을 즐겁게 하고 있지 않은가? 짐이 경과 함께 행락을 즐기면서 이 아름다운 풍경을 감상하는데, 우리를 즐겁게 하자고 고라니와 사슴을 쫓으며 강함과 승부를 따지고 장수들을 수렵대회에 부르다니, 금수가 무슨 죄 있어 이처럼 처참히 살육을 당한단 말인가? 따뜻한 봄이 갓 열리는 이때를 당하여 바야흐로 만물이 생육하는 계절에 이처럼 살벌한 일을 행하다니, 이는 어진 이들의 마음을 아프게 하는 것이지. 짐과 경들이 어찌 이런 불인不仁한 일을 한단 말인가? 속히 남궁괄에게 명하여 사냥터를 없애라 하시오!"

여러 장수들이 교지대로 따랐다.

멀리서 젊은 남녀들이 어울려 논둑길을 밟으며 꽃싸움하는 것이 보였다. 혹은 술을 가지고 계곡가에서 즐기고, 혹은 노래를 부르며 푸른 채소밭을 거닐고 있었다. 임금과 신하가 말 위에서 기쁨에 벅차 감탄하였다.

"임금이 바르고 신하가 어질면 백성은 기뻐하는도다."

군신이 계속 행락하고 있는데, 저쪽에서 한 무리의 어부들이 노래를 부르며 오고 있었다.

옛날에 성탕成湯이 걸桀을 칠 때,
열한 번의 정벌이 갈葛땅부터 시작되었네.
당당하고 정대하여 하늘과 사람에게 감응했고,
의로운 깃발 한 번 드니 백성들이 편안해졌네.
지금은 6백여 년이 지나,
은혜의 물결과 축복이 장차 멈추려 하네.
고기를 달아매 숲을 이루고 술로 연못을 만드니,
녹대鹿臺에 쌓인 피가 천 자나 되네.
안으로는 색에 빠지고 밖으로는 사냥에 빠지니,
수군대는 신음소리 4해에 넘치네.
우리는 본시 창해의 손님으로,
귀 씻고 망국의 소리 듣지 않네.

낮에는 큰 파도소리에 내 노래 싣고,
밤이면 별을 바라보며 홀로 낚시 드리우네.
외로운 낚시 천지의 넓음만 같지 못하여,
흰머리 들어 천지의 장구함을 우러르네.

문왕은 어부의 노래를 다 듣고 깜짝 놀라 산의생에게 말했다.

"내 평생 이런 노래는 처음 들어보았네. 가락이 마치 하늘에서 울리는 듯 맑고 신기하지 않은가? 이 노래를 부르는 사람들 중에는 필시 이 땅에 숨어사는 대현이 있는 듯허이."

이어 문왕이 신갑에게 명했다.

"짐에게 노래 부르던 현인을 모셔오도록 하라."

신갑이 교지를 받아 말에 한 차례 박차를 가하더니 앞을 향해 큰소리로 말했다.

"안에 있는 현인은 우리 임금님을 뵈러 나오도록 하시오!"

그 어부들이 일제히 무릎을 꿇고 답했다.

"저희들은 모두 한인閑人이옵니다."

"당신들이 어찌하여 모두 현인賢人이란 말이오?"

"저희들은 이른 아침 집을 나와 고기를 잡는데, 이

좋은 시절이 찾아와 아무 일 없으니 우리는 모두 한인입니다."

한인閑人은 본래 한가로운 사람이라는 뜻인데, '한閑'자는 '현賢'자와 중국어 발음이 같다.

잠시 뒤에 왕의 말이 도착하자 신갑이 앞으로 나아가 아뢰었다.

"이들은 모두 한낱 고기 잡는 어부에 불과하지 결코 현인이 아니옵니다."

"그렇지 않다. 짐이 노래를 들어보니 가락이 절도가 있고 맑고 신기한 것이 이 가운데 필시 큰 현인이 있도다."

어부들이 말했다.

"대왕께 아뢰옵니다. 이 노래는 저희들이 지은 것이 아닙니다. 여기서 35리 떨어진 곳에 반계라는 곳이 있는데, 그곳에 있는 한 노인이 항상 이 노래를 부르기에 저희들도 오며가며 듣다보니 어느새 익숙해져서 멋모르고 그냥 흥얼거렸던 것입니다."

어부들이 머리를 조아리며 돌아가자, 왕은 말 위에서 '귀 씻고 망국의 소리 듣지 않네'라고 한 노랫말의 속뜻을 생각했다. 옆에 있던 대부 산의생이 등을 구부리며 말했다.

"'귀 씻고 망국의 소리 듣지 않네'가 무엇입니까?"

"대부는 모르시는가?"

"신이 어리석어 그 깊은 뜻을 알지 못하겠나이다."

"이 구절은 바로 요堯께서 순舜 천자를 찾아간 이야기라네. 옛날 요임금께서 덕이 많으셨는데 불초한 아들을 낳으셨지. 그래서 뒤에 요임금께서는 백성들이 실망할까봐 몰래 행장을 꾸미고 제위를 물려줄 인물을 찾아나서지 않으셨던가? 어느 날 산속 깊은 마을에 이르렀다가 어떤 사람이 계곡 물가에서 표주박 하나를 물속에서 돌리는 것을 보았네. 요임금께서 '댁은 어찌해서 이 표주박을 물속에서 돌리고 있소?' 하고 물었더니, 그 사람이 웃으면서 다음과 같이 말했네. '저는 깨어진 세상모습을 보고서 명리를 버리고 집을 떠났습니다. 처자도 다 버렸으며 애욕과 시비의 문을 떠나 홍진의 길을 버린 채 깊은 숲속으로 들어왔습니다. 소금국에 채소만 먹고 숲속의 샘물로 즐거움을 삼으면서 하늘이 주신 천수를 누리니 평생의 만족입니다.' 요임금이 다 듣고 크게 기뻐하셨다지. 이 사람이야말로 이 세상에 눈독 들이지 않으니 참으로 어진 인물이라고 여기셨다네. 그래서 제위를 그에게 물려주어야겠다고 생각하며 말했지. '현자여, 내가 다름 아닌 바로 요이오. 지금 대현의 유덕함을 보고 천하의 제위를 당신에게 물려주고자 하는데 어떻겠소?' 그 사람이 듣더니 작은 표주박을 집어들어 한 번에 짓밟아 가루를 내더니 두 손으로 귀를 막고서 급히 계곡가로 뛰어가 귀를 씻었다네. 막 씻고 있는데 또 어떤 사람이 한 마리 소를 끌고 물을 먹이려고 와서는 '여보게, 소 물 먹이러 왔소' 하고 말했겠지. 그런데도 그 사람은 계속 귀만 씻고 있었네. 소를 끌고 온 사람이 다시 말했지. '귀가 얼마나 더럽기에 그리 오래 씻는단 말이오?' 그 사람이 귀를 다 씻고서야 입을 열어 대답했다네. '지금 막 요임금이 내게 양위한다는 말로 내 두 귀를 모두 더럽혀 놓았소. 그래서 한동안 씻은 것인데 이 소가 잘못 물을 먹는구려!' 소를 끌고 온 이가 듣고는 소를 상류로 끌고 가서 물을 먹였다네. 그 사람이 '무슨 일로 올라가셨소?'라고 묻자, 소를 끌고 온 이가 말했네. '물이 당신에 의해 더러워졌는데 어찌 또 내 소의 입을 더럽힌단 말이오?' 당시의 고결한 선비들은 이와 같았다지 않은가? 이 얘기가 바로 '귀 씻고 망국의 소리 듣지 않네'라는 구절이지."

신하들은 문왕이 하는 조상들의 이야기를 말 위에서 다 듣고 절로 무릎을 쳤다. 군신이 다시 가고 있는데 한 무리의 나무꾼들이 노래를 부르며 왔다.

봉황이 부족한 것도 아니며 기린이 없음도 아니나,

아! 치세가 너무 더러워라.
용이 일어나니 구름이 일고 호랑이는 바람을 일으키는데,
세인들은 뒤늦게야 현인의 길을 찾네.
그대는 보지 못했는가? 신莘땅에서 밭 갈던 촌사람이,
진심으로 요·순의 도를 즐기면서 쟁기와 호미 잡던 것을.
성탕의 세 번 초빙을 만나지 않았다면,
경륜을 품은 채 좌도左徒를 배웠을 것이네.
또한 보지 못했는가? 부암자傅巖子가,
성긴 도롱이와 삿갓으로 추위를 감내하던 것을.
당년에 고종高宗의 꿈에 나타나지 않았다면,
장맛비에 종신토록 벽돌공사장에 숨어 있었을 것을.
고래로 현명하고 통달한 사람은
치욕을 겪고 나서 영화롭게 되었으니,
어찌 우리만 물가에서 생을 마치리오!
목동 피리 비껴들고 맑은 낮에 노래하며,
이럇! 소 몰아 흰 구름 아래 밭을 가네.
왕후의 부귀도 석양 아래 있으니,
하늘 우러러 미소 띠며 명군明君을 기다리네.

좌도左徒는 옛날 초나라의 벼슬로 일찍이 굴원屈原도 이 벼슬을 지냈다.

왕은 말 위에서 노랫소리를 듣고 매우 기이하게 여기며 필시 그들 속에 대현이 있으리라 생각했다. 신갑에

게 명했다.

"현자를 모셔오도록 하라."

신갑이 명을 받고 말을 몰아 나무꾼들 앞으로 가서 말했다.

"당신들 가운데 현자가 있소? 우리 대왕과 상견토록 나오시오."

사람들이 짐을 내려놓고 함께 말했다.

"저희 속에 현자라고는 없습니다."

곧 문왕의 말이 이르자 신갑이 아뢰었다.

"저들 속에 현명한 선비는 없답니다."

"노래의 운율이 그리도 맑고 신기한데 어찌 현명한 선비가 없단 말인가?"

그 가운데 한 사람이 말했다.

"이 노래는 저희가 지은 것이 아닙니다. 10리 앞쪽에 반계라는 곳이 있는데, 그곳에 한 늙은이가 아침저녁으로 낚시를 드리우고 있습니다. 소인들이 나무를 해서 돌아오다가 반계에서 잠시 쉬곤 하는데, 조석으로 이 노래 부르는 소리를 듣습니다. 사람들마다 듣고 익숙하게 되어 그저 입으로 따라 불렀습니다."

"현명한 선비가 없다니 너희들은 물러가 있거라."

무리가 모두 물러갔다. 문왕은 말 위에서 사념에 잠

겼다. 다시 길을 가면서 문무백관과 함께 잔을 드니 흥은 다할 줄을 몰랐다. 봄빛은 밝고 고우며 꽃버들 향기가 아름다웠다. 홍록紅綠이 엇섞여 점점 봄빛으로 단장했다.

한동안 길을 가는데 어떤 사람이 땔나무 한 짐을 지고 노래를 부르며 오고 있었다.

> 봄물은 유유히 흐르고 봄풀은 기이한데,
> 금어金魚는 아직 반계에 숨어 있네.
> 세상사람들은 현자의 높은 뜻을 못 알아보고,
> 그저 계곡가 낚시터의 노인으로만 여기네.

문왕이 노랫소리를 듣고 감탄하며 말했다.
"신기하도다! 저 사람이 필시 대현이리라!"
산의생이 말 위에서 보니 저만치 땔나무를 지고 오는 사람이 무길 같았다.
산의생이 말했다.
"주군이시여, 방금 노래를 부른 자는 이전에 왕상을 죽게 했던 무길 같습니다."
문왕이 말했다.
"대부는 무슨 말을 하는가? 무길은 이미 죽어서 만길 깊이의 웅덩이 속에 묻힌 것으로 지난번 점괘에 나왔는데, 어찌 무길이 아직 살아 있단 말인가?"

산의생이 분명히 보고서 신면에게 명했다.

"그대가 가서 잡아오도록 하라."

신면이 말을 타고 앞으로 갔다. 무길은 문왕의 수레가 다가오는 것을 보았으나, 미처 피하지 못하고 땔나무 짐을 내려놓고는 땅바닥에 무릎을 꿇었다. 신면이 자세히 보니 과연 무길이었다. 신면이 왕에게 고개를 돌려 아뢰었다.

"과연 무길입니다."

문왕이 말을 듣자 얼굴이 온통 붉어지면서 무길을 보고 호통쳤다.

"필부가 감히 짐을 속이다니 괘씸하구나!"

무길이 울면서 땅바닥에서 절을 하고는 아뢰었다.

"저는 공법을 받들어 지키는 백성으로서, 분별없이 도리에 어긋나는 짓을 결코 한 적이 없습니다. 단지 실수로 인명을 상하게 한 적이 있어 한 노인한테 물으러 갔습니다. 이곳에서 3리 떨어진 곳에 반계라는 곳이 있사온데, 그 노인네는 동해의 허주許州사람으로 이름은 강상姜尙, 자는 자아子牙, 도호는 비웅飛熊이라 합니다. 소인이 그를 스승으로 모시자 소인에게 방법을 가르쳐주었습니다. 집으로 돌아가 구덩이 하나를 파고 그 속에 들어가 잠을 자되, 풀로 몸을 덮고 머리맡과 다리 쪽에 등잔 하나씩을 켠 뒤 풀 위에는 쌀 한 움큼을 뿌리고서 날이 밝을 때까지 자고 나면, 계속 땔나무를 할 수 있고 다시 방해되는 일이 없을 것이라고 일러주었습니다. 임금이시여! 땅강아지와 개미조차도 삶을 탐내는데 어찌 사람이고서 목숨을 아까워하지 않겠나이까?"

산의생이 말 위에서 듣고 있다가 왕 앞으로 몸을 굽혀 예를 갖추면서 축하의 말씀을 드렸다.

"축하드리옵나이다. 대왕이시여! 무길이 말한 그 사람의 도호가 비웅이라 했는데 바로 영대의 징조에 들어맞나이다. 옛날 상나라의 고종이 꿈에 비웅을 보고서 부열傳說을 얻었는데, 오늘 대왕께서도 비웅의 꿈을 꾸시더니 강자아를 얻게 되셨나이다. 바라옵나니 대왕께서 무길을 용서하시고 숲속으로 가서 현사를 청하여 상견토록 하소서."

무길이 머리를 조아리며 날듯이 숲속으로 뛰어갔다.

왕과 신하들은 숲 앞에 다다를 무렵 현사를 놀라게 하지 않으려고 화살 몇 발의 지점에서 말에서 내렸다. 왕이 산의생과 함께 걸어서 숲으로 들어갔다.

한편 무길은 숲으로 뛰어 들어갔으나 사부가 보이지

않자 몹시 당황했다. 그러는 중에 문왕이 숲으로 들어오는 것이 보였다.

산의생이 물었다.

"현사는 계시느냐?"

"방금 여기 계셨는데 지금은 보이질 않습니다."

왕이 말했다.

"현사께서 어디 다른 데 머무실 만한 곳이 있느냐?"

"앞에 초가집이 하나 있습니다."

무길이 왕의 수레를 이끌고 문 앞에 이르자 왕이 손으로 문을 두드리는데 매우 황공한 듯했다. 안에서 한 어린아이가 나와 문을 열었다. 왕이 얼굴에 웃음을 띠고 물었다.

"스승께서 계시느냐?"

"안 계십니다. 친구분들과 놀러가셨어요."

"언제 돌아오시지?"

"일정치 않아요. 어느 때는 곧장 돌아오시고, 어느 때는 하루이틀 혹은 사나흘씩 걸리세요. 부평초같이 정처 없이 떠다니다가 산수를 만나거나 스승과 친구를 만나면 곧 현묘한 도를 담론하시므로 따로 정해진 기간이란 것이 없어요."

산의생이 옆에서 말했다.

"신이 주군께 아뢰옵니다. 무릇 현걸賢傑을 구하여 초빙하심에는 그에 합당한 경건함과 정성이 있어야 합니다. 오늘 찾아오심은 그 뜻이 아직 정성스럽지 못하기 때문에 멀리 피한 줄로 아옵니다. 옛날 상고의 신농神農께서 상상常桑에게, 헌원軒轅께서 노팽老彭에게, 황제黃帝께서 풍후風后에게, 탕湯임금께서 이윤伊尹에게 각각 절하실 때에도 모두 목욕재계를 했습니다. 그러하오니 길일을 택하여 초빙하시는 것이 현인을 공경하는 예의일 듯합니다. 주군께 잠시 수레를 돌리시기를 청합니다."

왕이 말했다.

"대부의 말씀이 옳고말고."

무길에게 수레를 따라 입조하도록 명했다.

왕은 서운해 하며 차마 떠나지 못하고 있었다. 산의생이 다시 권해서야 문무백관들과 함께 조정으로 돌아왔다.

저물녘에 문왕이 어지를 전하여 백관에게 명했다.

"아무도 관사로 돌아가지 말고 모두 궁전 뜰에서 사흘간 묵으면서 재계한 뒤 큰 현인을 맞도록 하라."

대장군 남궁괄이 앞으로 나오며 말했다.

"반계의 낚시꾼 노인은 헛된 명성일지도 모릅니다. 대왕께서 아직 진실을 알지 못하는데 예를 갖추어 맞이했다가 만일 그 말이 과장된 것이라면 공연히 주군의 정성만 낭비하는 것이 될까 걱정입니다. 신의 어리석은 의견으로는 주군께서 이처럼 마음쓰실 필요없이 신이 내일 혼자 다녀올 때까지 기다리시는 것이 좋을 듯합니다. 만일 그 이름에 합당하다면 주군께서 그때 예를 갖추셔도 늦지 않을 듯합니다. 만일 헛된 명성이었다면 꾸짖고 등용치 않으면 되오니, 굳이 주군께서 미리 재계하실 필요가 없을 줄로 아옵니다."

산의생이 옆에서 날카롭게 쏘아붙였다.

"남궁 장군! 이 일은 그렇게 말하는 것이 아니오! 지금 천하는 어두워져 가고 4해가 불안함으로 가득하여, 현인군자들이 속속 깊은 산중으로 숨어들고 있소. 지금 비웅의 징조가 감응하여 하느님께서 징후를 베풀어주시고 특별히 우리 왕실의 기초를 돕도록 대현을 내려주신 것은 바로 서기의 큰 복이오. 이러한 마당에 당연히 옛사람들이 현인을 구하던 것을 배워야지, 어찌 근래에 현인을 구하는 것과 같이 자신의 꾀를 쓴단 말이오? 장군은 두 번 다시 이와 같은 말을 말도록 하시오!"

왕이 이를 듣고 크게 기뻐하며 말했다.

"대부의 말씀이 짐의 뜻과 참으로 부합되는구나."

이에 백관들은 모두 궁정에서 사흘간 묵은 연후에야 강자아를 초빙하고자 했다. 나흘째 되는 날 문왕은 정성껏 목욕하고 의관을 정제했다. 그런 다음 군마의 행렬을 이루어 반계로 나아갔다.

무길은 무덕武德장군으로 봉해졌다. 생황소리가 길을 가득 메우면서 마침내 서기를 나섰다. 백성들이 깜짝 놀라 노인을 부축하고 어린애들의 손을 잡고 현인맞이를 구경하러 나왔다.

35리를 가서 일찍 숲에 이르렀다. 문왕이 교지를 전했다.

"사졸들은 잠시 숲 밖에서 기다리라. 현사를 놀라게 할지 모르니 절대로 소리를 높이지 말라."

왕이 말에서 내려 산의생과 함께 걸어 숲속으로 들어가니 자아가 등을 돌리고 계곡가에 앉아 있었다. 왕은 조용조용 앞으로 걸어가 자아의 뒤에 섰다. 자아는 수레가 왔음을 알고 노래를 불렀다.

서풍이 이니 흰 구름 날고,
세월 이미 저물었으니 장차 어찌하리오!
5봉五鳳이 우니 참주인 나타나,
곧은 낚싯바늘 드리우고 있는 나의 뜻을 알아주네.

자아가 노래를 마치자 문왕이 말했다.
"현사께서는 즐거우십니까?"

자아가 고개를 돌려 문왕을 보고 급히 낚싯대를 한쪽 옆으로 치워놓더니 땅에 엎드려 머리를 조아리며 말했다.

"제가 그만 수레가 다가오는 줄도 모르고 있다가 영접의 예를 갖추지 못했나이다. 현왕께서는 상(尚)의 죄를 용서해 주소서."

왕은 얼른 그를 부축하고 절하면서 말했다.

"오랫동안 선생을 뵙고 싶어 했는데 지난번에는 예의를 갖추지 못해서 불경스러운 줄 알고 오늘 특별히 재계하고 정성을 다하여 예를 행합니다. 선생의 존안을 뵙는 것은 실로 창(昌)의 행운입니다."

그리고는 산의생에게 명했다.

"현사를 일으켜 드리시게."

자아가 몸을 굽힌 채 일어나자 왕은 만면에 웃음을 띤 채 자아를 이끌고 초가로 들었다. 자아가 재배하자 왕도 함께 절했다.

"오랫동안 고명하심을 우러러 왔으니 상견하지 못했습니다. 오늘에야 다행히 직접 뵙게 되었는데 앞으로 가르침을 주신다면 실로 창의 크나큰 행운이겠습니다."

자아가 절하며 말했다.

"상은 이미 늙고 재주가 천박하니 이렇게 돌봐주심

을 감당할 수 없습니다. 나라를 안정시킬 만한 글도 무예도 부족한데 현왕께서 친히 찾아주시니, 실로 임금님을 욕되게 하고 성덕에 죄를 지은 듯합니다."

산의생이 옆에서 말했다.

"선생께서는 겸손이 지나치십니다. 저희 군신이 함께 목욕재계하고 정성스런 마음을 다하여 초빙하는 바입니다. 오늘날 천하가 어지러워 천자는 현인을 멀리하고 주색에 방탕하며 제후가 변란을 일으켜 백성들은 마음놓고 살 수가 없게 되었습니다. 저희 임금께서는 밤낮으로 이를 걱정하며 편히 주무시지도 못합니다. 선생의 큰 덕을 오래 흠모하여 오다가 깊은 계곡에 은거하고 계시기에 자그마한 빙례를 갖추어 왔으니 부디 물리치지 마시고 거두어 주소서. 그리하시면 저희 임금과 백성에게 더할 수 없는 다행이겠습니다. 선생께서는 가슴속에 훌륭한 책략을 감추고 계시면서 어찌 백성의 도탄을 나 몰라라 하시렵니까? 어찌하여 마지막 손길을 펴 이 의지할 데 없는 외로운 이를 도우고 백성을 도탄 가운데서 건져 태평성세로 옮기지 않으십니까?"

산의생이 예물을 펴놓았다. 자아가 보더니 얼른 동자에게 명하여 받도록 했다. 산의생이 수레를 끌고 와서 자아에게 오르도록 청하자 자아가 무릎 꿇고 말했다.

"신이 크신 은혜를 입어 예의로써 초빙해 주시니 이미 감격이 넘치옵니다. 어찌 감히 수레에까지 올라 명분을 참월되게 하오리까? 이는 단연코 감당치 못하겠습니다!"

왕이 말했다.

"짐이 앞날을 점쳐 특별히 선생을 영접하는 것이니 부담 갖지 마시고 어서 오르도록 하십시다."

자아는 재삼 안된다고 하며 여러 차례 사양하여 절대로 오르려 하지 않았다. 산의생은 자아의 뜻이 굳어 결코 따르지 않으리라는 것을 보고 왕에게 고했다.

"현인이 수레에 오르려 하지 않으시니 주군께서는 현자의 청을 따르소서. 현인께서는 대왕의 소요마逍遙馬에 오르도록 청하시고 주군께서는 먼저 수레에 오르소서."

"그렇게 한다면 짐이 며칠씩이나 행한 재계가 무색해지는 것이오."

피차간에 권하고 사양하기를 몇 번 하다가 왕이 마침내 수레에 오르고 자아는 말에 올랐다. 기쁨의 소리가 길을 메웠고 사마士馬는 위풍도 당당했다. 마침 날짜도 길일이었으며 자아의 나이가 곧 여든이 되는 때였다.

왕이 자아를 초빙하여 서기로 들어서자 백성들이 앞다퉈 보았고, 본 사람들은 기뻐하지 않는 이가 없었다. 자아는 궁궐 문에 이르자 말에서 내렸다. 왕이 대전에 오르자 자아는 하례를 마쳤다. 왕이 자아를 우령생승상右靈生丞相으로 봉했다. 자아는 은혜에 감사했다.

자아는 나라를 다스림에 방책이 있었고 백성을 편안케 함에는 법도가 있었으며, 일마다 조리가 있고 행함마다 정성스러움이 있었으니, 서기에서는 상부相府 즉 승상의 저택을 짓기 시작했다.

이러할 즈음 오관으로 이러한 소식이 전해졌다. 사수관氾水關의 수장 한영韓榮이 조가로 가서 상소를 올려 강상이 주땅을 돕는다고 아뢰었다.

蘇妲己請妖赴宴

소달기가 천자의 연회에 요괴들을 초대하다

한영이 상소문을 올려보낸 지 하루가 되지 않아, 성으로 들어간 관리가 문서방에 상소문을 내걸었다. 그날 승상 비간比干이 이것을 보았다. 강상이 주를 돕게 되었다는 대목에 이르자, 비간은 말없이 하늘을 우러러 탄식하여 말했다.

"강상은 본디 큰 뜻을 품고 있는데 이제 서주西周를 보좌한다니 큰일이로다!"

비간은 상소문을 가지고 적성루로 가서 교지를 기다렸다. 천자가 비간을 들라 했다.

천자가 말했다.

"황숙皇叔에게 무슨 상주문이 있소?"

천자의 숙부인 비간이 아뢰었다.

"사수관 총병관으로 있는 한영이 올린 것으로 희창姬昌이 강상을 초빙하여 스승으로 삼았는데 그 뜻이 작지 않다고 합니다. 동백후는 동로東魯의 고향에서 반기를 들었고 남백후는 삼산三山 땅에 병마를 주둔시켰는데 서백후 희창마저 변란을 일으킨다면, 이는 그야말로 병란이 사방에서 일어나는 것입니다. 게다가 홍수와 가뭄이 불시에 찾아들어 백성은 가난하고 군인은 모자라며 곳간마다 텅텅 비었습니다. 더구나 문聞 태사는 북방으로 원정을 가서 승패가 아직 불확실하여 참으로 국사가 매우 어려우니 군신이 서로 살펴 돌아보아야 할 때입니다. 원컨대 폐하께서 성의聖意로 판단하여 주시기 바라옵니다."

"짐이 대전에서 여러 경들과 함께 의논할 테니 기다리시오."

군신이 앉아 막 국사를 논의하는 중인데 시어관이 아뢰었다.

"북백후 숭후호가 교지를 기다리옵니다."

잠시 뒤 숭후호가 올라와 아뢰었다.

"명을 받들어 녹대의 축조를 감독하기를 2년 하고도

4개월이 되어 이제 완공했기에 특별히 복명합니다."

천자가 크게 기뻐하며 치하했다.

"이 대는 경의 힘이 아니었다면 결코 이처럼 속히 이루어질 수가 없었을 것이오."

"신이 주야로 공사를 독려했는데, 어찌 감히 놀거나 나태함이 있었겠습니까?"

"지금 강상이 주나라를 도움에 그 뜻이 작지 않다고 하여 사수관 총병관 한영이 상소를 올렸는데, 이 일을 어찌하면 좋겠소! 아무래도 앞으로 큰 걱정거리가 될 희창의 일을 처리할 무슨 좋은 꾀가 경에게 없겠소?"

"희창이 무엇을 할 수 있겠습니까! 강상이라는 자도 별 인물이 못됩니다! 우물 안 개구리처럼 소견이 크지도 못하고, 반딧불의 빛처럼 그 밝음이 멀리 가지도 못합니다. 명색이 주나라를 돕는 것이란 늦가을 매미가 고목에 붙어 있는 격으로 오래지 않아 그 일들은 모두 끝나버릴 것입니다. 폐하께서 이런 일로 병사를 출정하신다면 천하제후들의 부끄러운 웃음거리밖에 되지 않을 것입니다. 신이 살펴보건대 따로 할 일이 없습니다. 원컨대 폐하께서는 이 일로 심려를 키우지 마소서."

"그래, 경의 그 말이 심히 좋구려."

천자가 다시 물었다.

"녹대가 이미 완성되었으니 짐이 가보아야겠구려."

"친히 가시어 살펴보시기를 청합니다."

천자가 기뻐하며 말했다.

"짐이 황후와 함께 갈 테니 두 경은 잠시 대 아래에서 기다리도록 하오."

천자가 달기와 함께 칠향거七香車에 타자 궁인들이 뒤따르고 시녀들은 분주했다. 녹대에 이르니 과연 화려했다. 참으로 신선이 산다는 요지자부瑤池紫府와 옥궐주루玉闕珠樓 같았으니, 어찌 삼신산의 하나인 봉래산 즉 봉호蓬壺나 발해 동쪽의 신선이 산다는 산 즉 방장方丈을 따로 말하리오! 겹겹이 흰 돌을 쌓아 이루고, 주위는 모두 마노瑪瑙로 단장하여 만들었다.

누각은 겹겹이 조각한 처마와 유리유약을 발라 구운 오지기와인 벽와甓瓦가 드러나고 정자와 누대에는 모두 말과 짐승이 그려져 있고 금고리들이 달려 있었다. 궁전 가운데에는 여러 모양의 야광주를 박아넣어 밤에도 화려한 빛을 발하면서 공중을 비추었으며, 좌우에는 모두 빼어난 옥구슬과 질 좋은 황금으로 된 장식이 벌여 있어 휘황찬란하였다.

비간도 따라가 대를 살펴보니 얼마나 많은 돈과 양식을 낭비했는지 모를 지경이었다. 끝없이 펼쳐진 보화며 놀잇감들이야말로 가련한 백성들의 고혈을 쥐어짜 쓸데없는 곳에 버린 것으로 보였다.

대 가운데는 또한 얼마나 많은 억울한 혼귀들이 빠져 있는지 모를 것이었다. 이를 증거하는 시가 있다.

누대는 은하수에 닿을 듯이 높고
정자는 구름 위로 솟아 있는 듯하네.
아홉 굽이 난간은 옥과 금 장식으로 광채가 번쩍번쩍,
천 층 누각에는 별이 총총하고 달빛마저 찬란하네.
기괴한 풀과 꽃들 그 향기 사시사철 끊이질 않고,
진기한 금수들 그 울음소리 10리까지 들리네.
잔치 벌여 노는 자는 환락으로 들뜨지만,
힘들여 애쓴 자의 노고는 참으로 간난신고일세!
벽을 바른 진흙은 만민의 고혈이고,
화려한 당의 채색은 온 백성의 혼백을 거둬 칠한 것이네.
화려한 비단자리는 베 짜는 아낙의 베틀을 텅 비게 했고,
성대한 관현악 소리는 시골사람들의 통곡으로 변했네.
진정 천하를 들어 한 사람을 떠받드니,
모름지기 한 사내가 만백성을 학대했다네.

천자는 교지를 전해 악기를 연주하며 잔치를 베풀었다. 달기는 천자와 술을 거나하게 마시고 취했다.
천자가 말했다.

"사랑스런 그대는 일찍이 녹대가 완성되면 신선·선자仙子·선희仙姬들이 저절로 놀러올 것이라 말했소. 오늘 녹대가 다 완성되었는데도 신선이나 선자가 뵈지 않으니 하루가 지나야 이를 것이오?"

녹대는 원래 달기가 옥석비파정玉石琵琶精의 원수인 강자아를 해치고자 만들어 천자에게 바친 것이었으므로, 달기로서는 차마 농담이 진담으로 될 줄은 몰랐다. 기간이 채 안되어 오늘 완공되자 천자는 신선을 보고 싶은 욕심으로 달기에게 물었던 것이다. 달기는 그냥 얼버무리면서 대답했다.

"신선·선자는 청허淸虛하신 도사들이라, 달빛이 원만하며 희고 깨끗하게 비추어 푸른 하늘에 티끌 한 점 없을 때를 기다려야만 이곳에 오실 것입니다."

"오늘이 초열흘이니 열나흘이나 닷새 밤이면 달빛도 원만하고 밝게 비추일 테니, 짐으로 하여금 한번 신선·선자를 만나게 해줌이 어떻겠소?"

달기는 감히 돌려 말하지 못하고 입에서 나오는 대로 응낙했다.

그날부터 달기는 마음에 근심을 품고 밤낮으로 불안했다. 9월 13일 3경이 되자, 달기는 천자가 깊이 잠들기를 기다려 본모습을 드러냈다. 그런 다음 구멍으로 빠져

나와 조가 남문 밖 35리 떨어진 헌원의 무덤 속으로 들어갔다. 달기의 원래모습이 여기에 이르자 여우들이 일제히 와서 영접했다. 또한 머리 아홉 달린 치계정雉鷄精도 상견하러 나왔다.

치계정이 말했다.

"언니는 어찌 여기에 오셨소? 깊은 황궁에서 무궁한 복을 누리고 있을 줄 알았는데, 어찌하여 이곳에서 처량하게 사는 우리들까지 생각한답니까?"

"아우야, 내 비록 너희와 떨어져서 아침마다 천자를 뫼시고 밤마다 군왕을 받들지만 너희들 생각을 한 번도 잊어본 적이 없단다. 천자께서 지금 녹대를 다 지으시고 선희·선자를 만나고 싶어 하시기에 내가 계책을 생각했단다. 아우들과 여러 아이들 중에서 변신할 줄 아는 이들은 신선으로 혹은 선자·선희 등으로 변신하여 녹대로 가서 천자의 잔치에 참석하여 즐기고, 변신할 줄 모르는 이들은 스스로 그 목숨을 안전케 하여 집을 지키도록 하여라."

"나는 해야 할 일이 좀 있어서 참석할 수 없어요. 아마 39명쯤은 변신할 줄 알 거예요."

달기는 일을 잘 처리하도록 분부하고, 바람소리를 따라 궁으로 돌아왔다. 천자는 크게 취하여 요괴가 드나드는 것을 전혀 모른 채 하룻밤을 자니 날이 밝았다. 다음 날 천자가 달기에게 물었다.

"내일이 십오야 보름밤이니 달이 둥글게 찰 텐데 신선들이 과연 올는지 모르겠구나."

"내일 39석의 잔치자리를 마련하여 3층으로 녹대에 배열하시고 신선이 강림하기를 기다리소서. 폐하께서 선가仙家를 만나면 수명이 셀 수 없이 늘어나실 것입니다."

천자가 크게 기뻐하면서 물었다.

"신선이 강림하시면 한 명의 신하를 주연에 배석케 해도 되겠소?"

"모름지기 도량이 큰 대신으로 배석케 해야 합니다."

"조정의 문무대신들 가운데 비간만큼 도량이 넓은 자도 없지."

교지를 전하여 아상亞相 비간을 들게 하자 얼마 안되어 비간이 녹대 아래로 알현하러 왔다.

천자가 말했다.

"내일 황숙은 신선들을 모시고 잔치에 참석토록 하시오. 달이 떠오르면 녹대 아래서 교지를 기다리시오."

비간은 명을 받았으나 어떻게 신선을 모셔야 하는지를 몰랐다. 어리둥절하여 하늘을 우러러 탄식했다.

"혼미한 군주여! 사직이 이처럼 낭패를 당하여 국사

는 날마다 위기로 기울어지는데, 또 어리석은 생각을 품고 신선을 만나겠다니 이 무슨 요상한 말인가!"

비간은 관사로 돌아갔으나 도무지 어찌해야 할지를 몰랐다. 다음날 천자는 교지를 내렸다.

"잔치자리를 녹대 위에 마련하되 39석을 모두 위로 향해 벌여놓고, 13석을 1층으로 모두 3층이 되게 하라."

분부대로 모두 갖추어지자, 천자는 태양이 속히 서산으로 지고 밝은 달이 어서 동쪽 땅에서 떠오르기만을 기다렸다. 해가 저물자 비간은 조복을 차려입고 녹대 아래에서 교지를 기다렸다.

그때 천자는 해가 이미 서쪽으로 지고 달이 동쪽에 떠오른 것을 보고는 크게 기뻐서 달기를 데리고 녹대 위에 올라 구룡九龍의 잔치자리를 보니, 참으로 용을 삶고 봉을 구운 것 같은 산해진미에 온갖 술과 안주들이 색색으로 새로웠다. 달기가 아뢰었다.

"신선들이 이곳에 이를 때 폐하께서 나타나시면 아니됩니다. 만일 천기天機가 새어나가면 신선들이 다시는 내려오지 않을지도 모르는 일입니다."

"왕비의 말이 맞소."

말이 채 끝나지도 않아 1경이 가까운 시각에 사방에서 바람소리가 들려왔다.

헌원의 무덤 속에 있던 여우들은 천지의 영기靈氣를 모으고 일월의 정화精華를 흡수하여 혹은 1, 2백 년 혹은 4, 5백 년씩 되었는데, 지금 선자·선희처럼 신선의 모습으로 나타난 것이다. 요괴들이 삽시간에 밝은 달을 안개로 가렸다. 바람소리가 크게 이니 마치 호랑이의 울음과 같았다. 녹대 위에서는 나뭇잎처럼 사람이 떨어져 내리는 소리가 들렸다. 그러더니 달빛이 서서히 나타나기 시작했다.

달기가 조용히 아뢰었다.

"선자仙子가 왔습니다."

놀란 천자가 비단 발 사이로 얼핏 보니, 청·황·적·백·흑의 5색 옷에 어미관魚尾冠과 구양건九揚巾과 일자건一字巾을 쓴 자들이 있는가 하면, 두타승頭陀僧으로 분장하거나 머리를 두 갈래로 땋은 자들이 있었고, 또 선자·선희처럼 구름모양으로 틀어얹은 머리를 한 자들도 있었다. 천자는 발 안에서 이를 보면서 마음이 크게 기뻤다. 문득 한 선인의 말소리가 들렸다.

"도우道友 여러분, 머리를 조아려 인사올립니다."

여러 신선들이 답례하여 말했다.

"지금 천자께서 자리를 마련하사 우리를 위해 이곳 녹대에 잔치를 베푸셨으니 진실로 후한 은총이십니다.

바라건대 나라의 복록이 천 년토록 보존되고 황국의 기틀이 만만세에 이어지소서!"

달기가 안에서 교지를 전했다.

"주연에 배석한 관리는 녹대에 오르시오."

비간이 녹대에 올라 달빛 아래에서 이 광경을 보니, 과연 모두가 선풍도골仙風道骨이요 불로장생한 듯했다.

비간은 스스로 생각했다.

'참으로 알 수 없구나! 어쨌거나 모습은 사람들이니 내가 나아가 예를 갖추어야겠다.'

그 중 한 도인이 말했다.

"선생은 뉘시오?"

비간이 대답했다.

"아상 비간인데 어명을 받들어 잔치에 배석하러 왔습니다."

"기왕 이 모임에 오게 되었으니, 1천 세의 수명을 드리겠소."

비간이 듣고는 마음에 의심이 생겼다. 이때 안에서 술을 따르라는 교지가 전해졌다. 비간은 금술병을 들어 39석에 모두 술을 따랐다. 재상의 신분으로 요괴인지도 모르고 금술병을 들고 곁에서 시중을 들어야 했던 것이다. 여우들은 모두 변화를 부려 전혀 거리낌이 없었다.

그런데 비록 복색은 아름답게 변했지만 여우냄새는 변화시키지 못하여 비간은 그 냄새를 맡게 되었다.

비간이 생각했다.

'신선이라면 6근根이 모두 청정한 몸일 텐데, 어찌 이다지 지독한 냄새가 나지?'

그제야 비간은 눈치를 채고 탄식했다.

'지금 천자의 무도함으로 인해 요괴가 생겨났으니 나라에 상서롭지 못하겠구나!'

깊은 생각에 잠겨 있는데 달기가 또 말했다.

"배석한 관리는 다시 한 잔씩 올리도록 하시오."

비간이 한 자리마다 다시 한 잔씩 따랐다. 요괴들은 연거푸 두 잔씩을 마셨다. 이번 잔은 권배주勸盃酒였다. 요괴들은 이와 같은 황실의 술을 먹어본 적이 없었기 때문에 주량이 큰 것은 그런대로 견뎌낼 수 있었지만, 주량이 작은 것들은 감당해낼 수 없었다. 요괴들은 취하자 모두 꼬리를 늘어뜨리며 당황할 뿐이었다.

달기는 일이 이렇게 될 줄은 미처 몰랐다. 요괴들은 술기운이 올라 멈출 수 없게 되자 모두 원래의 형태를 드러내고 말았다.

비간이 2층으로 술을 올려가면서 1층을 내려다보니 모두 꼬리를 늘어뜨렸는데 하나같이 여우꼬리였다. 때 마침 달빛이 비추자 정신을 바짝 차린 비간이 확실히 그 모습을 볼 수 있었다. 그러나 이미 후회해도 늦은 것, 남몰래 비통한 소리를 지르며 생각했다.

'내가 승상의 자리에 있으면서 도리어 요괴를 보고 머리나 조아리다니 부끄러워 어찌할꼬!'

비간은 견디기 어려운 여우의 악취를 맡아가며 남몰래 이를 갈았다.

달기는 발 안에서 배석한 관리가 석 잔이나 따라올리는 것을 보다가 작은 여우들이 취하게 되자, 만일 이들이 본모습을 드러내면 볼썽사나울 것이라 생각하고서 교지를 전했다.

"배석한 관리는 술은 그만 따르고 잠시 녹대 아래로 내려가시오. 신선들은 자유로이 각자의 동부洞府로 돌아가시오."

비간은 명을 따라 녹대를 내려왔으나 영 기분이 울적하고 언짢았다. 내정을 나와 분궁루分宮樓·현경전顯慶殿·가선전嘉善殿 등 아홉 궁전을 지났다.

궁전 안에는 숙직하는 관리들이 있었다. 궐문을 나서서 말에 올랐는데, 저 앞쪽에서 한 쌍의 홍사등紅紗燈이 길을 인도했다. 알고 보니 무성왕 황비호가 황성을 순시하는 것이었다. 비간이 앞으로 가자 무성왕이 말에서 내려 놀라 물었다.

"승상께서는 무슨 급한 일이 있으시기에 이처럼 늦은 시각에 궐문을 나서십니까?"

비간이 발을 구르며 말했다.

"노老 대인! 나라가 어지러워 기울려니 요괴들까지 조정을 어지럽히고 있으니 어찌하면 좋겠소? 엊저녁 천자께서 내게 선자·선희들의 잔치에 배석하라 하시기에 달이 떠오르자 곧 명을 받들어 녹대에 올랐소. 한 무리의 도인들이 청·황·적·백·흑색의 옷을 입고 있었는데 선풍도골의 모습도 얼마간 있었소. 그런데 그것들이 원래 한 떼의 여우요괴들인 줄을 누가 알았겠소? 그 요괴들이 연달아 큰 잔으로 두세 잔씩 마시더니 꼬리를 늘어뜨리지 않겠소? 달빛 아래서 이 두 눈으로 똑똑히 보았소. 도대체 이와 같은 일이 어떻게 일어날 수 있단 말이오!"

"승상께서 돌아가 계시면 내일까지 제가 별도의 방도를 강구하겠습니다."

비간은 관사로 돌아갔다. 황비호는 황명黃明·주기周紀·용환龍環·오건吳乾 등에게 명했다.

"너희 네 사람은 20명씩의 건장한 병졸들을 데리고 동·서·남·북으로 흩어져라. 어떤 도인들이 문을 나서는 것이 보이면 끝까지 쫓아갔다가 돌아와 반드시 사실대로 보고하라."

네 명의 장수가 명을 받고 떠났다. 무성왕도 관사로 돌아갔다.

한편 여우들은 뱃속의 술이 부글거리기 시작하자 요풍妖風을 견뎌내지 못하고 몽롱함을 추스르지도 못한 채 애써 남문 위에서 하나하나씩 모두 떨어져 내렸다. 질질 끌고 떠밀리면서 삼삼오오 짝을 지어 왁자지껄 나갔다. 남문을 나설 때는 5경이 되었다.

주기는 그 어두운 그림자의 뒤를 멀리서 쫓도록 정탐병들을 내보냈다.

성에서 35리 떨어진 곳에는 헌원의 무덤이 있었다. 그 옆에 돌구멍 하나가 있었는데, 도인과 선자들이 모두 그리로 기어 들어갔다.

다음날 황비호가 전에 오르자 4명의 장수가 돌아와 보고했다.

"어제 남문에서 3, 40명의 도인들을 발견했는데, 모두 헌원의 무덤 옆 돌구멍으로 들어갔습니다. 확실히 살핀 것이니 명을 내려주십시오."

황비호는 즉시 주기에게 명했다.

"3백 명의 가병장수家將들을 데리고 가서 돌구멍을

막은 뒤 땔나무에 불을 질러라. 오후에 다시 와서 보고하라!"

주기는 명을 받고 떠났다. 이윽고 수문관리가 "아상께서 오셨습니다" 하자, 황비호는 뜰에까지 나가 맞으며 예를 행하고 자리를 나눠 앉았다. 차를 마시며 황비호는 주기가 보고한 일을 상세히 설명했다. 비간이 크게 기뻐하며 고마워했다. 두 사람은 그곳에서 일을 어찌 처리할지를 의논했다.

무성왕이 술자리를 베풀어 승상 비간과 함께 잔을 주고받는 사이에 어느새 오후가 되었다.

주기가 돌아와 보고했다.

"명령대로 불을 놓아 한낮 시각까지 태우고 돌아와 보고드립니다."

황비호가 말했다.

"제가 승상과 함께 가봄이 어떻겠습니까?"

비간이 승낙했다.

두 사람은 가장들을 통솔하여 함께 남문을 나섰다. 35리를 가서 무덤 앞에 이르렀는데 아직까지 지핀 연기와 불이 꺼지지 않은 채였다. 황 장군이 말에서 내려 가장들에게 불을 끄고 갈퀴로 주위를 치우도록 했다.

한편 이 여우들 중에 술을 마신 것들은 죽어도 싸지

만 변신할 줄 몰랐던 것들은 죄도 없이 모두 한 굴에서 죽어버렸다. 가장들이 곧 여우를 꺼내니 털은 모두 타버리고 살은 뭉크러져 노린내가 참을 수 없는 지경이었다.

비간이 무성왕에게 말했다.

"이 많은 여우 가운데 아직 다 타지 않은 것을 골라내 가죽을 벗기고 그것으로 옷을 하나 지어 천자께 드립시다. 그러면 달기의 마음은 당혹하고 요괴들은 천자 앞에서 불안해 할 것이니 필시 큰 혼란이 생길 것입니다. 천자께서 깨달은 것이 있으면 혹 달기를 벌주어 쫓아낼지도 모르니 이로써 우리의 충성을 보여드리는 것이 되지 않겠습니까?"

두 신하는 함께 의논하고 매우 기뻐하며 관사로 돌아와 취하도록 술을 마시고 헤어졌다.

달기가 계략을 세워 비간을 해치다

여우가죽을 잘 무두질한 비간은 긴 저고리 하나를 만들어 엄동이 되면 천자께 바칠 생각이었다. 세월은 마치 손가락 하나 까딱하듯 지나고 어느덧 한겨울이 되었다. 그날도 천자는 달기와 함께 녹대에서 잔치를 즐기고 있었다.

그때 붉은 구름이 짙게 덮이더니 삭풍이 매섭도록 차갑게 불어왔다. 눈꽃이 어지러이 날아 천지가 은빛으로 쌓이고 분분한 서설이 조가에 가득했다.

달기가 이 광경을 보고 문득 시를 읊었다.

긴긴밤 삭풍이 창 너머로 불어오는데,
내리는 것은 눈인가 매화인가?
싸늘한 냉기가 온몸을 파고들면,
사각사각 꽃잎들 진땅을 덮네.

그러자 천자가 미소지으며 역시 시 한 수로 대답을 대신했다.

매섭게 찬 기운 안개 더욱 흩뿌리고,
나라의 상서로움 어지러이 떨어지네.
어느 틈엔가 온 들판 분별이 어려워지고,
순식간에 온 산 모두 눈으로 덮였네.
은빛세계 온 누리는 옥구슬을 펼쳐놓은 듯,
공중에서 슬그머니 무리 이뤄 튀어나오네.
이 눈이 삼경 지나도록 내리게 된다면,
풍년은 이미 정해진 일이라네.

천자와 달기가 이렇게 잔치를 즐기며 눈을 감상하고 있는데, 시어관이 아뢰었다.
"비간이 교지를 기다리옵니다."
"대에 오르시라 하라."
비간이 올라와 예를 마치자 천자가 말했다.
"눈꽃이 섞여나오고 눈발이 어지러이 휘날리는데, 황

숙은 관사에서 술 마시며 어한이나 녹이지 않고 무슨 상주문이 있기에 눈길을 무릅쓰고 예까지 왔소?"

"녹대는 하늘에 닿을 만큼 높고 눈바람 몰아치는 엄동이오라, 신은 폐하께서 옥체에 한기를 느끼실까 심려되어 특별히 긴 저고리 하나를 바치옵니다. 폐하께서 냉기를 막고 한기를 쫓아내실 수 있다면 신으로서는 걱정을 하나 덜 수 있겠나이다."

"황숙이 연로하니 두고 입을 것이지 짐에게까지 주다니 그 충성과 사랑을 족히 알 만하오!"

천자가 가져오라 명하자 비간이 대에서 내려가 붉은 소반을 높이 받들어 올리니, 겉은 매우 붉고 속은 털빛이었다. 비간이 직접 털어 왕에게 입혔다.

황제가 크게 기뻐했다.

"짐은 천자가 되어 사해를 모두 갖도록 부유하나 실로 추위를 막을 이 옷이 모자랐었소. 황숙의 공은 이보다 더 큰 것이 없을 것이오."

천자가 교지를 전했다.

"술을 하사하노니 녹대에서 함께 즐기도록 하시오."

달기가 비단 발 안쪽에서 내다보니 지은 옷이 모두 제 피붙이들의 가죽이 아닌가! 갑자기 칼로 폐부를 도려내는 듯하고 불로 간장을 사르는 듯하니, 그 쓰라림을 누구에게 말할까!

'비간, 이 늙은 도적놈! 내 피붙이들이 천자의 술자리에서 즐긴 것이 네놈과 무슨 상관이 있단 말이냐? 네놈은 분명 가죽털옷으로 내 가슴을 후벼보자는 속셈이겠지. 내가 늙은 네놈의 심장을 도려내지 않는다면 이제 이 나라 황후가 아니리라!'

이렇게 다짐하며 마음속으로 비 오듯 피눈물을 흘렸다. 비간이 술을 사양하고 대를 내려간 뒤 천자가 저고리를 입은 채로 안으로 들었다.

달기가 맞아들이자 왕이 말했다.

"녹대가 춥다고 비간이 털옷을 가져왔으니 꽤나 짐의 마음을 헤아린 듯싶소."

"첩의 어리석음을 폐하께서 받아들여 주실는지 모르겠습니다. 폐하의 귀하신 옥체에 어찌 여우가죽을 걸치실 수 있으리까? 온당치 않은 처사로 존귀하심을 심히 훼손하는 일인 줄로 압니다."

"그러한가? 그대의 말 또한 맞도다."

그리고는 벗어서 곳간에 넣으라 했다. 이는 바로 달기가 그 물건을 보고 마음이 아파 참을 수 없었기에 그리 권하여 행했던 일이었다.

달기는 속으로 깊이 생각했다.

'옛날 녹대를 짓고자 한 것은 비파琵琶자매의 원수를 갚으려는 것이었는데, 어찌 이런 말썽이 일어나 피붙이들마저 몽땅 죽게 될 줄 알았겠는가!'

마음속으로 끓어오르는 분노로 당장 비간을 쳐 죽이고 싶었으나 마땅한 계략이 없었다.

세월은 흘렀다. 어느 날 달기는 녹대에서 벌어진 잔치에 참석했다가 문득 한 가지 계책을 떠올렸다.

그날은 첫 망울을 터뜨린 모란꽃, 바람을 맞이하는 작약, 비에 젖은 배꽃, 해에 취한 듯한 해당화 꽃들이 아름답게 너울대던 날이었다.

천자가 취중에 곁눈질로 달기를 보니 용모가 크게 달라진 것이 전혀 활기가 없었다. 요염한 자태는 비에 젖은 듯하고 교태로운 얼굴도 다른 때와는 전혀 달랐다.

"폐하께서는 어찌하여 천첩의 화장기 없는 지저분한 얼굴을 자꾸만 보시나이까?"

천자는 웃을 뿐 말이 없었다. 달기가 다시 채근하자 천자가 말했다.

"짐이 사랑스런 그대의 용모를 보니 아리땁기가 꽃과 같고 옥구슬 같이 사람을 매혹시키는지라 놓치지 않으려는 것이오."

"첩에게 무슨 아름다움이 있습니까? 성은으로 총애

를 받아 그럴 뿐이지요. 첩에게 의자매로 사귀는 동생이 하나 있는데 이름은 호희미胡喜媚랍니다. 지금 자소궁紫霄宮에 머무는데 첩의 안색은 그녀에게 비한다면 백분의 일도 미치지 못하오니다."

천자는 본시 주색을 탐하는 터라 그 같은 미인이 궁에 머문다는 말을 듣자 자신도 모르는 사이에 정염이 타올랐다. 천자는 기쁨에 들떠 웃으며 물었다.

"그대에게 자매가 있다니 처음 듣는 일이오. 짐에게 한 번 보여줄 수 있겠소?"

"호희미는 아직 사내 몸 받지 않은 처녀이온데 어려서부터 출가하여 스승에게서 도를 배웠습니다. 동굴이 좋아 명산인 자소궁에서 수행하고 있는데 당장에야 어찌 올 수 있겠습니까?"

"그대의 도움이라면 뭐 그리 어렵겠소? 짐에게 한 번 보여준다면 또한 그대의 노고가 헛되지는 않을 것이오."

"첩과 함께 기주冀州에 있을 때 한방에서 바느질을 했는데 희미가 출가하게 되어 첩과 작별을 했습니다. 첩이 눈물을 뿌리면서 '지금 아우와 헤어지면 영영 만날 수 없겠구나!'라고 하자, 희미가 '스승님을 찾아뵙고 오행의 술법을 얻으면 내가 언니한테 중들이나 가지는 향기나는 신향信香을 보내줄 게요. 언니가 나를 만나고 싶을 때 그 신향을 태우면 내가 곧 올 게요'라고 했습니다. 그 후에 1년이 지나서 과연 신향을 보내왔습니다. 그리고 두 달이 채 안되었을 때 성은을 입고 첩이 조가로 올라와 폐하를 모시게 되었습니다. 줄곧 잊고 있었는데 폐하께서 마침 말씀하지 않으셨으면 첩도 여쭙지 못했을 것입니다."

천자가 크게 기뻐하며 말했다.

"그대는 속히 신향을 태우지 않고 무엇하오?"

"아직 이릅니다. 희미는 선가仙家의 사람이라 범속한 이들과 같지 않습니다. 내일까지 기다렸다가 달빛 아래에 다과를 차려놓고, 첩이 목욕재계한 뒤 향을 살라야지 비로소 맞을 수 있습니다."

"그대의 말이 맞소. 함부로 해서는 안될 말이지."

천자는 달기와 함께 잔치를 즐기다가 자리에 들었다. 달기는 3경이 되자 본래 모습으로 변하여 곧 헌원의 무덤에 이르렀다.

치계정이 맞이하여 울면서 말했다.

"언니! 언니가 마련한 술자리에 갔다가 언니 피붙이들이 모두 죽어 가죽이 벗겨진 것을 아시우?"

달기 역시 슬피 울며 말했다.

"자매야! 내 피붙이들이 이처럼 원통한 일을 당했으나

복수할 방도가 없었구나. 이제 한 가지 계책을 생각해냈으니 자매의 도움으로 이루어지면 악귀 같은 늙은이의 심장을 파낼 수 있고 우리의 소원도 이룰 수 있을 게야."

치계정이 달기에게 감사하며 들떠서 말했다.

"언니의 보살핌을 입어왔는데, 그런 일쯤이야 문제없어요. 내일 곧 가지요."

달기는 계획을 정하고 곧 종전대로 본모습을 감춘 채 궁으로 돌아왔다.

날이 밝자 천자는 기분이 좋아져서 오로지 밤이 되어 호희미가 내려오기만을 고대할 뿐이었다. 금까마귀가 해를 서산으로 쫓아버리고 동쪽 옥토끼 달을 꺼내오지 못하는 것이 한스러울 뿐이었다.

이윽고 저녁이 되자 달이 떠오르는 것이 보였다. 천자는 곧 시를 지었다.

금빛 매미 바다 동쪽에 빛을 보내니,
맑고 그윽한 우주 끝없는 하늘까지 비치네.
옥쟁반이 푸른 하늘에 걸려 있어,
나래 빛을 펼치니 번쩍이는 광채 붉게 퍼지네.

천자는 달기와 함께 녹대 위에서 달을 완상하며 속히 분향하도록 재촉했다.

"첩이 분향하며 절할 때 혹 희미가 오면 폐하께서는 잠시 피해 계셔야 합니다. 속진이 불편하여 제가 돌아가는 데 방해가 되면 서둘러 오기가 어렵습니다. 첩의 신호를 기다렸다가 나타나셔야 합니다."

"그대가 말하는 대로 하나하나 따르리다."

달기는 드디어 손을 씻은 뒤 분향하며 주문을 외었다. 초경이 가까워 오자 허공에서 갑자기 바람소리가 들리더니 어두운 구름이 빽빽이 밀려오고 검은 안개가 하늘을 덮어 그만 밝은 달을 가렸다. 삽시간에 천지가 어두워지고 한기가 뼛속 깊이 파고들었다.

천자가 깜짝 놀라 달기에게 물었다.

"멋진 바람이로구려! 삽시간에 천지를 뒤집어놓다니."

"필시 희미가 바람과 구름을 타고 오는가 봅니다."

말이 채 끝나기도 전에 공중에서 여자 장신구 소리가 들리더니 가만히 사람 내려오는 소리가 났다. 달기가 서둘러 천자에게 안으로 들어가라 재촉하며 말했다.

"희미가 왔나봅니다. 첩이 나오라 할 때까지 기다리셨다가 상견토록 하소서."

천자는 내전으로 들어가 발 사이로 몰래 바깥을 훔쳐봤다. 바람소리가 멈추더니 달빛 속에 팔괘가 그려진 크고 붉은 옷을 입은 여도사 하나가 나타났는데, 명주끈에 삼베신발을 신고 있었다. 달빛이 다시 밝아지자 휘영청 광채가 마치 등불을 환히 밝혀놓은 듯했다.

과연 '달빛 아래 절세가인을 보면, 환한 대낮에 보는 것보다 열 배는 예뻐 보인다'는 말이 틀리지 않은 듯했다. 살갗이 눈같이 희고 얼굴은 아침노을을 닮아 있었다. 해당화같이 아름다운 자태하며 앵두 같은 작은 입, 향기로운 얼굴, 복사꽃 같은 두 뺨, 요염한 미소 등 모두 마음을 설레게 하는 것뿐이었다.

달기가 여도사를 향해 말했다.

"자매가 왔구나!"

"언니, 희미가 인사드립니다."

두 사람은 함께 내전으로 들어가 예를 행하고 앉았다. 천자는 호희미의 자태를 보고 다시 달기의 모습을 살피니 둘 사이에는 천지 차이가 났다. 천자는 속으로 가만히 생각했다.

'호희미를 얻어 운우의 정을 나눌 수만 있다면 천자가 아니면 어떠랴!'

왕은 가슴속에서 불끈불끈 치솟는 불기둥 같은 욕정을 차마 잠재울 수 없어 마음이 뜨겁게 달아올랐다.

그때 달기가 호희미에게 물었다.

"자매는 채식을 하는가, 육식을 하는가?"

"채식을 해요."

달기가 시립해 있던 시녀에게 말했다.

"생선이나 고기를 넣지 않은 요리를 올리도록 하라."

이윽고 두 사람은 술잔을 건네며 이야기의 나래를 폈다. 호희미는 등불을 받자 일부러 더 애교를 부렸다. 천자가 보니 참으로 도교의 사원인 예궁預宮의 선자仙子요, 달에 산다는 항아와 같았다.

천자의 혼은 3천 리를 넘실대며 떠돌고 백魄은 산하를 10만 겹으로 에워싸 돌았다. 함께 이야기하며 배석할 수 없음과 한 입에 그녀를 먹어치울 수 없음을 한탄하며, 귀를 잡아당기고 뺨을 손으로 비벼대며 앉았다 섰다 어찌해야 좋을지 모르고 있었다.

얼굴이 벌겋게 달아오른 천자는 참을 수 없어 그저 밭은기침을 내뱉었다. 달기가 이미 그 뜻을 헤아리고 눈을 찡긋거리면서 호희미를 보고 말했다.

"자매, 내게 귀찮은 부탁의 말이 하나 있는데, 자매가 들어줄 수 있을는지 모르겠네."

"언니, 무슨 분부할 일이 있어요? 제게 말씀만 하세요."

"전에 내가 천자께 아우의 큰 덕을 찬양했더니, 천자께서 기쁨을 이기지 못하시면서 오래도록 선안仙顔을 한 번 보시고 싶어 하셨어. 오늘도 그런 말씀을 하셨는데 마침 다행이지 뭐야. 천자께서 애타게 보고 싶어 하시는 심정을 읽고 자매가 한 번만 자리를 같이해 주면 큰 복으로 여기고 말할 수 없이 기뻐하실 거야! 내가 너무 급작스레 하는 말이라면 먼저 용서를 구할게. 자매의 뜻이 어떤지 모르겠네."

"저희들은 여자의 몸이고 또 출가하여 수도까지 하므로 낯선 세속인들과는 서로 만날 수 없답니다. 게다가 남녀 사이라 보기에도 안 좋지요. 남녀 칠 세면 부동석이라는데 어찌 동석하여 내외의 예를 구분치 않겠어요?"

"그것은 그렇지 않아. 자매는 이미 출가해서 '삼계三界의 밖을 넘나들며 오행 중에 있지 않다'고 할 수 있는데, 어찌 세속적인 남녀의 구별을 가지고 논할 수 있겠나? 더구나 천자께서는 하늘로부터 명을 받으신 이른바 하늘의 아들로서 만백성을 다스리시며 4해의 부유함이 있으시고 모든 병사와 신하를 거느리셨으니, 신선이라도 마땅히 자리를 양보해야 할 거야. 또한 나와 너는 어려서부터 사귀어 왔고 의리로 보아서는 친자매와 다를 바 없으니, 천자를 뵙는 것은 곧 친척과 인사를 나누는 것이니까 그다지 문제될게 없지."

"언니 말씀이 옳기는 해요. 천자를 뵙도록 하지요."

천자는 "뵙도록 하지요"라는 소리를 듣자마자 더 이

상 기다릴 수 없어서 서둘러 뛰쳐나오고 말았다. 천자가 여도사를 보고 한 차례 몸을 굽히자 호희미도 한 차례 절을 하면서 서로 인사를 나누었다.

호희미가 말했다.

"천자께서는 앉으시옵소서."

천자는 옆쪽 구석에 앉았고 두 요괴가 도리어 방 아래위로 앉았다. 등불 아래서 호희미가 두세 번 붉은 입술을 벌리니 바로 하나의 앵도요, 사근사근 내뱉는 달착지근한 내음에 추파를 던짐이 곧 흐르는 물굽이였다.

호희미가 교태를 뚝뚝 흘리며 아양을 떨자 천자는 마음을 억제할 도리가 없었다. 급기야는 온몸이 땀투성이가 되었다. 천자의 욕정이 불같이 타오름을 눈치챈 달기는 더 이상 지체할 수 없다고 생각하여 일부러 옷을 갈아입겠다고 일어섰다.

달기가 천자를 향해 말했다.

"폐하께서는 여기 함께 계시옵소서. 첩은 옷 좀 갈아입고 곧 오겠나이다."

천자는 아래로 내려앉으며 위를 향하여 잔을 권했다. 천자가 등불 아래에서 눈을 찡긋거리며 정념을 보이자 여도사는 만면에 홍조를 띠며 미소를 지었다. 천자가 술을 따라 두 손으로 여도사에게 바쳤다.

여도사는 술을 받으며 나긋한 목소리로 답례했다.

"황공합니다. 폐하!"

천자는 이때다 싶어 호희미의 손목을 살짝 한번 꼬집어 주었다. 여도사가 가벼운 신음을 한번 흘리자, 천자의 혼백은 몽땅 구천으로 날아가는 듯했다.

"짐이 선고仙姑와 함께 녹대 앞에서 달을 감상하는 것이 어떻겠소?"

"가르침을 받겠나이다."

천자가 호희미의 손을 끌고 녹대를 나왔다. 희미는 사양하지 않았다. 마음이 동한 천자가 곧 향내나는 어깨에 몸을 기대니 달빛 아래인지라 정감이 더욱 짙어졌다. 천자는 불붙은 감정을 억제하지 못하여 말했다.

"내 일찍이 그대와 같은 미모를 본 적이 없소. 선계에 있기는 아까우니, 그대는 수행을 그만두고 언니와 함께 궁궐에 살면서 쓸쓸함을 버리고 부귀를 누리며 아침저녁 사시사철 즐기고 노는 것이 어떠하겠소? 인생이 살면 얼마인데 이처럼 스스로를 괴롭히는 것이오? 그대의 의향이 어떠하오?"

호희미는 그저 말이 없을 뿐이다. 천자는 희미가 그다지 핑계를 대며 거절하지 않는 것을 보고 이내 손으로 풍만한 젖가슴을 더듬었다. 이윽고 솜처럼 부드럽고 매끈매끈한 배에까지 손이 닿자 희미는 반은 밀치는 듯 못 이기는 체했다. 어느 누가 그 뜻을 모르리오!

천자는 도저히 더는 참을 수 없었다. 두 팔로 호희미의 허리를 끌어안고 편전으로 달려갔다. 두 사람은 미리 마련된 침상 위에서 나뒹굴며 운우의 정을 나누기 시작했다. 방향이 코를 찌르고 온몸에 비오듯 땀이 흘렀다. 희미의 입술에서는 끊임없이 신음소리가 새어나왔는데, 그때마다 천자는 혼절할 지경이었다. 그렇게 몇 차례 파도가 지나간 뒤 비로소 천자의 손이 멈추었다. 막 일어나 옷을 추스르고 있는데 갑자기 달기가 나타났다. 희미가 검은 머리를 어지러이 흘뜨린 채 쌕쌕 가쁜 숨을 몰아쉬는 것을 보더니 물었다.

"자매는 어찌 이런 모습을 하고 있어?"

천자가 겸연쩍어 하는 빛도 없이 대답을 대신하여 말했다.

"솔직히 말하리다. 지금 막 부부의 인연을 나누었소. 하늘이 남녀간을 잇는 인연 끈인 직승赤繩을 내리셨으니 여동생은 짐의 옆에 있으면서 아침저녁으로 기쁨을 나누고 무궁한 복을 함께 누릴 것이오. 이 모두는 그대가 희미를 천거하여 준 공이니 짐의 마음이 더욱 기쁘오. 결코 잊지 않으리다."

달기는 차마 질투의 빛을 나타내지 못했다. 천자는 곧 명을 내려 주안상을 다시 새로 차리게 하여 세 사람이 함께 마시며 즐겼다.

한편 바깥 관리들은 천자가 몰래 호희미를 받아들였다는 사실을 알지 못했다. 그날 이래 천자의 방탕은 그 도를 더해 갔다. 국사를 논함은 이미 물 건너간 일이요, 궐내에서는 황음무도했으며 조정의 안과 밖이 단절되었으니 참으로 궁궐이 만 리나 떨어진 듯했다.

어느 날 두 요괴가 누대에서 아침밥을 먹다가 갑자기 달기가 큰소리를 지르더니 땅에 쓰러졌다. 천자는 놀라 식은땀을 다 흘리고 두려운 얼굴은 흙빛이 되었다. 달기는 입에서 피를 흘리며 눈을 감은 채 말이 없었고 얼굴이 자줏빛으로 변했다.

"황후가 수년간 짐과 함께 살았어도 이런 일이 없었거늘, 오늘 어쩐 일로 이런 흉한 병에 걸렸는가?"

호희미가 짐짓 고개를 끄덕여 가며 탄식했다.

"언니의 옛 병이 도진 듯합니다."

"희미 미인은 황후에게 이런 옛 병이 있었다는 것을 어찌 아오?"

"옛날 기주에 있을 때 같이 한 방을 썼습니다. 언니

는 늘 심장병이 있어 한번 발작하면 거의 죽다시피 했습니다. 기주에 이름이 장원張元이라는 의사가 하나 있었는데 영롱심玲瓏心 한 조각을 달여먹으면 이 병이 곧 좋아지곤 했습니다."

"기주의 의사 장원을 부르라 하라."

"폐하, 무슨 말씀이십니까? 조가에서 기주까지 얼마나 되는 길이온데요? 한번 가고 오려면 적어도 한 달은 걸릴 것입니다. 기일을 지체한다면 어찌 구할 수 있겠나이까? 조가에서라도 영롱심만 있다면 한 조각을 구해 먹여야 제때에 구할 수 있지, 안 그러면 곧 죽을 것입니다."

"영롱심을 누가 가졌는지 아오?"

"제가 사부님께 배운 적이 있어 점을 칠 줄 아옵니다."

천자가 크게 기뻐하며 호희미에게 속히 점을 치도록 했다. 요괴는 손가락을 구부려 가며 짐짓 점을 치는 척하다가 아뢰었다.

"조정에 대신이 한 명 있기는 하온데 관직이 너무 높습니다. 이 사람을 아끼시느라 언니를 구해내지 못할까 두렵습니다."

"누구요? 빨리 말하시오!"

"오직 아상 비간만이 영롱칠규玲瓏七窺의 심장을 가지고 있습니다."

"비간은 황숙으로 가문의 적자인데 설마 황후가 심한 병에서 일어날 수 있도록 영롱심 한 조각을 아니 빌려주지는 않겠지? 속히 어찰을 보내 비간을 드시라 하라!"

관리가 아상의 거처인 상부相府로 날듯이 달려갔다.

비간은 한가히 앉아서도 나라가 쓰러질 위기에 처하고 조정이 마땅함을 잃어 마음속으로 계책을 세우고 있었다. 갑자가 당후관이 운판을 두드리더니 어찰을 전하고 즉시 입궐하라고 알렸다.

운판雲板은 청동판에 구름모양을 새긴 타악기의 일종이다.

비간이 어찰을 받고 예를 마친 뒤 말했다.

"천사는 먼저 돌아가시오. 궐문에서 만납시다."

천사天使는 천자의 사신이다. 비간은 곰곰이 생각했다.

'조정에 별일이 없었는데 무슨 일이 일어난 것일까?'

생각이 채 끝나기도 전에 또 알려왔다.

"어찰이 또 왔습니다!"

비간은 또 받았다. 잠시 동안 연달아 5차례나 어찰이 왔다. 비간은 의혹을 거두기 어려웠다.

'무슨 급한 일이 있기에 연이어 다섯 차례의 어찰을 보내셨을까?'

깊은 생각에 잠겨 있는데 또 보고가 있었다.

"어찰이 또 왔습니다!"

이번에 어찰을 가져온 천사는 봉어관 진청陳靑이었다. 비간이 영접을 마치고 진청에게 물었다.

"무슨 긴박한 일이기에 여섯 차례씩이나 어찰을 보내고 있소?"

"승상, 바야흐로 지금 국사는 점점 쇠하여 가는데 녹대에는 또 새로이 호희미라는 여도사를 받아들였습니다. 그런데 오늘 조반 때 달기마마께서 갑자기 심장병이 발작해서 기절하셨습니다. 희미가 진언하기를 영롱심 한 조각을 얻어 달여먹으면 곧 낫는다는 것이었습니다. 황상께서 '영롱심을 어떻게 얻는가?'라고 묻자, 희미가 산가지 점을 치더니 승상께서 바로 영롱심을 갖고 계시다고 했습니다. 이 때문에 여섯 차례나 어찰을 보내시어 승상의 심장 한 조각을 빌려 마마를 급히 구하시겠다고 이처럼 다급해 하시는 것입니다."

비간이 듣고는 간담이 서늘하도록 놀라 스스로 생각에 잠겼다.

'일이 이미 이렇게 되었구나!'

비간은 어명을 거역할 수 없으므로 안으로 들어가 부인 맹씨孟氏를 보고 말했다.

"부인, 당신은 아들 미자덕微子德을 잘 돌보시오. 내 죽은 뒤에 당신 모자는 살아남아 우리 가통을 이으시오. 결코 경솔해서는 아니되오. 이제 조정에는 사람이 하나도 없게 되었소!"

말을 마치고 비오듯 눈물을 흘리자 부인이 크게 놀라 물었다.

"대왕께서는 무슨 연고로 이처럼 불길한 말씀을 하십니까?"

"혼미에 빠진 군주께서 달기에게 병이 있다는 말을 들으시고 내 심장을 취하여 탕약을 만드시겠다니 어찌 살아날 도리가 있겠소!"

부인이 깜짝 놀라 눈물을 쏟으며 말했다.

"벼슬이 승상이고 또 아무런 거짓됨도 없으며, 위로는 천자께 죄짓지 않았고 아래로는 백성들에게 탐혹함이 없어서 대왕의 충성절효忠誠節孝를 모르는 사람이 없거늘, 무슨 죄가 있어 심장을 도려내는 처참한 형벌에까지 처한단 말입니까?"

옆에 있던 아들도 울면서 말했다.

"부왕께서는 걱정 마십시오. 방금 제게 생각이 떠올랐습니다. 지난날 강자아가 부왕의 기색을 보고 좋지 않다고 말하면서 비첩秘帖 하나를 남기고 갔었는데, 글방에서 읽어보니 이렇게 씌어 있었습니다. '위급한 어려움이 있어 진퇴양난에 처했을 때 펴보시면 구해 줄 수 있을 것이오'라고 말입니다."

비간이 문득 깨닫고 말했다.

"아! 깜빡 잊을 뻔했구나!"

급히 글방 문을 열고 연적 아래에 눌려 있던 첩 하나를 꺼내 살펴보니 과연 비책이었다.

비간이 말했다.

"빨리 불을 가져오너라."

비책이 지시한 대로 물 한 사발을 가져와 자아의 부적을 물속에서 태우고 그 물을 마셨다. 그런 다음 서둘러 관복을 입고 말에 올라 궐문으로 갔다.

한편 진청이 여섯 차례의 어찰로 비간을 불러들인 내막을 발설하자, 성 안 모든 군민과 관리들이 놀라워했다. 비간의 심장을 취하여 탕약을 만들라는 것을 모두 알았기 때문이다.

이때 무성왕 황 원수는 여러 대신들과 함께 궐문에서 기다리고 있다가 비간이 말을 타고 날듯이 달려와 내리는 것을 보았다. 백관들이 황망히 그 연고를 묻자 비간이 자초지종을 말했다. 백관들이 놀라 비간을 따라 대전에 이르렀다. 비간은 녹대 아래로 가서 윤음을 기다렸다. 천자가 기다리고 있다가 비간이 도착했다는 말을 듣고 곧 명했다.

"대 위로 오르시라 하라."

비간이 예를 마치자 천자가 말했다.

"황후가 우연히 지병인 심장병이 발작되었는데 오직 영롱심만이 낫게 할 수 있다 하오. 황숙에게 영롱심이 있으니 한 조각 빌려주어 탕약을 만들어 병을 낫게 한다면 이보다 더 큰 공이 없을 것이오."

"심心이 무엇이옵니까?"

"바로 황숙 뱃속의 심心이오."

비간이 노하여 아뢰었다.

"심이란 한 몸의 주인으로 폐 안에 숨어 있고 6엽葉과 두 귀의 가운데에 있어, 백 가지 악독이 침범하지 못하며 한 번 침범하면 곧 죽습니다. 심이 바르면 수족이 바르고, 심이 바르지 못하면 곧 수족도 바르지 못한 법입니다. 심은 곧 만물의 신령한 싹이며, 4상象 곧 태양·태음·소양·소음 변화의 근본입니다. 제 심에 상함이 생기면 어찌 살길이 있겠나이까? 신이 비록 죽어도 아까울 것 없으나 사직이 황폐하며 어질고 재능있는 사람이 멸절될까 걱정입니다. 지금 혼미해지신 주군께서 새로 들인 요부의 말을 듣고 제게 심장을 떼어내는 화를 내리시다니! 비간이 있어야 강산이 있고, 비간이 존재해야 사직이 보존합니다!"

"황숙의 말은 옳지 않소! 단지 심 한 조각을 빌리는데 무슨 상함이 있다고 어찌 그리 말이 많소?"

비간이 매서운 소리로 크게 외쳤다.

"어리석은 임금이여! 그대는 주색으로 혼미해진 멍청한 개돼지로다! 심장을 한 조각 떼어내면 나는 곧 죽소! 비간이 심장 도려낼 죄를 범하지 않았거늘 어찌 무고하게 이런 재앙을 당한단 말이오!"

천자가 노하여 말했다.

"임금이 신하에게 죽으라 하는데 죽지 않는다면 불충이렷다! 하물며 대 위에서 임금을 비방하다니. 그러고도 절개있는 신하라 하겠는가! 만일 짐의 명에 복종치 아니하면 무사로 하여금 끌어내리게 하여 심장을 취하도록 하겠다!"

비간이 큰소리로 욕했다.

"달기, 이 천한 것! 내 죽어 저승명부에 가서 선대 제왕을 뵙더라도 부끄러움이 없으리라!"

그리고는 크게 외쳤다.

"여봐라, 내게 칼을 가져와라!"

봉어관이 비간에게 칼을 넘겨주자 비간은 태묘를 바

라보며 큰절을 여덟 번 올리고 울면서 말했다.

"성탕 선왕이시여! 은수殷受가 성탕의 28대 천하를 저버릴 줄 어찌 알았으리요? 이는 신의 불충이 아니옵니다!"

이어 요대를 풀어 상체를 드러낸 뒤 칼을 배꼽 가운데로 찔러넣고 배를 갈랐으나 피가 흐르지 않았다. 비간이 손을 뱃속으로 집어넣어 심장을 끄집어낸 뒤 아래로 내던졌다. 그런 다음 다시 옷을 여미고 아무 말 없이 창백한 얼굴로 대를 내려갔다.

여러 대신들이 대전 앞에서 비간의 일을 서로 물었다. 여러 대신들이 분분하게 천자의 실정失政을 의론하고 있는데 대전 뒤에서 발자국 소리가 들렸다. 황 원수가 뒤를 돌아보니 비간이 나오고 있으므로 마음속으로 매우 기뻐했다.

황비호가 물었다.

"전하, 일이 어찌 되었나이까?"

비간은 말이 없었다. 백관들이 앞으로 나아갔다. 비간은 머리를 숙이고 바삐 걸었는데 얼굴이 노란 종이 같았다. 구룡교九龍橋를 지나 궐문을 나섰다. 종자가 비간이 조정을 나서는 것을 보고 말을 대기시키자 비간은 말에 올라 북문 쪽으로 갔다.

太師回兵陳十策

문 태사가 회군하여
열 가지 대책을 진언하다

    황 원수는 비간이 말없이 궐문을 나서는 것을 보고 황명黃明과 주기周紀에게 명했다.

    "전하께서 어디로 가시는지 쫓아가 보아라."

    두 장수는 명을 따라 쫓았다. 비간은 날듯이 말을 몰았는데 들리느니 바람소리뿐이었다. 5리쯤 갔을까, 길옆에서 어떤 부인이 광주리를 들고 무심채無心菜를 팔고 있는 소리가 들렸다.

    비간이 문득 듣고 말고삐를 당기며 물었다.

    "무엇이 무심채인가?"

"제가 팔고 있는 것이 무심채입니다."

"사람이 만일 무심無心이라면 어떠한가?"

"사람이 만일 무심이라면 곧 죽습니다."

비간은 큰소리를 한번 지르더니 갑자기 말에서 떨어져 온몸의 뜨거운 피를 땅에 쏟았다. 훗날 사람들이 시를 지어 이를 슬퍼했다.

어찰이 날아와 몸을 상했으니,
달기의 꾀로 충성되고 어진 신하 살해되었네.
비간이 곤륜의 술법에 기대었지만,
복조卜兆가 길옆에 있었을 줄이야 어찌 알았으리요?

나물파는 부인은 비간이 말에서 떨어지는 것을 보고 어찌된 영문인지 몰라 황망히 숨어버렸다. 황명과 주기 두 장수는 말을 타고 북문을 뒤쫓아 나와 비간이 말 아래서 선혈이 낭자한 채 얼굴을 하늘로 향하고 죽어 있는 것을 보았다. 두 장수는 그렇게 된 까닭을 알지 못했다.

당시 강자아가 비첩을 남겨두었는데, 거기에는 부적을 태워 그 재를 물에 타서 마시면 오장을 보호할 수 있다고 쓰여 있었다. 그래서 말을 타고 북문을 빠져나올 수 있었다. 그러나 무심채 파는 부인을 보고 비간이 그 까닭을 묻자, 부인이 "사람에게 심장이 없으면 곧 죽는

다"고 말했다. 만일 그 부인이 "사람에게 심장이 없어도 살 수 있다"고 대답했더라면 비간은 죽지 않았을 것이다.

어쨌거나 비간이 심장을 꺼내주고서도 피를 흘리지 않았던 것은 곧 자아의 부적술법이 지닌 현묘한 효능 때문이었다.

황명과 주기는 말을 달려 다시 구간전으로 돌아와 황 원수에게 자초지종을 고했다. 백관들은 하늘이 꺼지는 듯 마음이 몹시 아팠다. 그때 무리 중에서 어떤 하대부의 날카로운 음성이 쩌렁거리면서 울렸다.

"혼미한 임금이 이유없이 숙부를 함부로 죽여 기강을 무너뜨렸도다! 내가 임금을 직접 만나겠소!"

이 관리는 바로 하초夏招였다. 스스로 녹대로 가서 임금의 명도 기다리지 않고 곧장 위로 올라갔다. 천자는 비간의 심장으로 탕약 끓이는 것을 기다리다가 하초가 무례하게 대로 올라오는 것을 보았다. 천자가 가만히 보았더니 하초는 잔뜩 화가 나서 눈을 부라리고 눈썹을 치켜세운 채 임금을 보고도 절을 하시 않았다.

"하초, 교지도 없었거늘 무슨 일로 짐을 보려 하느냐?"
"임금을 죽이러 왔소이다!"

천자가 웃으면서 말했다.

"자고이래로 어떤 신하가 임금을 죽이는 법이 있단

말인가?"

"어리석은 임금! 당신은 임금을 시해하는 법이 없다는 것도 아는구려! 그렇다면 세상 어디에 조카가 까닭 없이 숙부를 죽이는 경우가 있단 말이오! 비간은 바로 당신의 숙부이자 제을帝乙의 동생인데, 지금 요부 달기의 음모를 듣고 그의 심장을 취해 탕약을 끓이고 있으니 이는 진실로 숙부를 시해한 것이오! 신이 어리석은 임금을 시해함으로써 성탕의 법도를 다할까 하오!"

하초는 녹대 위에 걸려 있던 비운검飛雲劍을 손에 들고 천자를 죽이려 냅다 달려들었다. 그러나 천자는 문과 무를 두루 갖추었는지라 어찌 일개 유생을 두려워하겠는가. 재빨리 몸을 피하자 하초는 허공을 찌르고 말았다.

천자가 크게 노하여 명했다.

"여봐라, 어서 저놈을 끌어내라!"

무사들이 명을 받들어 달려와 붙잡으려 하자 하초가 큰소리로 외쳤다.

"가까이 오지 말라! 어리석은 임금이 숙부를 죽였으니 내가 임금을 시해하는 것이 당연하도다."

무리가 앞으로 몰려오자 하초는 녹대에서 껑충 뛰어내렸다. 결국 하초는 가련하게도 몸과 뼈가 바스러져 비명에 죽고 말았다.

문무백관이 절의를 다한 하초의 시체를 거두고, 이어 북문 밖으로 가서 비간의 시체를 거두었다. 세자 미자微子는 삼베를 걸치고 지팡이를 짚은 채 백관에게 절하며 감사했다. 그 가운데는 무성왕 황비호와 기자箕子 등도 있었는데 듣는 이의 간장을 끊는 애도가 그치지 않았다.

백관은 비간을 관에 넣어 북문 밖에 세워두고 갈대 천막을 치고 지번을 휘날리면서 혼백을 안정시켰다.

지번紙旛은 장례식 때 쓰는 종이로 만든 깃발이다. 갑자기 척후병의 보고가 들렸다.

"문 태사께서 승전고를 울리며 조정으로 돌아오신다는 소식입니다."

백관이 깜짝 놀라 10리 밖까지 영접을 나갔다. 군영의 정문인 원문轅門에 이르자 군정사軍政司가 태사에게 보고했다.

"백관이 원문에서 영접하고 있습니다."

태사가 명했다.

"백관들께 잠시 돌아가 궐분에서 만나시지고 이르라."

뭇 관리들이 급히 궐문에 이르러 기다리고 있었다. 문 태사는 흑기린黑麒麟을 타고 북문으로 나아가다 문득 지번들이 나부끼는 것을 보고 곧 좌우에게 물었다.

"이는 어느 사람의 영구인가?"

"아상 비간의 영구입니다."

태사는 깜짝 놀라 말을 잇지 못했다. 성에 들어서니 이번에는 많은 전각들을 뚫고 대 하나가 드높이 우뚝 솟아 있었다.

궐문에 이르자 백관들이 길옆에서 맞이하고 있었다. 태사는 말에서 내려 웃는 얼굴로 답례하며 말했다.

"여러 대인들, 제가 북해北海로 원정나갔던 몇 년 사이에 성 안의 풍경이 많이도 변했군요."

무성왕이 말했다.

"태사께서는 천하가 어지럽고 조정이 황폐하여 제후들이 사방에서 변란을 일으킨다는 소식을 들으셨소이까?"

"해마다 보고를 접하고 매월 통지를 받아 오직 마음으로만 늘 걱정하고 있었소이다. 북해는 평정하기 어려운 곳이었소만 천자의 은혜와 주상의 권세와 위풍덕분에 마침내 북해의 재앙을 멸했소. 겨드랑이에 두 날개가 없는 것을 한탄하며 날듯이 도성으로 돌아와 임금을 뵈러오는 길이오."

관리들이 모두 대전까지 따랐다. 태사는 놓인 책상들마다 먼지가 수북하여 을씨년스럽다 못해 처량함을 보았다. 또 대전에 커다란 둥근 기둥이 있는 것을 보았다.

태사가 집전관執殿官에게 물었다.

"싯누런 큰 기둥이 어찌 대전에 놓여 있는가?"

집전관이 무릎을 꿇고 답했다.

"이 큰 기둥은 새 형벌을 다스리기 위해 설치된 것으로 포락炮烙이라 합니다."

"포락이라는 것이 무엇이냐?"

무성왕이 앞으로 나서며 말했다.

"태사, 이 형구는 구리로 만든 것인데 3층의 불구멍이 있습니다. 무릇 간관 중에서 사사로움 없이 충성을 다하고 일편단심 나라를 위하여, 천자의 잘못을 진언하고 천자의 어질지 못하심을 말하며 천자의 의롭지 못하심을 바로잡으려는 사람이 있으면, 곧 이 물건을 불로 벌겋게 달구고 철사로 꼬아 만든 줄로 사람의 두 손을 묶어 구리기둥을 꼭 껴안도록 한 뒤 좌우로 지나가게 합니다. 그러면 사지가 타들어 가면서 잿더미가 되어 차마 그 냄새를 맡을 수가 없소이다. 이 형구를 만들어내자 충성되고 어진 이는 은둔해 버리고 현자는 자리에서 물러나며, 능력있는 자는 나라를 떠나고 충성스런 자는 죽음으로써 절조를 지키고 있소이다."

문 태사가 이 말을 듣고 크게 노했다. 집전관에게 명했다.

"종과 북을 울려 임금 뵙기를 청하라!"

백관들이 크게 기뻐했다.

한편 천자는 스스로 비간의 심장으로 탕약을 끓여 달기의 병을 치료한 뒤 녹대 위에서 정성껏 달기를 위로하고 있는 중이었다. 당가관當駕官이 아뢰었다.

"구간전에 종과 북이 울리는데 문 태사께서 조정으로 돌아와 대전에 올라 뵙기를 청하나이다."

천자는 이 말을 듣고 윤음을 내렸다.

"대전으로 갈 것이니 수레를 채비하라."

천자가 대전에 오르자 문 태사가 나아가 예를 표하며 천자의 장수를 빌고 축하하였다. 천자는 옥으로 만든 홀을 들고 말했다.

"태사가 북해 원정에서 온갖 고초를 겪으면서 토벌에서 수고하고 계책을 짜느라 여가도 없이 애를 썼는데, 이렇게 기쁜 승리의 소식을 전하니 그 공이 참으로 크도다."

태사가 땅에 엎드려 절하고 말했다.

"하늘의 보위하심에 의지하고 폐하의 넓으신 보살핌심으로 요괴들을 물리쳐 없애고 역적들을 목 베어 토벌했나이다. 정벌 15년 동안 신은 목숨 바쳐 나라에 보답함으로써 선왕께 욕됨이 없도록 했나이다."

문 태사가 재삼 고개를 숙이며 말했다.

"하온데 신이 밖에서 듣자오니, 궁 안이 혼탁하고 어지러워 각지의 제후들이 반란을 일으키고, 신하들은 마음에 근심을 가득 품고서 날개가 없어 임금을 뵙지 못하는 것을 한스러워 한답니다. 오늘 천자의 존안을 뵙게 되었는데 그 정황이 진정 사실이옵니까?"

"강환초姜桓楚가 반역을 꾀해 짐을 시해하려 했고 악숭우鄂崇禹는 악행을 좇아 반란을 일으켰기에 모두 사형에 처했소. 그런데 그 아들들이 함부로 잔악한 짓을 하며 국법을 존중치 않고 각각 그 지역을 어지럽히고 요충지마다 소동을 일으키니, 그 무도함이 그야말로 통탄스럽소!"

"강환초가 제위를 찬탈하고 악숭우가 악행을 좇았다는데 누가 증인이 될 수 있나이까?"

천자는 대답할 말이 없었다. 태사가 한 발짝 앞으로 가까이 나아가며 굳은 표정으로 다시 아뢰었다.

"신이 변방에서 토벌하면서 여러 해 동안 고전을 했사온데, 폐하께서는 어진 정치를 베푸시지 않고 주색에 방탕하여 간언하는 신하와 충신들을 목베었다 들었습니다. 이제 제후들이 반란을 일으키기에 이르렀으니 어이하오리까? 신이 다시 폐하께 여쭈오니, 대전 동편에 있는 싯누런 물건이 무엇 하는 물건입니까?"

"역신들이 간악한 말로 임금을 거역하고 충성과 정직

을 잃었기에 이런 형구를 만들었는데 포락이라 하오."

"신이 도성에 들어오니 푸른 하늘 드높이 솟은 것이 보였는데, 그곳은 또 무엇 하는 곳입니까?"

"짐이 여름만 되면 쉴 만한 곳이 없었소. 그래서 이 대를 만들었는데 행락하면서 높고 멀리 관망할 때 이목을 가리는 것이 없소. 이름하여 녹대라 하오."

태사가 듣고 나서 마음이 몹시 불편하여 큰소리로 말했다.

"지금 4해가 황폐하고 제후들이 반란을 일으키는 것은 모두 폐하께서 제후들에게 짐을 무겁게 지우기 때문에 생긴 환난들은 아닌지요? 또 폐하께서 인정은 없고 은택을 내리지도 못하시면서 충간을 받아들이지 않으신 채, 간사한 무리를 가까이 하고 현량한 신하를 멀리 하시는 것은 아닌지요? 밤낮없이 주색에 빠져 거대한 토목공사나 벌이시고, 그로써 백성들은 견디다 못해 반란을 일으키고 군인들은 식량이 떨어져 흩어지고 있는 것은 아닌지요?"

문 태사의 아룀은 조목조목 조리가 있었다.

"선왕 때 사방 오랑캐가 복종하고 팔방에서 공물을 바쳐 태평성대의 풍성함을 누렸습니다. 황실의 기초와 복락을 더욱 공고히 하던 것을 생각하소서. 신은 북해의 전쟁에서 일편고심으로 적을 무찔렀습니다. 지금 폐하께서 덕정을 펴지 않으신 채 오로지 계속 황음에 빠져계시면, 신이 아무리 변방에서 수고한다 한들 이는 마치 썩은 처마에 부지런히 제비집을 짓는 것과 진배없습니다. 오직 폐하는 이 점을 살피소서! 신이 조정에 돌아오면서 치국의 계책을 가져왔으니 신이 다시 진언토록 용납하소서. 폐하께 잠시 환궁하시기를 청하나이다."

천자는 대답할 말이 없어 단지 궁궐로 들어갈 수밖에 없었다. 문 태사는 대전 위에 서서 말했다.

"중신·대부 제위! 댁으로 돌아가지들 마시고 저와 함께 제 집으로 가서 의논토록 합시다."

백관들이 뒤쫓아 태사의 저택으로 가서 은안전銀安殿에 각각 순서대로 앉았다.

태사가 물었다.

"여러 대부들, 제가 오랫동안 밖에 있으면서 북방으로 원정하느라 조정 안 사정은 잘 알지 못합니다. 하지만 나 문중聞仲은 선왕께서 돌아가실 때 자식을 부탁하셨던 그 유언을 감히 저버릴 수 없습니다. 오늘을 당하여 전장제도典章制度가 무너지고 도리에 어긋나는 일들이 생겼습니다. 각위께서는 혼신을 다해 사실을 말하시고 결코 거짓이 있어서는 안됩니다."

대부 손용孫容이 몸을 굽혀 인사를 한 뒤 말했다.

"여러 관리들이 저마다 이야기하면 태사께서 올바로 이해하는 데 방해가 될 성싶습니다. 다른 분들은 조용히 앉아계시고 무성왕 황 대인께서 처음부터 모두다 말씀해주시는 것이 좋을 듯싶습니다. 태사의 의향은 어떠하십니까?"

"손 대부의 말씀이 참 좋소. 황 대인께서 제게 그간의 내막을 들려주셨으면 합니다."

황비호는 몸을 굽혀 인사하고 말했다.

"부득이 중의에 따라 상세한 실상을 말씀드리리다. 사단은 천자께서 소호蘇護의 딸을 들이시고부터 시작되었소. 그때부터 조정 안은 날로 황폐하고 어지러워져 갑니다. 원비元妃이신 강 황후의 눈을 도려내고 불로 손을 지지는 형벌이 있었소. 태자형제분을 죽여 인륜도 끊었소이다. 제후들을 속여 조가로 돌아오게 해서는 절여 죽인 일도 있었구려. 천자께 간하던 사천감 태사 두원선杜元銑을 망령되이 목 베어 죽이기까지 합디다."

황비호는 조목조목 꼬집어 말했다.

"소호의 딸 달기의 알랑거림에 홀리시어 포락이라는 형구를 만들어 상대부 매백梅伯을 해치웠는가 하면, 희창姬昌을 7년이나 유리에 가두기도 했지요. 적성루 안에는 채분을 설치하여 궁녀들이 참사를 당하고, 주지육림을 만들어 내시들이 재앙을 만난 적도 있었소. 녹대의 토목 공사를 벌이다가 상대부 조계趙啓가 누대에서 떨어져 죽었고, 숭후호가 공사감독을 맡자 뇌물이 횡행하여 장정 셋 있는 집에서는 둘을, 하나 있는 집에서는 그 하나가 부역에 나갔는데도 돈 있는 자들은 그냥 집에서 놀았답니다. 백성들이 부역에 지쳐 죽으면 바로 그 대 아래에 묻어버리는 일도 자행되었구려. 상대부 양임楊任이 녹대의 공사를 하지 말라고 간하자, 양임의 두 눈을 도려냈는데 지금까지도 그 시체의 종적을 모르오."

잠시 숨을 고른 황비호는 다시 말했다.

"일전에는 녹대 위에 4, 50마리의 여우가 선인으로 변신하고 와서 잔치를 열었다가 비간에 의해 간파된 적이 있었지요. 또한 내정에 사사로이 한 여인을 받아들였는데 지금까지도 그 내력을 잘 모르지요. 어제는 달기에게 심장병이 도졌다고 하면서 영롱심을 달여먹으면 병이 낫는다고 속이자, 천자가 비간에게 강요하어 심장을 베어내게 해서 비명에 죽었는데, 아직 그 영구가 북문에 있지요. 국가가 흥하려면 상서로운 징조가 나타나고, 국가가 장차 망하려면 요괴들이 자주 출현하는 법이 아니겠소. 소생들이 누차 간언의 글을 올려도 마치 낡은 종이 보듯 하시니 상하가 심히 단절되어 있소이다. 진실로 어찌해야 할지를 모르고 있을 때 마침 태사께서 승리의 소식을 가지고 돌아오시니 사직과 만민에 참으로 큰 다행이 아닌가 생각되오."

황비호가 처음부터 끝까지 자세히 설명하자 문 태사가 갑자기 성난 소리로 우레소리같이 외쳤다.

"이렇게도 상식을 벗어난 일들이 있었다니! 북해의 전쟁 때문인가? 천자께서 삼강오륜을 문란시키기에 이르렀도다. 선왕의 뜻을 저버리고 국가에 해를 끼쳤으니 진실로 나의 죄로다! 여러 대부들께서는 돌아가 계십시오. 제가 사흘 뒤 대전에 올라 낱낱이 따져 글로써 진언하겠소."

태사는 여러 관리들을 저택에서 배웅한 뒤, 곧 서급우徐急雨를 불러 저택의 여러 문을 봉하도록 명하고 모든 공문서의 배달을 불허토록 했다. 서급우는 명을 받고 곧 여러 문을 달아걸었다.

문 태사는 사흘 안에 10조목의 진언을 만들고 나서 나흘째 되는 날 임금을 알현하기 위해 입조했다. 문무관원들은 이미 문 태사가 궁전에 올릴 상소문을 가져간다는 소식을 들었다. 그날 이른 아침 모든 관원들이 모여 조례를 마쳤다.

"상주할 것이 있으면 나오고 아무 일 없으면 산회토록 하라."

좌측 반열에 있던 문 태사가 나아가 신하의 예를 올리고 말했다.

"신에게 상소할 것이 있나이다."

그리고는 상주문을 어탁에 펼쳤다. 천자가 표문을 대강 훑어보니 다음과 같은 내용이었다.

태사 신 문중이 소疏를 올려 아룁니다. 신이 듣기로, 요임금께서는 천명을 받은 뒤 천하를 자신의 걱정으로 삼으셨지 임금자리를 즐거움으로 삼지는 않으셨다 합니다. 그러므로 난신을 징벌하여 쫓아내고 현명하고 의로운 신하를 힘써 구함으로써 순舜·우禹·직稷·설契 등을 얻고 요鯀와 같은 이는 벌을 주었나이다. 그리하여 뭇 성인들이 덕으로 보필하고 현인과 능력있는 이들이 보좌함으로써 교화가 널리 행해지고 천하가 화합하며 만민은 모두 인의와 안락을 누렸었나이다. 또한 각자 그 마땅함을 얻어 행실이 예에 맞았으며 어유있게 중도中道를 좇았으므로, 이를 일컬어 '천하의 왕된 자라 할지라도 반드시 한 세대 후에야 어진 정치를 실현할 수 있다'고 하나이다. 요임금께서는 70년간 재위하시다가 우순虞舜에게 제위를 넘겨줌으로써 선양했나이다. 요임금께서 붕어하시자 천하는 요임금의 아들

단주丹朱에게 돌아가지 않고 순舜에게로 돌아갔습니다. 순임금은 피할 수 없음을 아시고 이에 천자의 자리에 즉위하신 뒤 우禹로 재상을 삼으셔서 요임금을 보좌했듯이 그 통업統業을 계승케 하셨으니, 이리하여 무위지치無爲之治로 천하를 다스리셨나이다. 지금 폐하께서는 대위를 계승했으니 마땅히 인과 의를 행하시고 은택을 널리 펴셔야 사직이 안전하며 백성이 즐거움을 누릴 수 있습니다.

그런데 어찌하여 폐하께서는 음란과 주색을 가까이하고 간사한 아첨에 친하시어, 은애를 잊으신 채 황후의 손을 불에 지지고 두 눈을 도려내며, 사자嗣子를 죽여 스스로 그 후사를 끊으셨단 말입니까? 이는 모두 무도한 임금의 소행이요, 스스로 멸망의 화를 불러들이는 것입니다. 원컨대 폐하께서는 지난 잘못을 깊이 뉘우치시고 소인을 멀리 하시며 군자를 가까이 하소서. 그리하시면 사직이 안존하고 만민이 크게 복종하며 천하가 태평의 복을 누리게 될 것입니다. 신은 폐하께 죄지음을 무릅쓰고 다음 열 가지의 대책을 진언합니다.

첫째로 녹대를 허물어 백성을 편안케 할 것.

둘째로 포락을 폐하여 간관으로 하여금 충성을 다하게 할 것.

셋째로 채분蠆盆을 메워 궁의 우환을 가라앉힐 것.

넷째로 주지酒池와 육림肉林을 없애 제후들의 비방을 막을 것.

다섯째로 달기를 폄적하고 따로 정궁正宮을 세워 내정內庭에 미혹의 근심이 없게 할 것.

여섯째로 아첨하는 신하를 가려내고, 특히 비중費仲과 우혼尤渾을 속히 목베어 인심을 수습할 것.

일곱째로 창고를 열어 기근에 허덕이는 백성들을 구제할 것.

여덟째로 사신을 파견하여 동남지역을 무마하여 복종시킬 것.

아홉째로 산중에 숨은 현자를 찾아가 천하의 의혹된 마음을 풀어줄 것.

열째로 충간을 받아들이고 언로를 크게 열어 천하로 하여금 막히거나 가림이 없게 할 것.

문 태사는 어탁 옆에 서서 먹을 갈아 붓털에 적셔 그 붓을 천자의 손에 건넸다.

"폐하께서 비준하여 주시기를 강청하옵니다."

천자는 열 가지 조목을 보니 첫째가 녹대를 헐라는 것이었다. 천자가 말했다.

"녹대를 짓느라 든 비용과 노력이 얼마인데 다 짓고 나서 허물다니 안되오. 지금 만일 허문다면 너무나 아깝소. 이것은 다시 의논하시오. 둘째로 '포락'은 비준하오. 셋째로 '채분'도 비준하오. 다섯째로 '소후蘇后'를 폄적하라는 것인데 도대체 말이 안되는 소리요. 지금 달기의 덕성이 조용하고 정숙하여 덕을 잃은 일이 없는데 어찌 문책하란 말이오? 이것도 다시 의논하시오. 여섯째로 중대부 비중과 우혼 두 사람은 본디 공이 있을지언정 죄는 없으며 참언하지도 않았는데 어찌 주살까지 하란 말이오? 이 세 가지 외에 나머지는 시행을 비준하는 바이오."

"녹대에 들인 공이 비록 컸으나 그만큼 백성들의 몸과 재산을 해치게 했으므로 만민이 다 깊은 원한에 잠겼나이다. 그러니 이를 헐어서 천하백성들의 말 못할 한을 씻어 주셔야 합니다. 또한 황후께서 폐하께 간하다가 참형을 당하셨다니, 귀신조차 노하고 원망하며 억울한 혼은 호소할 길이 없습니다. 속히 소후를 견책하시어 귀신이나마 기쁘고 편하게 하소서. 비중과 우혼을 목 베시어 조정의 기강을 청정케 하시고 나라 안에 아첨이 없게 하심으로써 폐하의 마음에 미혹되고 어지러운 걱정을 없게 하소서. 그리하면 조정의 정사는 저절로 깨끗해질 것입니다."

천자는 선 채로 말했다.

"태사가 상주한 것 중 일곱 가지는 짐이 비준하는 바이나, 이 세 가지는 좀더 시간을 두고 다시 결정하겠소."

"폐하께서는 이 세 가지 일을 대수롭지 않게 여기지

마소서. 이 세 가지야말로 어지러움을 다스리는 근원과 관계되오니 잘 살펴 제발 어물쩍 넘기려 하지 마소서."

군신이 이와 같이 팽팽히 맞서고 있는데, 중대부 비중이 당면한 상황을 인식하지 못하고 불쑥 반열에서 나와 대전으로 올랐다. 문 태사는 비중이 누구인지 알지 못했으므로 물었다.

"그대는 누구인가?"

"비직卑職에 있는 비중입니다."

"선생이 바로 비중이구려. 선생은 무슨 할 말이 있기에 대전에 올랐소?"

"태사께서는 비록 지위가 지극히 높으시나 국법에 따르지 않고 붓을 들어 임금께 상주문의 시행을 억지하심은 예가 아닙니다. 상주문으로 황후를 탄핵함은 신하의 도리가 아니며, 무고한 신하를 죽이도록 명하는 것도 옳은 법이 아닙니다. 태사께서 임금을 멸시하고 스스로를 내세움은 아랫사람이 윗사람을 능욕하는 것이며, 대전에서 방자히 행동하는 것도 신하된 자의 예를 크게 잃은 것이니 크게 불경스럽다 할 것입니다."

태사가 듣더니 세 눈 중에서 가운데 신목神目을 부릅뜨고 긴 머리카락을 곤두세우며 외쳤다.

"비중, 네 이놈! 교묘한 말로 폐하를 미혹시키더니 나까지 화를 돋워 죽이려느냐?"

말과 함께 한주먹에 비중을 쳐서 궁전 붉은 섬돌에 쓰러뜨리니 비중의 얼굴에 온통 검푸른 멍이 들었다. 이때 우혼이 잔뜩 화가 나서 대전으로 올라오며 말했다.

"어전에서 대신을 쳐서 쓰러뜨렸으니, 이는 비중을 친 것이 아니라 바로 폐하를 친 것입니다."

"당신은 또 뭐하는 관리요?"

"내가 바로 우혼입니다."

태사가 껄껄대며 말했다.

"어떤 쥐새끼가 우혼인가 했더니만 바로 네놈이었구나! 두 놈의 도적이 안팎에서 세도를 부리더니 이제 끼리끼리 감싸고도는군!"

태사가 앞으로 달려가 한 손바닥으로 갈기니 우혼은 벌렁 붉은 섬돌 근처로 나뒹굴었다. 태사가 좌우를 불러 일렀다.

"이 두 놈을 궐문 밖으로 끌고 가서 참수하라!"

조정에 있던 무사들도 이 두 사람을 제일 골치 아파했다. 태사가 노발대발하며 하는 말을 듣고 이들을 곧 궐문 밖으로 밀어냈다. 문 태사는 노기가 충천했다.

천자는 이러한 광경을 보고도 아무 말이 없었다.

'비중과 우혼이 살지 죽을지도 모르고 나서더니 스스

로 욕을 당했구나!'

문 태사는 다시 천자에게 형의 집행을 허락해 달라고 주청했다. 그렇지만 천자가 어찌 감히 비중과 우혼 두 사람을 죽일 수 있으랴.

"태사가 상주한 것들은 조목조목 모두 옳은 말이오. 이 세 가지 일도 짐이 모두 행하리다. 그러나 비중과 우혼 두 신하가 비록 무례하게 경을 탄핵했지만, 그 죄에는 증거가 미약하니 법대로 따져 신중히 죄를 다스림이 그들에게도 원한이 없을 것이오."

문 태사는 천자가 재삼 자신의 뜻을 굽히고 무척 조심스럽고 신중히 하려는 안색인 것을 보고 생각했다.

'내 비록 나라를 위해 직간하고 충성을 다한다지만, 임금으로 하여금 신하를 두려워하게 하고 있으니 내가 먼저 임금을 기만하는 죄를 짓고 있구나!'

태사가 무릎을 꿇고 아뢰었다.

"신은 단지 사방을 평정하고 백성을 편안케 하며 제후를 복종케 하기를 원할 뿐, 어찌 다른 바람이 있겠나이까?"

천자가 명령을 전했다.

"비혼과 우혼을 법에 따라 심문토록 하라. 일곱 가지 진언을 즉시 시행하되, 세 가지는 다시 의논한 뒤에 시행토록 하라."

천자는 궁으로 돌아가고 백관들도 각각 흩어졌다.

천하가 흥하려면 좋은 일이 벌어지고 천하가 망하려면 화근이 생기는 법. 태사가 바야흐로 진언을 올리고 있을 때 일은 이미 닥쳐와 있었다. 동해에서 평령왕平靈王이 반역한 것이다. 소식이 조가에 날아들어 먼저 무성왕의 저택에 이르렀다. 황 원수는 소식을 듣고 탄식하며 말했다.

"군사들이 사방에서 들고일어나 도처가 불안한데, 이제 또 평령왕이 배반을 했다니 어느 때에나 평안하게 되리!'

황 원수가 관리를 보내 문 태사의 저택으로 급히 소식을 전했다. 소식을 들은 태사가 곧장 황 원수의 저택으로 왔다. 황 원수가 영접하여 모셔들여 자리를 나누어 앉았다.

문 태사가 입을 열었다.

"원수, 동해 평령왕이 배반했다는 소식이어서 장군과 함께 의논하러 왔습니다. 내가 갈까요, 아니면 원수께서 가시겠습니까?"

"다만 태사의 의견대로 하겠소이다."

문 태사가 생각해 보더니 입을 열었다.

"황 장군, 역시 장군께서 조정을 맡으셔야 하겠습니

다. 제가 20만 병력을 이끌고 동해로 가서 반란을 수습한 뒤 정사를 다시 의논토록 하시죠."

두 사람은 처리할 것을 함께 의논했다.

다음날 이른 아침, 문 태사는 조정에서 알현을 마치고 나서 출사표를 올렸다. 천자가 표문을 얼핏 보더니 놀라 물었다.

"평령왕이 또 배반하다니 어찌 이럴 수가 있는가?"

"신은 일편단심으로 나라와 백성을 걱정하고 있으니 부득이 가지 않을 수 없겠나이다. 이제 황비호는 남아서 나라를 지킬 것이고, 신은 동해로 가서 반란을 평정코자 합니다. 원컨대 폐하께서는 아침저녁으로 사직을 중히 여기소서. 세 가지 진언은 신이 돌아온 뒤 다시 진언드리겠나이다."

천자는 이 말을 듣고 크게 기뻤다. 문 태사가 곁에 있지 않기를 간절히 바라고 있던 차였는데, 이제 면전에서 훼방하지 않게 되었으므로 마음이 심히 후련해지는 듯했다. 급히 교지를 선했다.

"황모黃旄와 백월白鉞을 꺼내고, 문 태사의 출정을 위해 송별연을 베풀도록 하라."

천자는 수레를 타고 조가의 동문까지 나갔다. 문 태사가 영접하여 알현했다. 천자는 문 태사에게 술을 따르도록 명했다. 문중은 술을 건네받고 몸을 돌려 황비호에게 다시 건네면서 말했다.

"이 술은 황 장군이 먼저 마시시오."

황비호가 몸을 굽혀 절하면서 말했다.

"성상께서 내리신 잔을 제가 어찌 감히 마시리오."

"장군은 이 술을 들고 계십시오. 제가 한 마디 드릴 말씀이 있습니다."

문 태사가 말했다.

"조정의 기강을 맡을 사람이 없으니 모든 것을 장군에게 맡기겠습니다. 이제 심히 불공평한 일이 생기면 예를 갖추어 직간할 것이며, 입을 다물고 침묵만 지킨다면 이는 신하가 임금을 사랑하는 마음이 아니란 것을 명심하십시오."

문 태사는 몸을 돌려 어안을 우러르며 말했다.

"신이 이제 떠나면서 달리 근심될 일은 없으나, 원하건대 폐하께서는 충고의 말을 들으시어 사직을 중히 여기소서. 결코 옛 법규를 어지럽힘으로써 임금의 길에서 어긋나심이 없게 하소서. 신이 이번에 가면 길면 1년, 짧으면 반년 안에 돌아오겠나이다."

문 태사는 술잔을 비우고 큰소리로 출정을 명한 뒤 병사를 일으켜 동해로 떠났다.

子牙兵伐崇侯虎

강자아가 군대를 일으켜 숭후호를 치다

천자는 대전으로 돌아오자마자 명했다.

"비중과 우혼을 석방하라."

그때 미자微子가 반열에서 나와 아뢰었다.

"비중과 우혼 두 사람은 태사의 탄핵을 받아 감옥에시 조사받고 있는 자들입니다. 지금 태사께서 출병한 자리에 흙먼지도 가라앉지 않았는데 즉시 석방하라시는 것은 불가한 일입니다."

"비중과 우혼 두 사람은 원래 죄가 없었는데 태사가 상주하여 억울하게 모함받은 것을 짐이 어찌 모르겠는가? 황백皇伯은 괜한 논의로 충성되고 어진 신하를 모함치 마시오."

미자는 아무 말도 하지 못하고 대전을 떠났다. 천자는 곧 두 사람을 석방하여 원래의 직임을 이어서 황제를 호위케 했다. 천자는 마음이 몹시 기뻤다. 문 태사가 원정을 떠나니 다시금 마음놓고 방자히 즐기며 전혀 거리낌이 없었다.

때는 마침 봄 3월 호시절이라 경치가 아름다워 황제의 뜰에는 모란이 한창 피어 있었다.

천자가 이를 보고 또 교지를 내렸다.

"백관들은 함께 황제의 화원으로 와서 모란을 감상하시라 하라. 군신간의 즐거움을 잇고 순임금 나라인 우虞조정의 기쁜 노랫소리를 본받도록 하라."

백관이 명을 따라 수레를 몰고 화원으로 모여들었다. '천상의 네 계절에는 봄이 제일 먼저이고, 인간세상의 가장 부유함은 제왕의 집에 있다'는 말이 실감날 정도였다.

화원의 아름다움을 어찌 다 말할까마는 얼핏 보자하니 다음과 같았다.

봉래蓬萊의 선경仙境이 따로 없고,
천상의 선포仙圃를 닮았네.

모든 꽃나무들이 한자리에 모여 있고,
온갖 돌이며 아름다운 옥들로 경치를 꾸몄네.
붉은 복숭아 하얀 자두 향기를 날리고,
푸른 버들 파란 넝쿨 가벼이 흔들리네.
금문金門 밖에 몇 그루 군자죽君子竹이요,
옥호玉戶 아래 두 줄의 대부송大夫松이라.
자줏빛 비단 그림들 당堂 기둥에 높이 걸렸고, .
짙푸른 무늬조각들 누각 처마에 새겨 있네.
공차는 놀이터 비스듬히 계원桂院으로 통하고,
그네 틀 멀리로 꽃들과 만나네.
모란정牡丹亭에는 비빈들이 오가고
작약원芍藥院에는 화장한 여인들 한가로이 노니네.
금교金橋에 푸른 물 흐르고,
해당海棠은 가벼운 바람에 취하네.
벽돌 갈아 아름다운 벽 만들고,
흰 돌 깔아 길을 이루었네.
양쪽 자줏빛 거리에는
구슬 희롱하는 두 마리 용을 만들어 놓았고,
좌우 난간에는
아침 햇살 받은 붉은 봉황을 조각해 넣었네.
비취정翡翠亭은 길마다 금빛이요,
어서각御書閣 10층은 상서로운 단장일세.
상서로운 구름에 비친 해는,

제왕의 영화를 드러내고
상서로운 기운이 눈에 들어오니,
황가皇家의 귀함이 극에 달하네.
봉미죽鳳尾竹에는 뭇 새들 찾아오고,
용조화龍爪花에는 오색구름 서로 드리우네.
천홍만자千紅萬紫가 누대를 비추고,
길짐승 날짐승들 내원에서 우네.
이야기꾼 얘기에
천자는 기뻐 웃으며 미칠 듯하고,
앵무새 같은 여인들 노랫소리에,
천자는 기뻐하여 손뼉을 치네.
벽지碧池 속에는 금빛 물고기 뛰놀고,
담장 안에서는 학과 사슴이 함께 봄을 즐기네.
파초芭蕉 그림자에 바람이 건듯 부니,
향기가 진동하여 온갖 꽃의 주인 되네.
산호수珊瑚樹 우뚝우뚝,
신선동神仙洞 구불구불,
완월대玩月臺 층층겹겹,
석화경惜花徑 까마아득.
물가 누각 아래에선 갈매기 즐거이 우짖고,
시원한 정자 위에선 가야금 소리 그윽한 운치라네.
야합화夜合花 피어나니,
정원 깊숙이 숨은 향기 흩어지지 않고,

목란화木蘭花 피어나니,
정원 가득 맑은 기운 사라지기 어렵네.
이름난 꽃들의 온갖 빛깔은,
어찌 그림으로 그려 묘사할 수 있으며,
층층 누각은,
스스로 뛰어난 장인이라 한들 어찌 흉내내랴?
궁중의 화원은 과연 기이한 경치이고,
황궁 안은 참으로 번화롭도다.
꽃들 사이로 나비는 날개를 펄럭이고,
궁원 안으로 벌들이 숨어 있네.
정자 처마에선 자줏빛 제비 날고,
연못가 누각에선 개구리 울음소리.
봄새들은 온갖 소리로 노래하는데,
반포反哺하는 까마귀는 자애로운 새라네.
궁중의 화원은 수놓은 비단 같으니,
선가仙家는 말해 무엇하리?

백관들은 수레를 좇아 궁중 화원의 모란정으로 올라 9룡龍을 배열하여 진치자리를 마련하고, 문무가 차례대로 자리에 앉아 예를 청했다. 천자는 어서각御書閣에서 소달기와 호희미를 데리고 함께 마셨다.

무성왕이 미자와 기자에게 말했다.

"잔치에 좋은 잔치란 없고, 모임에 좋은 모임이란 없

다'고 했습니다. 바야흐로 지금은 병마가 종횡으로 치닫고 병란이 사방에서 일어나는데, 모란이나 감상하며 잔치 즐길 마음이 어디에서 생긴단 말입니까? 그런데도 천자께서는 개과천선하실 줄을 모르고 있습니다. 혹 변방에서 봉화불이 꺼지고 흉악한 반역도를 토벌이라도 한다면, 요순의 음악을 함께 즐기며 태평의 복을 누릴 가망이 있겠지만, 만일 혼미한 가운데서 돌아오지 않는다면 이러한 날도 머지않아 곧 긴 근심의 날들로 변할 것입니다."

미자와 기자가 말을 듣고 머리를 끄덕이면서 탄식했다. 관리들은 한낮까지 마시고, 백관들은 어서각으로 가서 하사한 술에 감사해 했다.

당가관이 아뢰었다.

"백관들이 은혜에 감사해 합니다."

천자가 말했다.

"봄빛이 아름답고 꽃 버들이 향기로워 마시고 즐긴 것뿐인데, 무슨 은혜에 감사해 한다 말인가? 짐이 잔치에 참석할 것이니 기다리라 하라."

백관들은 천자가 누대에서 내려와 친히 함께하겠다는 말을 듣자 삼가 기다릴 뿐이었다. 천자가 친히 이르자 모란정의 상석에 한 자리를 더하여 뭇 신하들과 함께 마시며 즐겼다.

한편 어서각의 달기와 호희미는 술에 잔뜩 취해 임금의 침상에서 잠이 들었다. 거의 3경이 되었을 때 달기는 부스스 본모습을 드러내고 잡아먹을 사람을 찾았다.

한 줄기 스산한 바람이 일더니 꽃이 꺾이고 나무가 쓰러지며 괴이함이 이를 데 없었다. 바람이 한바탕 지나가며 흙먼지를 일으키자 모란정은 온통 아수라장이 되었다. 뭇 관리들이 놀라서 어쩔 줄을 모르고 있는데 술시중 드는 관리들이 일제히 소리쳤다.

"요괴가 나타났다!"

황비호는 이미 반쯤 술에 취했다가 요괴라는 소리에 황망히 몸을 일으켜 자리를 빠져나와 보니 과연 어떤 물체 하나가 찬 이슬 가운데서 오고 있었다. 눈은 황금등불 같고 긴 꼬리와 날카로운 발톱에 몸뚱이는 작달막했다. 휘젓고 다니는 것이 마치 산에 오르는 호랑이 같고, 얼굴을 돌리니 무지막지함이 승냥이 같기도 했다.

황비호가 눈동자를 모으고 자세한 형상을 살피니, 바로 중산中山의 한 마리 늙은 여우였다. 그렇지만 황비호는 수중에 후려칠 만한 물건이 하나도 없었다. 그리하여 겨우 손으로 모란정 난간 하나를 꺾어 가지고 여우를 향해 한 차례 휘둘렀다. 요괴는 움찔 물러서더니 다시 달려들었다.

황비호가 좌우에게 소리쳤다.

"빨리 북해에서 진상한 금안신앵金眼神鶯을 가져오라!"

좌우가 급히 붉은 새장을 열어놓았다. 신앵이 재빠르게 날아오르더니 이내 여우를 향해 달려들었다. 신앵이 쇠갈고리 같은 발톱으로 한 차례 낚아채자, 여우는 '깨갱' 소리를 지르더니 태호太湖의 돌 아래로 도망쳐 들어갔다.

마침 천자도 두 눈으로 이 일을 똑똑히 보았으므로 곧 좌우를 불러 호미를 가져와 그 아래를 파보라 일렀다. 이들이 두세 자쯤 파내려가자 셀 수 없이 많은 사람 뼈가 무더기를 이루고 있었다. 천자는 기겁하며 소스라쳤다.

'간관이 상주하면서 늘 '궁중에 요사스런 기운이 가득하고, 재앙의 별이 천하에 비친다' 하더니 이 일이 과연 사실이 아닌가!'

천자는 마음이 여간 불쾌한 것이 아니었다. 백관들 또한 몸을 일으켜 서둘러 집으로 돌아갔다.

한편 달기는 술에 취한 까닭에 본모습을 드러냈다가 예기치 않게 신앵에게 얼굴을 할퀴어 살점이 떨어져 나간 터라 깜짝 놀라 서둘러 어서각으로 돌아왔다. 후회막급한 일이었다.

어서각에 돌아온 천자는 달기와 자리에 들었다. 그리하여 밤을 새워 즐겼는데, 날이 밝아오자 달기의 얼굴에 난 상처가 보였다.

"왕후의 얼굴에 웬 상처요?"

달기는 돌아누우며 말했다.

"어젯밤 폐하께서 백관들과 함께 주연을 베푸시는 동안 소첩이 밖으로 나가 거닐다가 해당화 가지에 긁혀 난 상처입니다."

"이후로는 궁중화원에 노닐지 마시오. 원래 이곳은 요괴의 기운이 많은 곳이오. 짐과 백관이 3경까지 마시고 있었는데 여우 한 마리가 사람들을 휘젓고 다니는 것을 보았소. 마침 무성왕 황비호가 난간 나무를 꺾어 후려쳤는데도 여전히 물러서지 않자, 북해에서 진상한 금안신앵을 풀어놓았소. 그 신앵이 여우를 덮쳐 발톱으로 한 차례 낚아채자 그 요괴가 상처를 입고 달아났소. 신앵의 발톱에는 아직도 피 묻은 털이 남아 있소."

천자는 그런 말을 하면서도 자신이 바로 그 여우와 동침했다는 사실을 몰랐다.

달기는 속으로 황비호를 증오하는 마음이 생겼다.

'내가 너를 해코지한 적이 없는데도 네가 나를 해쳤으니, 어디 네놈에게 피할 길이 있는지 두고 보자!'

이로부터 달기는 호시탐탐 무성왕 황비호를 해칠 날만 기다리게 되었다.

한편 서기西岐의 강자아姜子牙는 조정에 있다가 어느날 보고를 들었다. 천자가 주색에 빠져 간신배와 아첨꾼을 신임하고, 또 동해의 평령왕이 모반하여 문 태사가 다시 정벌하러 갔다는 것이었다. 또 다른 보고도 들었는데, 숭후호가 천자의 총명을 흐리게 하여 널리 토목공사를 일으키고, 비중·우혼과 함께 은밀히 통하여 조정을 휘어잡고 있다는 것이었다. 자아는 절박한 상황을 알아내고 분노가 머리끝까지 치솟았다.

"어떤 방법으로든 이 어리석은 놈을 제거하지 않았다가는 필시 천하에 큰 후환이 될 것이다!"

다음날 일찍 자아는 조정으로 나갔다.

"승상은 어제 변방의 보고를 받았을 터인데, 조가朝歌에 무슨 이상한 일이라도 생겼소?"

자아가 반열에서 나와 아뢰었다.

"신이 어제 변방의 보고를 들으니, 천자가 비간의 심장을 도려내 달기의 병을 치료한다고 탕약을 끓이는가

하면, 숭후호는 조정을 문란시켜 대신들을 맘대로 부리고 천자를 미혹시켜 못하는 짓이 없다 합니다. 이러한 많은 죄악을 행하여 조가백성들로 하여금 하루도 편할 날이 없게 하여 참혹함이 이를 데 없다고 합니다. 신의 어리석음으로 감히 청할 수 없으나, 이와 같은 큰 죄악은 호랑이를 빌어 위세를 펼치며 4해에 독한 고통을 주어 걸桀을 도와 잔학함을 행하는 것과 같으니, 이를 천자의 좌우에 있게 하면 장차 어떠한 결과를 가져올지 모를 것입니다. 지금 백성들이 재앙 가운데 있으니 대왕께서는 인의를 널리 베푸시어, 만일 신의 어리석은 뜻대로 먼저 이 난신적자를 치고 천자 좌우에 아첨꾼들이 보이지 않게 한다면, 아마 천자께서도 일심전력하시는 기회를 갖게 될 것입니다."

"경의 말이 비록 옳기는 하나 짐이 숭후호와는 같은 작위인데 어찌 혼자의 힘으로 정벌할 수 있겠습니까?"

"천하는 모든 사람에게 숨김없이 직언을 할 수 있도록 허락하고 있습니다. 더구나 주군께서는 천자의 백모白旄와 황월黃鉞을 받으셨으므로 직접 정벌하실 수 있습니다. 대왕께서는 지금 어질고 의로운 마음을 펴시어 백성을 재앙에서 구해야 합니다. 만일 천자께서 악을 버리고 선을 좇아 요·순 두 임금의 법을 본받으신다면, 대왕의 이러한 공적은 만세토록 빛날 것입니다."

문왕은 천자에게 요·순이 되도록 권한다는 자아의 말을 듣자 그 마음이 심히 기뻐서 곧 말했다.

"승상께서 군대를 일으킨다면 누가 주장이 되어 숭후호를 치러 가는 것이 좋겠습니까?"

"신이 대왕을 대신하여 견마지로를 다하길 원합니다."

왕은 자아가 너무 많은 사람들을 죽일까 적이 걱정되었다. 마침내 스스로 '내가 가서 헤아려 봐야겠구나!' 생각하게 되었다.

"짐이 승상과 함께 가겠습니다. 결정하기 어려운 일이라도 있을지 모르니 함께 의논하는 것이 좋겠습니다."

"대왕께서 친히 정벌하러 나가신다면 천하가 모두 호응할 것입니다."

문왕은 황모黃旄와 철월鐵鉞을 꺼내고 군사 10만을 일으켜 길일을 택해 제사를 드리고 난 뒤, 남궁괄南宮适을 선봉장으로 하고 신갑辛甲을 부장으로 삼았으며 그 뒤를 4현賢과 8준俊이 따르게 했다.

왕과 자아는 폭죽을 놓아 분위기를 돋운 뒤 진군명령을 내렸다. 백성들 또한 숭후호를 정벌한다는 소식을 듣고 모두 거리로 나와 크게 기뻐하며 즐거워했다.

자아의 군대가 위풍당당하게 연도를 지날 때에도 사

람들은 즐거이 일을 했으며 닭이나 개마저 놀라지 않았다. 거리마다에는 동네사람들이 몰려나와 영접했다. 순조롭게 행군하던 어느 날 정찰병이 보고를 가져왔다.

"군대가 숭성崇城에 이르렀나이다."

자아는 명하여 병영을 안정시키고, 기문旗門을 드리워 큰 성채를 세우게 했다. 자아가 장막에서 제장을 소집하자 뭇 장수들이 와서 시립했다.

한편 숭후호 진영의 정찰병도 성에 들어와 보고했다. 이때 숭후호는 숭성에 있지 않고 마침 조가의 조정에 참례하고 있었다. 성 안에는 숭후호의 아들 숭응표崇應彪가 있어 집무를 대신하고 있었다. 소식을 접한 그는 크게 놀라 급히 장수들이 모이도록 북을 치라 했다. 장수들이 은안전에 모이자 숭응표가 말했다.

"희창姬昌이 본분을 지키지 않고 작년에 관을 도망하여 성상께서 몇 번이나 병사를 모아 정벌하려 했었소. 그렇건만 그는 잘못을 뉘우칠 생각은 하시 않고 도리이 명분없는 군사를 일으켰다 하니 한스럽기 이를 데 없소! 더군다나 지금은 너나없이 각자 강토를 굳게 지켜 추호의 빈틈도 없어야 할 때인데 스스로 법을 어겨 우리를 적대하니 우리가 어찌 용서할 수 있겠소?"

숭응표는 명령을 내렸다.

"군대를 정돈하여 성을 나설 차비를 하게 하라."

다시 대장 황원제黃元濟·진계정陳繼貞·매덕梅德·금성金成 등에게 명했다.

"이번에는 반드시 반란의 무리를 분탕하여 조가로 데려가 법에 의해 처단케 하라!"

다음날 자아는 먼저 남궁괄로 하여금 숭성崇城을 향하여 진군하도록 명했다. 남궁괄은 명을 받들어 본부군을 출정시키고 성에 이르자 외쳤다.

"역적 숭후호는 어서 군전軍前에 나와 죽음을 받으라!"

말이 채 끝나기도 전에 성 안에서 화포소리가 요란하게 나는가 싶더니 문이 열리며 이내 한 무리의 병사가 돌진해 나왔다. 맨 앞의 장수는 비호飛虎대장 황원제였다.

남궁괄이 말했다.

"황원제, 너는 나올 필요없다. 숭후호에게 나와서 죄를 받으라 하라. 간사한 자를 죽여 하늘의 천신과 만백성의 분노를 씻고 만사를 평안케 하고자 하노라."

황원제가 대노하여 칼을 휘두르며 말을 몰아 날듯이 달려들었다. 남궁괄이 칼을 뽑아 맞섰다. 두 말이 어우러지고 두 칼이 맞부딪치는 한바탕 큰 싸움이 벌어졌다. 30합이 못되어 황원제는 남궁괄의 적수가 되지 못함을 알았다. 남궁괄은 바로 서기의 명장인데 황원제가 어떻게 그와 대적할 수 있으랴.

황원제가 포위를 빠져나가려고 말을 돌리다가 남궁괄의 칼에 맞아 말 아래로 굴러떨어졌다. 군병들이 그의 목을 치고 승전고를 울리면서 진영으로 돌아왔다. 남궁괄이 원문에 들어 베어 온 황원제의 목을 보이며 공을 청했다. 자아가 크게 기뻐했다.

한편 숭성에서는 패잔한 군마가 숭응표에게 돌아와 보고했다.

"황원제가 이미 남궁괄에게 패하여 목이 떨어져 그 머리가 원문에 효수되었나이다."

숭응표가 듣고는 탁자를 치며 울부짖었다.

"희창, 이 역적놈! 이제 반역신하가 되더니 다시 조정의 사명을 받은 명관命官까지 살해했도다. 네놈의 목을 베어 황원제의 원수를 갚지 않고서는 결코 회군하지 않으리라!"

그리고는 명했다.

"내일 전군을 이끌고 성을 나가 희창과 한바탕 자웅을 겨루리라!"

그 밤이 전율 속에 지나고 다음날 아침 해가 동쪽에 떠오르자, 세 번의 큰 포성과 함께 성문이 열렸다. 중무장

한 병사들이 살기를 띠고 주周 군영으로 돌진하여 오면서 외쳤다.

"희창과 강상은 원문으로 나와 응답하라!"

순시병이 소식을 갖고 중군으로 들어와 알렸다.

"숭응표가 불손한 말로 승상을 군령에 따라 처벌하겠다고 합니다."

자아는 문왕께 친히 군진에 이르러 숭성에서 결전하도록 청했다. 왕이 말에 오르자 4현賢이 수레를 보위하고 8준俊이 군대를 따랐다. 주 진영 안에서 포성이 울리며 깃발들이 나부꼈다. 숭응표가 바라보니 상대진영에서 문득 한 무장이 나타나고 양편에는 뭇 장수들이 도열해 있었는데 마치 기러기 날개모양이었다.

그가 바로 강자아였다. 자아는 군진 앞에 이르러 말했다.

"숭성의 수성장은 나를 만나라!"

숭응표가 앞으로 달려나와 자아를 보고 물었다.

"네놈이 어느 놈인데 감히 우리 경계를 침범했느냐?"

"내가 바로 문왕휘하의 재상 강자아이다. 네 부자가 저지른 죄악이 바다보다 깊고 쌓은 악독이 산과 같다. 백성들의 재물을 탐하기를 걸신들린 호랑이같이 하고 참혹하게 사람 해치기를 이리와 같이 했으며, 천자를 미혹하여 충성심을 잃었고 어진 신하를 해쳐 말할 수 없는 손상을 입혔도다. 만천하의 삼척동자라도 네 부자의 고기를 생으로 씹어먹지 못해 한한다! 오늘 문왕께서 인의의 군사를 일으켜 숭땅에서 잔혹함과 포악함을 없애고 악당을 멸절시켜 인신人神을 편하게 하시리라. 천자께서 부절符節과 황월黃鉞을 하사하여 정벌케 하신 뜻을 저버리지 않겠노라."

숭응표가 이 말을 듣더니 큰소리로 강상에게 외쳤다.

"네놈은 반계의 쓸모없는 늙은이에 불과한데, 감히 큰소리를 치느냐!"

좌우를 돌아보며 말했다.

"누가 숭땅을 위해 저 역적을 사로잡겠소?"

말이 채 끝나기도 전에 한 장수가 적진을 향해 말을 달렸다. 왕이 말 위에서 크게 소리쳤다.

"숭응표, 어린놈이 흉포하구나! 내가 왔도다!"

숭응표는 문왕의 말이 이르는 것을 보더니 노기가 더욱 충천하여 손가락으로 가리키며 큰소리로 욕설을 퍼부어댔다.

"희창! 네놈은 어찌하여 조정에 득죄한 것은 생각지 않고 도리어 우리 경계를 침범해 왔느냐?"

숭응표가 좌우를 둘러보며 큰소리로 외쳤다.

"누가 나를 위해 저 반적反賊을 사로잡겠소?"

한 장수가 곧장 나섰는데 바로 진계정이었다. 이쪽에서는 신갑이 말을 몰아 도끼를 휘둘렀다.

"진계정, 게 섰거라! 우리 군진에는 한 발짝도 들어서지 못하리라!"

두 말이 서로 부딪치고 창과 도끼가 어우러지는 싸움이 한동안 계속되었다. 두 장수는 20합을 싸웠다. 숭응표는 진계정이 신갑을 상대로 더 이상 싸울 수 없게 됨을 보고 금성金成과 매덕梅德에게 명하여 돕도록 지시했다.

자아는 상대진영에서 다른 여러 장수가 가세하는 것을 보고 모공수毛公遂·주공단周公旦·소공석召公奭·여공망呂公望·신면·남궁괄 등 여섯 장수를 일제히 내보내 일전을 치르게 했다.

숭응표는 여럿이서 대적해 오는 것을 보고 스스로 말을 몰아치고 들어갔다. 살벌한 전쟁의 기운이 들판에 가득한 가운데 함성이 끊이지 않았고 북소리와 뿔나팔소리가 천지를 뒤흔들었다.

한동안 혼전이 거듭되다가 여공망이 창으로 매덕을 찔러 넘어뜨리고, 신면의 도끼가 금성을 쳤다. 숭성 병사는 대패하여 성으로 퇴각했다. 자아도 징을 울려 장수들에게 물러서도록 했다. 장수들이 승전고를 울리며 군영으로 돌아왔다.

자아는 다시 명하여 성을 공격하려 했다. 그때 왕이 말했다.

"숭가崇家부자가 악행을 저질렀지만 백성들이야 무슨 죄가 있소. 지금 승상이 성을 공격하려 하나 성이 파괴되어 재산이 모두 불타버리면 가련하고 무고한 이들에게까지 화가 미칠 것이오. 더구나 내가 이곳에 온 것은 백성을 구하기 위함이었는데, 어찌 도리어 불인不仁을 더 하겠는가? 절대 그럴 수는 없소!"

자아는 왕이 인의를 중히 여기는 것을 보자 감히 거스르지 못하고 스스로 생각했다.

'주군의 덕은 요·순과 같은데, 어찌하면 일시에 숭성을 얻을 수 있을까? 몰래 편지 한 통을 써서 남궁괄로 하여금 조주曹州로 가서 숭흑호를 만나게 하면 아마 숭성을 안돈시킬 수 있지 않을까?'

그리하여 남궁괄에게 편지를 가지고 조주로 가도록 지시했다. 자아는 병사들을 휴식시킨 채 단지 회신이 오기만을 기다렸다.

숭후호를 참수하고
문왕은 후사를 부탁하다

남궁괄이 주周 진영을 떠나 새벽부터 밤이 되도록 줄곧 달려 하루가 채 걸리지 않아 조주에 도착했다. 역관에서 하룻밤을 쉬고 나서 숭흑호崇黑虎의 관사에 이르러 편지를 전하기로 했다.

관에서는 숭흑호가 정좌하고 있는데 호위군관이 알렸다.

"전하, 서기에서 남궁괄을 시켜 편지를 보내왔습니다."

숭흑호는 서기에서 관리를 보냈다는 말을 듣더니 곧 계단을 내려가 영접했다. 만면에 미소를 띠우며 내전으로 안내하여 서로 예를 행하고 자리를 나누어 앉았다.

숭흑호가 몸을 굽히며 말했다.

"장군께서 저희 역까지 오셨는데 무슨 하실 말씀이 있으십니까?"

"저희 주군 문왕과 승상 강자아께서 대왕께 안부를 전하며 특별히 제게 편지를 전해드리라 하셨습니다."

남궁괄이 편지를 꺼내 숭흑호에게 건네자 흑호는 직접 뜯어 읽어보니 다음과 같은 내용이었다.

기주岐周 승상 강상이 머리 조아려 인사올리며, 대군후大君侯 숭 장군께 편지드립니다. 신하는 임금을 섬기며 힘써 임금을 마땅한 길로 인도하여야 천하가 평안할 것입니다. 대신이 되어 임금의 악을 보고도 천자를 미혹케 하고 천자의 명을 빌어 골수까지 착취하여 백성의 재부로는 제 집안만을 살찌우는가 하면, 임금을 불의 속에 빠지게 하여 충절을 상실한 이가 있으니 그가 바로 장군의 우형愚兄이십니다. 진실로 악을 쌓음이 산과 같고 흉악함이 호랑이 같아서 세상이 함께 분노하고 있습니다. 지금 상尙의 주군께서 홀로 정벌하심에 조칙을 받들어 무도함을 문책하려 하십니다. 그러나 평소 군후의 어지심을 생각하니, 어찌 일족이라 해서 불의를 더할 수 있겠나이까? 상은 차마 앉아서 볼 수가 없어 이에 특별히 장수 한 명을 보내 편지를 올리는 바입니다. 군후께서 반역자를 사로잡아 주 진영으로 압송시켜 천하에 사죄케 하시면, 아마도 일신의 청백함을 지키고 현명함과 어리석음의 구분이 있음을 볼 것입니다. 그렇지 않으면 천하의 입들이 시끄럽게 되어 곤륜崑崙의 화염이 옥석을 구분치 않고 태울까 봐 두렵습니다. 군후께서 만일 저의 어리석은 얘기를 그르다 여기지 않으신다면 속히 한 말씀 내려주시기를 바랍니다. 답장 주시기를 학수고대 하겠나이다. 상尙 재배.

숭흑호는 편지를 보고 나서 다시 몇 번이고 읽다가 스스로 생각하며 머리를 끄덕였다.

'내가 강자아의 말을 듣고 보니 심히 타당하다. 내 조상에게 죄를 지을지언정, 어찌 천하에 득죄하여 만세인민들의 원수가 되리오. 비록 효도하고 자애로운 자손이 있다 해도 그 허물은 덮을 수 없을 것이다. 죽어서 명부에서 부모님께 죄를 청하더라도 오히려 숭씨 일맥을 남길 수 있으니 오히려 종족이 멸절되지는 않을 것이다.'

숭흑호가 입을 열었다.

"남궁 장군, 내 삼가 승상의 가르침을 따르겠소. 따로 회답을 쓸 필요 없이 장군께서 먼저 가서 대왕과 승상께 인사를 올려주시오. 다른 말은 하지 말고 그저 가형을 압송하여 원문에서 정죄시키겠다고 전해 주시오."

다음날 남궁괄은 작별인사를 하고 떠났다.

숭흑호는 부장인 고정高定과 심강沈岡에게 분부했다.

"즉시 3천의 비호병飛虎兵을 준비시키라. 숭성으로 가겠다."

숭성에 당도하자 숭응표崇應彪가 장수들을 이끌고 성을 나와서 흑호를 영접했다. 응표는 말 위에서 몸을 굽혀 인사하고 '왕숙王叔'이라 부르며 말했다.

"조카는 갑옷을 입었기로 온전히 예를 행할 수 없습니다."

"어진 조카여, 내 듣기로 희창이 숭땅을 정벌했다기에 특별히 도우러 왔네."

숭응표는 감사하기 이를 데 없어 하면서 말을 나란히 하고 성으로 들었다. 예를 마치고 흑호가 문왕이 정벌 온 연고를 묻자 응표가 대답했다.

"어쩐 연고인지 서백이 숭성을 공격했습니다. 전날에 서백과 맞싸우다 병사와 장수들의 손실을 보았는데, 이제 왕숙께서 도와주신다니 우리 숭문일가의 다행입니다."

이어 잔치를 베풀어 환대하고 하룻밤을 묵었다. 다음날 숭흑호는 3천 비호병을 점검하고 성을 나서서 주周 진영에 이르러 싸움을 청했다.

남궁괄은 이미 자아에게 돌아와 있었다. 자아는 남궁

괄에게 명하여 출진토록 했다. 남궁괄이 옷치장을 하고 군진 앞에 이르니 흑호도 옷을 갖춰입고 나와 있었다.

솥바닥 같은 얼굴의 숭흑호는 양 볼에 붉은 수염을 길게 늘이고 황색 눈썹에 금빛 눈동자를 사납게 부라리며 군진 앞에 이르러 큰소리로 외쳤다.

"까닭없이 남의 경계를 침범하여 제멋대로 날뛰는 것은 왕자王者의 군대답지 못하도다."

남궁괄이 말했다.

"숭흑호, 당신 형의 죄악이 천하에 가득하여 충성스런 어진 신하를 해하고 선량한 백성을 잔인하게 살해하고 있소. 다시 말할 것도 없이 옛말에도 '난신적자는 사람이라면 모두 그를 주살한다' 했소."

말을 마치고는 칼을 휘저으며 곧장 앞으로 나왔다. 숭흑호는 도끼를 꺼내들어 급히 맞섰다. 그렇게 20합을 싸운 다음 숭흑호가 남몰래 남궁괄에게 말했다.

"이쯤해서 나는 싸움을 그만둘 것이니 내 형이 군영에 압송되기를 기다렸다가 다시 만나도록 합시다. 장군께서는 싸움을 멈추고 돌아가시오."

"군후의 명을 따르겠습니다."

남궁괄은 칼을 거두고 말을 몰아 달리면서 큰소리로 외쳤다.

"숭흑호, 너를 당해낼 수 없어 도망하니 나를 뒤쫓지는 말라!"

숭흑호도 뒤쫓지 않고 북을 치며 군영으로 돌아왔다. 숭응표는 성벽 망루 위에서 싸움을 지켜보다가 남궁괄이 패주하는데도 흑호가 뒤쫓지 않는 것을 보고 급히 망루에서 내려와 흑호를 영접하며 말했다.

"숙부님은 오늘 싸움에서 어찌하여 신앵神鶯을 풀어 남궁괄을 잡지 않으셨습니까?"

"조카, 자네는 나이가 어려 정국의 자세한 흐름을 모른다. 자네는 자아가 곤륜산의 술객術客이라는 말을 듣지 못했느냐? 내가 그 술법을 쓰면 그는 틀림없이 깨뜨릴 테니 아까운 일이 아니겠느냐? 우리들의 힘으로는 역부족이니 조가에 품하고 자네의 부친이 오신 뒤에 다시 논의하는 것이 좋겠다."

퇴군으로 가닥을 잡아 상의를 끝낸 두 사람은 함께 전에 올라앉아 계책을 의논했다.

숭흑호가 말했다.

"네가 표문을 하나 써서 관리를 조가로 보내 천자를 뵙도록 해라. 나도 자네 부친이 오시도록 편지를 써서 적을 깰 수 있는 계획을 세운다면 아마 희백을 사로잡는 공을 이룰 수 있을 것이다."

상의한 대로 숭응표가 표문을 써서 조가로 가져가도록 했다. 사신은 그날로 성에 당도하여 숭후호를 만났다. 좌우에서 아뢰었다.

"대왕, 가장 손영孫榮이 왔나이다."

"들라 하라."

손영이 머리를 조아리자 숭후호가 말했다.

"관의 일이 막중할 터인데 자네는 무슨 일로 왔는가?"

손영이 숭흑호의 편지를 올렸다. 후호가 편지를 뜯어보니 다음과 같았다.

아우 흑호가 왕형王兄 휘하에 허리굽혀 백 배를 드립니다. 천하의 제후는 서로 모두 형제의 나라입니다. 그런데도 서백 희창이 무도하게도 강상의 계략을 듣고 관을 범했습니다. 허울 좋게도 왕형께서 지나치게 악을 행한다고 하면서, 사나운 군사를 일으켜 명분도 없는 비방을 일삼으며 숭성을 매우 급히 쳤습니다. 응표가 적과 맞섰으나 병사와 장수의 손실을 당했습니다. 제가 그 소식을 듣고 밤으로 군대를 진격시켜 적과 두 차례 접전을 벌였으나 아직 승부를 가리지 못했습니다. 이 때문에 관리를 왕형께 보내오니 천자께 아뢰시어 병사를 보내 반역의 역도들을 소탕하고 서토를 평정하시도록 하십시오 지금 일이 매우 급하게 되었으니 결코 지체치 마십시오 저는 병사가 이르는 대로 함께 서당西黨을 격파하여 숭문일가의 공으로 삼겠습니다. 아우 흑호가 재배하며 올립니다.

숭후호는 다 읽고 나서 책상을 치며 희창을 욕했다.

"늙은 도적놈 같으니! 네놈이 임금을 속이고 도망친 것만 해도 그 죄가 주륙에 해당한다. 성상께서 몇 번이나 네놈을 치려 하시는 것을 내가 번번이 중간에서 만류했었다. 지금 네놈이 감사하지는 못할망정 오히려 속이기까지 하다니! 이놈의 늙은 도적을 죽이지 않고는 내 결코 돌아오지 않으리라!"

곧 조복을 입고 내전으로 들어가 천자를 뵈었다. 말을 듣고 난 천자는 곧 출병을 허락했다.

숭후호는 군사 3천을 거느리고 조가를 떠나 곧장 달렸고 하루가 못되어 숭성에 도착했다. 연락병이 흑호에게 보고하자, 흑호는 가만히 고정高定에게 명했다.

"너는 칼과 도끼를 잘 쓰는 부하 20명을 성문 안에 매복시켰다가 내가 허리에 차고 있는 칼로 소리를 내거들랑 나와 함께 나리를 끌어내려 주 진영으로 보내고 원문에서 만나도록 하라."

또 심강沈岡에게 명했다.

"우리가 성을 나가 큰나리를 맞이하면 너는 그의 가

솔들을 붙잡아 주 진영으로 데려다놓고 원문에서 기다리도록 하라."

분부를 마치고 숭응표와 함께 숭후호를 영접하러 성을 나가 3리 밖까지 갔다. 이미 군대가 도착해 있었다.

정탐병이 진영으로 들어와 알렸다.

"두 대왕이 전하와 원문에서 만나고자 합니다."

숭후호는 원문을 나서며 웃는 얼굴로 말했다.

"아우가 예까지 오다니, 내가 기쁨을 이길 수 없구나!"

그리하여 숭응표 등 세 사람이 동행하여 막 성문을 들어서려는데, 흑호가 허리 아래의 검을 뽑아 칼집을 치자 쨍그랑 소리와 함께 양편에서 장수들이 한꺼번에 달려들어 후호 부자 두 사람을 끌어내려 어깨를 결박했다.

후호가 소리쳤다.

"아우! 이게 대체 무슨 일인가?"

"형님, 지위가 지극히 높으신 신하로서 인덕은 닦지 않고 조정을 어지럽히며, 만백성을 살해하고 무거운 뇌물과 기혹한 형벌로 녹대공사를 감독하다니, 그 죄악이 천하에 가득합니다. 사방의 제후들이 한결같이 숭씨일가를 소탕하려는 마음을 먹고 있는데, 문왕께서 편지를 보내 우리 숭씨를 위해 무엇이 현명한 처사인지를 판가름해주었습니다. 그래서 제가 감히 조정에 거스름도 무릅쓰고 형님을 주 진영에서 정죄받도록 압송하겠습니다. 저는 조상들께 죄를 지을지언정 어찌 천하에 득죄하여 멸문의 화를 자초하겠습니까? 그러므로 다른 말씀은 마십시오."

숭후호는 장탄식을 했지만 더 이상 어찌해 볼 도리가 없었다. 흑호는 곧 후호 부자를 주 진영으로 호송했다. 원문에 이르자 후호는 원비인 이씨李氏가 딸과 함께 서 있는 것을 보았다.

후호 부자가 이를 보자 큰소리로 울며 말했다.

"어찌 친동생이 제 형을 모함하여 일문을 멸절시킬 수 있단 말인가!"

숭흑호가 원문에 이르러 말에서 내렸다. 연락병이 중군으로 들어와 보고했다.

"드시게 하라."

숭흑호가 장막에 이르러 예를 행하자 자아는 장막 밖까지 나아가 맞으며 말했다.

"현후賢侯의 크신 덕으로 악인을 소탕하게 되었으니 군후야말로 천하의 대장부이시오!"

숭흑호는 몸을 굽혀 인사하며 말했다.

"승상의 은혜에 감사드립니다. 직접 편지를 보내시어 마음을 밝혀주시니 명대로 따라서 어질지 못한 형을 원문에 호송해 올 수 있었습니다."

자아가 명했다.

"왕께 납시도록 청하라."

문왕이 도착했다. 흑호가 나아가 예를 갖추며 "대왕!" 하고 불렀다.

문왕이 전후 사정을 잘 모르는 듯 말했다.

"아! 바로 숭문의 둘째 현후 아니시오? 어찌 여길 다 오셨소?"

숭흑호가 자초지종을 말했다. 문왕이 다 듣고 나더니 마음이 편치 않은 듯 깊이 생각에 잠겼다.

'한 뱃속에서 태어난 형제인데 도리어 집안을 해치니 이 또한 불의로다.'

자아가 옆에서 말했다.

"후호가 어질지 못함에 흑호가 명을 받들어 간당을 토벌하면서 골육을 감싸지 않은 것은 진실로 충성스럽고 현명한 군자이며 강개한 장부이기 때문입니다. 천하가 후호를 원망하여 그의 살을 생으로 씹어 먹지 못함을 한스러워하고 있으며, 반면에 모든 백성이 흑호의 이진 이름을 알고 있습니다. 그러므로 좋고 나쁨, 어짊과 어리석음을 한 가지로 논해서는 안됩니다."

자아가 명했다.

"후호 부자를 끌어내라!"

여러 사졸들이 후호 부자를 끌고서 중군까지 데려와 무릎을 꿇렸다. 한가운데에는 문왕, 왼편에는 강자아, 오른편에는 숭흑호가 있었다.

자아가 말했다.

"숭후호의 죄악이 가득하여 오늘날 스스로 하늘에 죄를 범했으니 무슨 할 말이 있겠는가?"

그러나 문왕의 마음은 숭후호를 차마 벌주지 못하겠다는 생각이었다. 낌새를 눈치챈 자아가 명했다.

"속히 참수한 뒤 보고토록 하라!"

순식간에 두 사람은 떼밀려 나가고 이어서 깃발이 한 번 펄럭이더니 숭후호 부자 두 사람의 머리가 땅에 떨어졌다. 피가 솟구치며 흘러나와 땅을 적셨다. 병사들이 후호 부자의 머리를 가져다 바쳤다.

왕은 이제껏 사람의 수급을 본 적이 없었기 때문에 이를 보자 혼이 달아날 정도로 놀라 급히 소매로 얼굴을 가리며 말했다.

"과인이 놀라 죽는 꼴을 보려는가!"

자아가 명했다.

"수급을 원문에 내걸어라!"

이렇게 하여 만백성의 원성을 샀던 숭후호 부자가 이승에서 사라졌다. 그렇지만 아직 후호의 원비인 이씨와 딸이 남아 있어 흑호는 자아에게 처벌하도록 청했다.

자아가 말했다.

"형님이야 악을 쌓았다지만 원비와는 무관하며, 하물며 딸은 외성外姓인데 무슨 악행이 있겠소. 군후께서는 형수와 조카딸을 별원에 모시고 옷과 음식 등을 대주시어 부족함이 없게 하십시오. 이제 조주曹州는 한 장수에게 지키라 명하시고 숭성을 직접 다스리십시오. 일단 한 나라가 되었으니 만에 하나라도 실수함이 없도록 하십시오."

숭흑호는 곧 그 형수를 풀어주고 자아의 말대로 행했다. 이어서 문왕을 성에 들도록 하여 나라의 창고를 조사하고 호구를 계산토록 했다. 그러자 문왕이 말했다.

"현후賢侯의 형이 죽었으니, 곧 현후께서 맡으실 일인데 어찌 과인이 행세하겠소. 희창은 이제 곧 돌아가겠소."

숭흑호가 재삼 청했으나 문왕을 머무르게 할 수가 없었다. 이에 자아가 병사를 돌려 돌아갔다.

문왕은 숭후호의 수급을 직접 본 뒤로 정신이 아득하고 번민이 되어 마음이 온통 산란하기만 했다. 음식도 맛이 없고 잠도 편히 자지 못했다. 비몽사몽 몽롱한 때 갑자기 숭후호가 눈앞에 어른거리기도 하여 깜짝 놀라 실신하곤 했다.

그날 환군하여 서기에 이르렀지만 노상에서 얻은 병

환은 아무리 의사를 부르고 약을 먹어도 낫지 않았다.

한편 조가성에 소식이 도착했다. 문서고에서 미자微子가 상주문을 보니, 숭후호가 문왕에게 죽임을 당했으며 숭성은 모두 숭흑호가 점령하게 되었다는 것이었다. 미자는 기쁘기도 하고 걱정이 되기도 했다. 기쁜 것은 숭후호가 그의 죗값으로 마땅히 죽었다는 것이요, 걱정되는 것은 숭흑호가 숭성을 독점하는 것은 결국 좋은 일이 되지 못한다는 것이었다. 또한 희창이 독단하여 정벌을 행한 것은 필시 상商을 치고자 하는 마음이 있었을 것이라 생각되었다.

미자는 상주문을 가지고 천자에게 아뢰었다. 천자는 상주문을 보더니 대노하여 말했다.

"숭후호가 여러 차례 큰 공을 세웠는데 하루아침에 죽임을 당하다니! 아, 원통하고 분하도다!"

천자가 이를 갈며 그 즉시 명했다.

"병사와 장수들을 준비하여 먼저 서기를 치고 조후曹侯 숭흑호 등을 잡아와 그릇된 신하의 죄를 바로잡도록 하라."

옆에서 중대부 이인李仁이 나서며 아뢰었다.

"숭후호가 비록 폐하께 큰 공을 세웠다 하나, 실제로

만백성들은 해독을 끼치는 존재라고 생각하고 제후들에게 또한 큰 행악을 저질렀으므로 사람들마다 이를 갈며 마음 아파했습니다. 지금 서백에게 죽임을 당하자 천하 사람들은 노래 부르지 않는 이가 없다 합니다. 또 제후들 때문에 일을 벌이시면 그 말이 다시 다른 제후들의 입에 오르내릴 것입니다. 원컨대 폐하께서는 이 일을 서서히 도모하소서. 만일 일을 급히 행하신다면 문무대신들은 폐하께서 간사한 무리를 총애하신다고 여길 것이며, 또한 제후들이 조가를 가볍게 여길 것입니다. 숭후호가 비록 죽었으나 이는 깊이 논의할 만한 일이 아니오니, 이제는 천하의 동쪽과 남쪽 일에 더욱 힘쓰실 때입니다. 폐하, 통촉하소서!"

천자가 듣고는 한동안 말없이 있다가 마침내 정벌을 그만두었다.

한편 문왕의 병세는 나아지지 않다가 마침내 위독한 지경에 이르렀다. 문무대신들의 문안이 하루도 그칠 새가 없었다. 문왕이 명했다.

"승상을 궁으로 드시게 하라."

자아가 내전으로 들어 무릎꿇고 아뢰었다.

"신 강상이 명을 받들어 하명하심을 기다립니다. 옥

체는 어떠하신지요?"

"과인이 경을 들라 부른 것은 따로 의논할 것이 있었던 것은 아닙니다. 과인이 나라 서북쪽에 거하면서 서방을 진압하고 2백여 진鎭의 제후를 통합하여 원수가 된 것은 따지고 보면 성은을 깊이 입은 것입니다. 바야흐로 지금은 비록 난리가 일고 있지만, 그래도 천하에는 군신의 명분이 있어 아직 크게 어긋나지 않고 있습니다. 그런데 과인이 숭후호를 정벌하여 비록 그를 목 베고 돌아왔으나 한시도 마음이 편치 못합니다."

말을 끊은 문왕은 잠시 가쁜 숨을 내쉬었다.

"난신적자는 비록 모든 사람이 죽일 수 있다고는 하나, 엄연히 위에 임금이 계시는데 그 허락도 받지 않고 살육을 자행했으니 정법을 행했다고는 할 수 없습니다. 더군다나 과인과 숭후호는 각자 한 지역을 관장한 지위에 있었는데 그를 목 베는 전횡을 저질렀으니 이는 커다란 죄악이라는 생각이 점차로 커집니다."

문왕의 목소리는 점차로 힘이 없어져 갔다.

"숭후호를 죽이고 난 뒤 과인은 매일 밤마다 슬피 우는 그의 목소리가 들리고 눈을 감으면 후호가 곧 침상 앞에 서 있는 것이 보입니다. 내 생각에 나는 밝은 세상에서 오래 살지 못할 것 같습니다. 오늘 경을 들라 청한 것은 과인에게 한 가지 청이 있기 때문이니 절대로 어기지 말도록 하십시오. 만일 내가 죽은 뒤 천자의 패악이 가득하더라도 제후의 부추김에 부화뇌동하여 신하로서 임금을 범하는 일은 절대 없도록 하십시오. 승상이 만일 과인의 말에 거역한다면 어찌 저승에서 승상과 좋은 인연으로 만날 수 있겠습니까?"

말을 마친 문왕의 얼굴 가득 눈물이 번졌다. 자아가 무릎을 꿇은 채 아뢰었다.

"신이 성총을 입어 승상의 자리에까지 있게 되었는데 어찌 감히 명을 받들지 않겠나이까? 만일 말씀을 어긴다면 이는 바로 불충일 것입니다."

군신이 이야기를 나누던 중에 문득 왕자 희발姬發이 문안차 궁으로 들어왔다.

문왕은 희발이 오는 것을 보고 기뻐하며 말했다.

"내 아들아, 이리 오너라. 마침 부르려던 참이었다."

희발이 예를 마치자 왕이 말했다.

"내가 죽은 뒤 네가 아직 어리므로 다른 사람들의 말을 함부로 믿어 멋대로 정벌을 행할까 걱정이다. 비록 천자께서 부덕하더라도 경솔하게 행동하여 신하가 임금을 시해했다는 이름을 얻어서는 아니된다. 승상에게 절하여 아부亞父로 삼고, 아침저녁으로 가르침에 귀를 기울여야 한다. 이제는 승상의 말을 듣는 것이 곧 이 아비의 말을 듣는 것이니 승상께 앉으시도록 하여 절을 올려라."

희발은 자아에게 윗자리에 옮겨앉도록 청하여 절하고 아부로 삼았다. 자아는 침상 앞에 머리를 조아리며 울면서 말했다.

"신이 대왕의 크나큰 은혜를 입었으니, 비록 뇌수가 땅에 구르고 뼈와 몸이 부서진다 해도 그 은혜의 만분의 일도 갚을 수 없겠습니다! 대왕께서는 신의 일은 심려치 마옵시고 옥체를 보중하시어 속히 쾌차하셔야 합니다."

문왕이 말했다.

"짐이 천자의 한없는 은혜를 입었으면서도 신하로서 다시 천자의 존안을 뵙고 직간할 수 없으며, 다시는 유리羑里에서처럼 팔괘를 조화하여 백성을 교화시킬 수 없게 되었구려!"

말을 마치고 곧 눈을 감으니 향년 97세였고, 뒤에 시호를 주문왕周文王이라 했다. 때는 상나라 천자 20년 한겨울이었다.

그를 칭송하는 시가 있다.

아름다운 문왕의 덕,
뭇 제후들 중 우뚝 솟았네.

혼미한 군주를 만난 시대에도,
조심스레 공경함을 구하였네.
상도商都에서 세 차례 간언하다가,
유리에 7년 동안이나 갇혀 있었네.
괘를 펼쳐 하늘의 비밀 헤아리니,
『역전易傳』에는 훗날 주周나라를 일으킨다고 했네.
비웅이 꿈에 나타나고,
단봉丹鳳이 세상에 나와 울었네.
인풍仁風은 후직后稷을 빛내고,
덕업德業은 공유公劉를 이었네.
끝내 어진 신하의 절개를 지켜,
상商의 정벌모의를 마다했다네.
만고토록 기산 아래서,
서백과 짝할 자 되기 어렵네.

서백 문왕이 죽자 백호전白虎殿에 관을 모셨다. 백관이 함께 승습을 의논했다. 태공망太公望이 군신을 거느리고 희발을 받들어 서백의 자리를 잇도록 했으니 뒤에 시호를 무왕武王이라 했다.

무왕은 부친의 장례를 마치자 자아를 받들어 상보尙父로 삼았다. 그리고 나머지 백관들에게는 각각 한 품계씩 지위를 더해 주었다. 임금과 신하가 협심하여 뜻을 모으고 일을 처리하면서 선왕의 정치를 따르는 데 진력

했다. 사방의 속국들이 모두 서토에 조공을 바쳤다. 또한 2백 진의 제후들이 모두 왕으로 받들어 섬겼다.

한편 사수관汜水關의 총병관 한영韓榮은 변방의 보고를 듣고 크게 놀라 급히 상주문을 써서 조가에 알리게 했다. 관리가 하루 만에 성에 들어가 상대부 요중姚中에게 상주문을 보였다. 전하 요중은 미자微子와 함께 의논했다.

"희발이 스스로 무왕에 즉위했으니 그 뜻이 작지 않으므로 이 일을 상주하지 않을 수 없소."

미자가 말했다.

"요 대부, 천하의 제후들은 지금 조정이 황폐하여 간신을 가까이 하고 충신을 물리치는 것을 보고 모두들 임금이 없는 것 같은 마음들이오. 지금 희발이 스스로 무왕이 되었으니 머잖아 산하가 떠들썩하고 천지가 요란해지는 때를 당할 것이오. 지금 곧 이 상주문을 임금께 아뢴다 해도 어리석어진 임금은 결코 이를 걱정으로 여기지도 않으실 터이므로 해보았자 전혀 무익한 일일 뿐이오."

"전하의 말씀이 비록 그렇다고는 하나 신하의 도리는 다해야 할 줄로 압니다."

요중이 상주문을 가지고 적성루로 가서 교지를 기다렸다.

周紀激反武成王

주기가 무성왕에게 반역하라고 부추기다

요중이 적성루에 올라 알현의 예를 마치자 천자가 물었다.

"경에게 무슨 상소문이라도 있는가?"

"서백 희창이 이미 죽고 희발이 스스로 무왕이 되어 사방을 관할함에 제후 가운데 그에게 마음이 돌아간 자가 심히 많다 하오니, 장차 적지 않은 화가 될 듯합니다. 폐하께서는 속히 군사를 일으켜 죄를 물으심으로써 국법을 바로잡으셔야 합니다."

"희발은 아직 젖비린내 나는 놈인데 무슨 일을 할 수

있단 말이오?"

"희발은 비록 나이가 어리지만, 강상은 꾀가 많고 남궁괄·산의생 등의 무리는 지략과 용기를 두루 갖추고 있으므로 미리 방비치 않으면 안됩니다."

"경의 말이 비록 일리는 있으나, 강상이라야 일개 술사일 뿐인데 무슨 일을 꾸민단 말인가?"

천자는 끝내 듣지 않았다. 요중은 천자가 결국 행하지 않으리라는 것을 확인하고 곧 대전을 내려와 탄식하며 말했다.

"상나라를 멸망시키는 자는 반드시 희발이리라!"

세월은 빠르게 흘러 어느덧 새해가 되었다. 새해가 되니 천자가 31세가 되는 해였으므로 정월 초하루 아침에 백관들이 조정에 들어와 하례하였다. 그러나 천자는 하례를 마치자마자 수레를 돌려 곧 회궁했다.

대개 새해가 되면 각 왕들과 대신의 부인들이 함께 입조하여 정궁인 소蘇 황후에게 하례하는 것이 상례였다. 그러므로 각 친왕의 부인들이 입조하는데 화단은 여기서부터 비롯되었다.

무성왕 황비호의 원비인 가씨賈氏부인도 하례하고자 입궁을 서둘렀다. 게다가 서궁의 황 귀비는 황비호의 누이동생이었으므로, 올케와 시누이가 매년 이렇게 한번 만나 한나절이 넘도록 마음 붙이고 지내곤 했다.

가씨부인이 먼저 정궁으로 갔다.

"황후께 아룁니다. 가씨부인께서 명을 기다리십니다."

"어느 가씨부인인가?"

"무성왕 황비호의 원비이신 가씨부인입니다."

달기는 가만히 고개를 끄덕이며 생각했다.

'황비호, 네놈이 건방지게 신앵神鶯을 풀어놓아 내 얼굴을 할퀴어 상하게 했으니, 어디 오늘 네 여편네 가씨도 내 올가미에 걸려봐라!'

"명을 전하여 들라 하라."

가씨는 입궁하여 예를 행하고 조정의 하례를 마쳤다. 황후가 자리에서 내려오자 부인이 은혜에 감사했다.

"부인은 나이가 몇이나 되오?"

"황후께 아룁니다. 신첩의 나이는 헛되이 서른여섯을 헤아립니다."

"부인이 나보다 여덟 살이나 많으니 내 언니로군요. 나 소씨와 당신이 자매를 맺는 것이 어때요?"

"황후께서는 만승의 존귀하신 분이고 신첩은 일개 아낙인데, 어찌 채색 봉황이 들닭과 짝을 맺을 수 있겠나이까?"

"부인은 너무 겸손하군요. 내 비록 황후의 자리에 있어 귀하다 하나 소후(蘇侯)의 딸에 지나지 않고, 당신의 지위는 무성왕의 부인이니 또한 한집안인 셈인데 어찌 비천하단 말이오?"

소황후는 잔치를 열게 하여 가씨를 후하게 대접했다.

달기가 위에 앉고 가씨는 아래에 앉아 잔을 돌리며 함께 마셨다. 술이 서너 순배쯤 돌았을 때 환관이 소황후에게 아뢰었다.

"천자께서 납시었습니다!"

가씨가 급히 서두르며 사뢰었다.

"마마께서는 저를 어디에 두시렵니까?"

"언니, 염려 말아요. 후궁으로 피하시면 되어요."

가씨는 그리하여 후궁으로 나갔다. 달기가 천자의 수레를 맞아 전 위에 이르렀다. 천자는 잔치자리가 마련된 것을 보고 물었다.

"황후는 누구와 술을 마셨소?"

"신첩은 무성왕부의 부인 가씨와 함께 술을 마셨습니다."

"어질도다! 달기!"

천자는 교지를 전하여 자리를 바꾸게 하고 나서 달기에게 잔을 주었다. 달기가 말했다.

"폐하께서는 일찍이 가씨의 용모를 보신 적이 있습니까?"

"황후는 무슨 말을 하는 게요? 임금은 신하의 부인을 보지 않는 것이 예의요."

"국존이시기에 신하의 처를 보지 못한다지만, 지금 가씨는 폐하의 국척國戚이며 무성왕의 누이가 지금 서궁에 있으므로 이미 내척內戚인 셈이니, 한번 본다고 무슨 상관이 있겠습니까? 밖의 일반백성들은 고모부와 외숙모가 함께 술을 마시는 것이 일상사입니다. 폐하께서는 잠시 궁을 나가시어 다른 전에서 잠깐 쉬고 계시옵소서. 첩이 가씨를 속여 적성루에 오를 때를 기다려 도착하시면 피할 수 없을 것입니다. 가씨는 과연 천하에 자색이 뛰어난 국색國色으로 요염하기 그지없습니다."

천자가 크게 기뻐하며 편전으로 물러갔다.

한편 달기가 돌아와 가씨를 청하자 가씨는 은혜에 감사하며 물러가겠다고 고했다.

달기가 말했다.

"1년에 한 번뿐인데 지금 함께 적성루 구경하시는 게 어때요?"

가씨는 감히 명을 어기지 못하고 다만 뒤쫓아 적성

루로 갔다.

달기와 함께 누대에 오른 가씨는 구곡난간에 이르러 한번 내려다보니, 채분蠆盆 안에 독사와 전갈이 우글거리고 해골과 백골들이 겹겹으로 쌓여 있어 도저히 더 이상 볼 수가 없었다. 주지酒池 가운데는 슬픈 바람이 스산하고, 육림肉林 아래에는 한기가 감돌았다.

가씨가 달기에게 물었다.

"마마! 이 누각 아래에 이렇게 연못과 구덩이를 파놓은 것은 무슨 까닭입니까?"

"궁중의 큰 폐해는 없애기가 어려워요. 그래서 이런 형구를 설치했는데 채분이라고 해요. 궁인 가운데 범법자가 있으면 옷을 벗겨 알몸으로 저 구덩이에 던져 독사와 전갈의 밥이 되게 한답니다."

가씨는 듣고 나자 혼이 몸에 붙어 있지 않은 듯했다. 달기가 곁눈질로 가씨의 표정을 훔쳐보고 속으로 고소해 했다.

'흥, 네 년의 운명도 이와 크게 다르지 않을 것이다.'

달기가 명했다.

"술을 올려라!"

가씨가 사양하여 말했다.

"마마의 후하신 뜻을 감히 감당치 못하겠나이다."

"내가 알기로 언니는 다시 서궁으로 갈 것이니 몇 잔만 마셔봐요. 누대에 오르는 것도 이번 한 번뿐일 테니."

가씨는 끌려가다시피 따를 수밖에 없었다. 달기와 가씨가 술을 마시고 있을 때 궁인이 와서 보고했다.

"폐하께서 납시셨습니다!"

가씨가 당황해 하자 달기가 말했다.

"언니, 당황할 것 없어요. 난간 밖에 서 계시다가 천자께 배알을 마치고 나서 내려가면 되요. 서둘 것 없다니까요."

그 말대로 가씨는 난간 밖에 서 있었다. 천자가 누대에 올라왔고 달기가 예를 마쳤다. 천자가 앉아서 물었다.

"난간 밖에 서 있는 사람은 누구요?"

"무성왕의 부인 가씨입니다."

가씨가 홀을 들고 예를 행했다. 달기가 말했다.

"부인은 몸을 일으키시오."

가씨는 한쪽 옆에 섰다. 천자가 곁눈질로 가씨의 자색을 살피니 과연 단정한 자태에 요염한 용모였다.

어리석은 임금이 명했다.

"앉도록 하시오."

"폐하와 국모는 천하의 주인이시온데, 신첩이 어찌 감히 앉겠습니까? 신첩은 만 번 죽어 마땅합니다!"

"언니 앉아요. 괜찮다니까요."

"황후는 어찌 가씨를 언니라 부르오?"

"가씨부인과 첩이 절을 한 번 나누고 자매간이 되었으므로 언니라 부르게 되었습니다. 그러니까 황이皇姨가 된 셈이니 편히 앉으셔도 됩니다."

가씨가 속으로 생각했다.

'오늘 내가 소달기의 올가미에 걸렸구나!'

가씨는 엎드려 아뢰었다.

"신첩이 궁에 들어와 하례하는 것은 바로 위를 공경함이오니, 폐하께서도 예에 맞춰 아랫사람을 대해 주소서. 자고로 임금은 신하의 처를 보지 않음이 예라고 했나이다. 원컨대 폐하께서는 신첩을 누대에서 내려가게 해주신다면 성은이 망극하겠나이다."

"황이가 겸손하여 앉지 않겠다니 짐이 서서 한 잔 드리면 어떻겠소?"

가씨는 얼굴을 붉히며 노하여 속으로 생각했다.

'내 남편이 어떤 분이신데! 내가 어찌 오늘 이따위 모욕을 당한단 말인가!'

가씨는 오늘 온전히 살아남을 수 없으리라 생각했다. 천자가 한 잔 술을 들어 웃는 얼굴로 손을 모아 가씨에게 주었다. 가씨는 이미 물러날 곳이 없자 손으로 잔을 잡아 천자를 향해 정면으로 내던지며 큰소리로 욕했다.

"어리석은 임금이여! 나의 남편이 당신을 위해 애써 강산을 지키면서 큰 공을 30여 차례나 세웠는데, 그 공에 보답할 생각은 않고 이제 소달기의 말을 믿어 신첩을 욕보이다니. 어리석은 임금이시여! 당신과 천한 달기는 이 땅 어느 곳에 죽을 곳이 있겠는가?"

천자가 대노하여 좌우에 명했다.

"잡아라!"

가씨가 큰소리로 외쳤다.

"누가 감히 나를 건드리려 하느냐!"

가씨부인이 몸을 돌려 한 걸음 난간 앞으로 가까이 나가서 크게 외쳤다.

"황 장군! 첩은 당신을 위해 명예와 절조를 지키겠소! 아아, 돌볼 이 없을 가엾은 나의 세 아이들아!"

부인이 훌쩍 몸을 던져 누대 아래로 떨어지니 뼈와 몸이 가루가 되었다. 훗날 시에 일렀다.

중궁中宮에 하례하러 왔다가 재앙을 만나니,
부인은 정결하게 누대에서 떨어져 죽었다네.
천자는 실정失政하고 임금의 도리까지 잊었건만,
열부烈婦는 성심으로 감히 자신을 지켰다네.

서백은 겸손함으로 나라의 상서로움을 불러들였는데,
은상殷商은 다시 금성金城과 철벽鐵壁까지 잃었네.
삼삼오오 짝을 지어 병란이 발발하고,
8백제후가 전장에서 일어나네.

천자는 가씨가 누대에서 떨어져 죽은 것을 보고 평지풍파를 일으킨 듯하여 후회가 막급했다.

한편 황 귀비가 보낸 관리가 소식을 듣고 급히 서궁에 알렸다.

"마마, 화가 깊습니다!"

"무슨 화가 생겼단 말이냐?"

"가씨부인께서 소 황후와 함께 적성루에 올랐다가 천자가 갑자기 나타나 술을 권하자 스스로 적성루에서 몸을 던지셨는데 어떤 일인지는 모르겠나이다."

황 귀비가 큰소리로 울며 말했다.

"달기, 이 못된 년! 이 모두 네 년의 음모렷! 일전에 우리 오랍동생 사이에 틈이 생기게 하더니 이제는 무고한 우리 올케까지 해쳤구나!"

황 귀비는 그 즉시 적성루로 나가 누대에 올랐다. 그리고는 천자를 손가락으로 가리키며 욕했다.

"이 어리석은 임금아! 당신이 성탕의 사직을 무너뜨

리다니! 우리 오라버니는 당신을 위해 동으로는 해구海寇를 무찌르고 남으로는 오랑캐들과 싸웠소. 병권을 관장하여 일편단심 국가를 돕느라 감히 편하게 잠도 자지 않았소. 우리 아버님 황곤黃滾께서는 계패관을 지키며 사졸들을 훈련시키시느라 밤낮으로 고생하고 계시오. 한 가문이 충성으로 나라에 보답하고 백성을 걱정한단 말이오. 오늘은 새해 첫날이라 조정의 국례國禮를 준수하여 궁에 들어와 하례를 행했으니, 이 역시 위를 공경하고 법을 지키는 신하된 도리를 다한 것이오. 그런데도 저 천한 것의 말을 듣고 우리 올케를 누대에 오르게 하다니. 어리석은 임금! 당신은 여색을 탐하여 삼강오륜도 헤아리지 않고 올바른 윤리도 멸절시켰소! 당신은 선왕을 욕되게 했으니 더러운 이름이 역사에 남을 것이오!"

황 귀비가 욕하자 천자는 아무 말이 없었다. 황 귀비는 다시 옆에 앉아 있던 달기를 가리키며 욕했다.

"천한 것 같으니! 너는 심궁을 음란에 빠뜨리고 천자를 미혹케 했다. 내 올케가 너의 모함에 걸려 누대에서 떨어져 골수를 쏟았다!"

황 귀비는 한달음에 쫓아가 달기를 붙잡았다. 황 귀비는 원래 기력이 있는 장수문중의 딸이었는지라 달기를 땅에 쓰러뜨려 먼지 구덩이에 눌러놓고 주먹을 쥐어

내려치기를 2~30차례나 했다.

달기는 비록 요괴였지만 천자가 위에 앉아 있는 것을 보자, 수완은 있었지만 감히 사용하지 못하고 단지 "폐하! 구해주세요!"라고 소리를 지를 뿐이었다. 천자는 황 귀비가 달기를 때리는 것을 보자 역성들 마음이 생겨 앞으로 가서 둘 사이를 뜯어말렸다.

천자가 말했다.

"달기와는 상관없는 일이오. 당신 올케는 짐과 접촉하자 스스로 부끄러워 누대 아래로 투신한 것이니 달기와는 무관한 일이오."

황 귀비는 급히 밀어내는 사이에 돌아볼 겨를도 없이 주먹을 휘둘러 그만 천자의 얼굴을 후려쳤다.

"어리석은 임금! 당신은 그래도 아직 이 천한 것을 두둔한단 말이오! 달기를 때려죽여 올케의 목숨을 보상하겠소!"

천자가 대노했다.

"아니 이따위 것이 짐을 주먹으로 때리다니!"

한 손으로는 황 귀비의 머리채를 잡고 다른 한 손으로는 궁의宮衣를 잡아 질질 끌더니, 그 센 힘으로 적성루 밑으로 내던졌다.

가련하게도 향옥香玉은 부서지고 가인佳人은 절명하니,

뼈는 가루가 되고 옷은 피로 물들었다.

한편 가씨의 시종아이가 부인을 따라 궁으로 하례하러 와서는 구간전에서 기다리고 있었는데 밤이 되어도 부인이 나오질 않았다.

한 내시가 물었다.

"너희들은 어느 곳의 시종이냐?"

"우리는 무성왕 저택의 시종들인데 부인을 따라 궁에 왔다가 이곳에서 기다리는 중입니다."

"아직 소식도 못 들었느냐? 너희 마님은 적성루에서 떨어졌고, 황 마마도 너희 마님을 위해 변명하다가 도리어 천자에 의해 누대 아래로 떨어져 몸이 바스러졌으니, 너희들은 빨리 돌아가거라!"

시종들이 깜짝 놀라 급히 왕부王府로 돌아갔다.

이때 무성왕은 내전에서 아우 황비표黃飛彪와 황비표黃飛豹 그리고 황명黃明, 주기周紀·용환龍環·오겸吳謙 및 황천록黃天祿·황천작黃天爵·황천상黃天祥의 세 아들과 함께 새해 아침의 좋은 날에 즐겁게 마시고 있었다. 그때 시종이 황망히 달려와 선 채로 보고했다.

"대왕, 큰일났습니다!"

황비호가 물었다.

"무슨 일이기에 보고하는 것이 그 모양이냐?"

시종이 새삼 무릎을 꿇고 엉엉 울면서 아뢰었다.

"부인께서 궁에 드셨다가 어떤 연고인지는 모르오나 적성루에서 떨어지셨고, 황 마마께서도 천자에 의해 누대 아래로 떼밀려 돌아가셨답니다!"

옆에 있던 세 아들은 황천록이 14세, 황천작이 12세, 황천상이 7세였다. 그들은 모친이 누대에서 떨어져 죽었다는 말을 듣고 방성대곡했다. 황비호 또한 말없이 신음했는데, 입 밖으로 새어나오려는 울부짖음을 억지로 참는 듯했다.

황명이 눈물을 뿌리며 말했다.

"형님, 주저하실 필요 없습니다. 천자는 실정한데다 인륜마저 배반했습니다. 형수께서 궁에 드시자 틀림없이 어리석은 임금이 형수님의 자색을 보고 신하의 부인을 희롱함으로써 이런 일이 생긴 듯합니다. 형수님은 여장부이시고 형님은 또 어떤 호걸이십니까? 형수께서는 정절을 지키셨습니다. 지아비에게는 명예와 절조를, 아들에게는 윤강倫綱을 지키기 위해 누대에서 떨어져 돌아가신 것입니다. 또한 황 마마께서는 형수님의 참사를 보자 필시 어리석은 임금에게 사리를 따졌을 것이고, 천자는 애욕에 빠져 한쪽만 편들면서 마마를 누대 아래로 떨어뜨렸을 것입니다. 이 일은 더 이상 다른 의논이 필요

없습니다. '임금이 바르지 못하면 신하는 국외로 투항한다'고 했습니다."

황명의 얼굴은 격앙되어 온갖 피가 거꾸로 치솟는 듯 했다.

"생각해 보십시오. 우리가 남쪽을 정벌한다 북쪽을 토벌한다 하여 말은 안장을 풀어보지도 못하고, 동쪽과 싸우고 서쪽을 공격하느라 병사들은 갑옷을 벗어보지도 못했습니다. 만일 이런 일들을 그냥 보고 넘긴다면 천하의 영웅을 보기 부끄러울 것이며, 무슨 낯으로 세상사람들 앞에 서겠습니까? 임금이 이미 신하를 저버렸는데, 신하가 어찌 그 나라에서 오래 벼슬하겠습니까? 모반이 있을 뿐입니다!"

말을 마치자 네 사람이 각각 말에 올라 칼을 들고 문을 나섰다. 슬프기로 말하자면 누구보다도 황비호가 더했다. 그러나 황비호는 네 사람이 나서는 것을 보자 가만히 생각했다.

'부인 하나를 위해 나라의 은혜를 저버릴 수야 없다. 장차 이런 반란의 소리가 점점 높아진다면 흑백을 가리기 어려울 것이다.'

황비호는 급히 왕부를 나가 큰소리로 외쳤다.

"동생들은 속히 돌아오라! 반기를 들더라도 어디로

갈지, 어느 군주에게 의탁할지 상의를 해야 할 것 아니냐? 거마도 점검하고 행낭도 꾸려 함께 조가를 떠나야지 어찌 너희들만 독자적으로 나간단 말이냐!"

네 장수가 듣더니 말머리를 돌려 왕부로 돌아왔다. 황비호가 손에 칼을 잡고 호통을 쳤다.

"황명, 너희 이 네 도적놈들! 은혜에 보답할 생각들은 않고 도리어 우리 온 집안을 화에 빠뜨리려느냐? 나의 처가 적성루에서 죽은 것이 너희와 무슨 상관이냐! 너희들은 입으로 '반反'자를 들먹이고 있으나, 황씨일문은 7대 동안 충량忠良을 배출했고 2백여 년간 나라의 은혜를 누려왔는데, 한 여인으로 인하여 반역을 행한단 말이냐? 너희들은 이 기회를 틈타 조가에 반역하여 노략을 꾀하려 하는도다. 황금혁대를 허리에 드리우고 신무神武의 관직에 있으면서 충성을 다해 나라에 보답할 생각은 않고, 끝내 이리 같은 야심을 갖고 도적떼의 본색을 끊지 못했구나!"

그 말을 듣던 황명이 머리를 극적이며 말했다.

"그래요? 상관이 없다.…… 형님께서 나무라시니 어련하려구요. 또한 우리들의 일도 아닌데 걱정할 게 달리 무어란 말이오!"

네 사람은 옆에 술상을 하나 차리라 하여 마시기 시

작했다. 한편으로 네 사람은 낄낄거리며 주고받는 농을 멈추지 않았다. 황비호의 마음은 열불이 터지는 듯했으며, 세 아들의 울음소리는 끊이지 않았다. 그런데도 여전히 네 사람은 손바닥을 쳐가며 즐거워하고 있는 것이었다.

참다못한 황비호가 물었다.

"너희들은 무엇이 그리도 기쁘더냐?"

황명이 말했다.

"형님네 집에야 괴로운 일이 있지만 저희 동생들 마음에는 아무 일 없습니다. 오늘이 새해 첫날인 좋은 날이라 술 마시며 즐거이 노는데 형님과 무슨 상관이란 말입니까?"

화가 치밀어 견딜 수 없는 황비호는 분통을 터트리며 말했다.

"너희는 내게 일이 있는 것을 보고서도 도리어 크게 웃으니 이것이 무슨 작태더란 말이냐?"

주기가 말했다.

"무슨 작태? 솔직히 말해 왕형을 비웃고 있는데, 그러면 어떻소! 상관없는 사람끼리 알 바 아니잖소?"

"무슨 일로 비웃는단 말이냐? 나는 왕의 지위로서 녹으로 말해도 다른 신하들보다 월등하다. 조정의 반열에서도 우두머리이며, 망포蟒袍에는 황금색 이무기가 수놓여 있으며 옥으로 만든 띠를 차는데, 너희들에게 비웃음을 당할 일이 무엇이라더냐?"

"형님은 단지 작록이 최고관직에 있고 몸에 망포를 걸친 것만 알고 있습니까? 형님을 아는 사람들은 형님께서 평생의 뜻에 따라 지위가 존귀한 데까지 이르렀다고 말할 것입니다만, 형님을 모르는 이들이라면 단지 형님께서 형수의 자색에 의지해서 군주와 놀아나고 부귀를 얻었다고 말할 것입니다."

주기가 말을 마치자 황비호는 큰소리로 외쳤다.

"나의 심화를 돋워 죽일 작정이구나!"

그리고는 가장家將에게 전했다.

"행낭을 수습하라! 조가에 반역하고 떠날 것이다!"

황비표가 형의 '반역'이라는 말을 듣더니, 1천 명의 가장을 점검하고 수레 4백 량에 귀중품과 금은 보옥을 모두 챙겨 실었다. 황비호는 세 아들, 두 동생, 네 수하와 함께 출발할 때가 되자 말했다.

"이제 어느 쪽으로 투탁하는 것이 좋겠느냐?"

황명이 말했다.

"형님께서는 '어진 신하는 주인을 가려서 벼슬한다'는 말도 들어보지 못하셨습니까? 서기의 무왕은 천하를 3

분하여 이미 그 둘을 얻었다니, 함께 평강平康의 복을 누림이 어찌 아니 아름답겠습니까?"

주기가 가만히 생각했다.

'바야흐로 황비호가 반역한 것은 내가 부추긴 때문이다. 그가 만일 스스로 잘못임을 깨우친다면 마음을 바꿀지도 모른다. 그가 결단코 계획을 번복하게 해서는 안될 일이다.'

주기가 말했다.

"이제 서기로 떠나게 되었는데, 서기병사를 빌어 다시 와서 형수님과 누이동생을 위해 복수한다면 이는 너무 늦을 듯싶습니다. 제 소견으로는 아예 오늘 궐문에서 천자와 자웅을 겨루는 것이 좋을 듯합니다. 형님의 의견은 어떠하십니까?"

황비호는 심기가 혼란하던 차에 되는 대로 "그것도 좋다!"라고 대답했다. 대저 천도天道는 마땅히 이와 같다. 황비호는 금으로 장식한 투구와 갑옷을 입고 오색신우五色神牛에 올랐다. 황비표黃飛彪와 황비표黃飛豹는 세 조카와 함께 가고, 용환과 오겸은 가장들과 나란히 수레를 보위하며 서문을 나섰다. 황명과 주기가 무성왕과 함께 궐문에 당도했을 때는 이미 날이 밝고 있었다.

주기가 큰소리로 외쳤다.

"머뭇거리지 말고 일찌감치 나와 전후사정을 소상히 설명하라고 천자에게 전하라. 만일 미적거리면 궐문을 치고 들어가 모두 죽여버릴 테니 그때는 후회해도 늦으리라!"

천자는 가씨가 몸을 던지고 황 귀비가 절명하고서부터 스스로 후회가 막급했다. 마침 용덕전에서 괴로워하고 있었지만 상대하여 말할 사람이 없었다. 그러던 중에 날이 밝을 무렵이 되어 당가관이 와서 황급히 아뢰었다.

"황비호가 반란을 일으켜 지금 궐문에서 싸움을 청하고 있나이다."

천자는 대노하여 이 기회에 화풀이를 하겠다는 생각을 갖게 되었다.

"어리석은 놈이! 어찌 감히 이같이 짐을 배반한단 말인가!"

천자는 외쳤다.

"갑옷을 가져오라!"

천자가 분노를 삭이며 많은 황실군사들을 직접 점검한 뒤, 소요마逍遙馬에 올라 참장도斬將刀를 뽑아들고 궐문을 나섰다. 드디어 임금과 신하가 싸움터에서 마주치게 되었다. 황비호는 비록 반기를 들기는 했으나 다가오는 임금을 대면하고 보니 부끄러운 마음이 들었다. 주기는 황비호의 이런 기색을 눈치 채고 말 위에서 크게 외쳤다.

"천자는 실정이 막중하고 임금으로서 신하의 부인을 희롱했으니, 그 방자함과 패역함이 가히 미친 듯하도다!"

주기는 말을 몰고 도끼를 휘두르며 천자를 치러 달려들었다. 천자가 대노하여 지니고 있던 칼로 급히 막았다. 황명도 말을 달려 공격했다. 그럼에도 황비호의 마음은 말이 아니었다.

'내가 청탁조차 가릴 틈이 없이 저 두 사람이 곧장 천자를 죽이려고 달려가네!'

황비호는 이미 비뚤어진 일에 어쩔 수가 없어서 단지 신우를 재촉할 뿐이었다.

한 마리 용과 세 마리 호랑이가 궐문 앞에서 자웅을 겨루었다. 임금과 신하의 네 말이 30합이나 맞붙었다. 천자가 도법刀法을 펴니 그 기세가 참으로 호랑이 같았다. 그러나 세 대장이 창과 도끼를 휘두르며 달려들자 천자는 이를 감당할 수가 없었다. 칼은 힘이 빠지고 말은 뒤로 주저앉으니, 결국 패주히여 궐문으로 도망칠 수밖에 없었다.

황명이 서둘러 뒤쫓으려 하자 곁에 있던 황비호가 제지시킨 뒤 세 장수는 곧 미리 출발시켰던 가장들을 뒤쫓아 서문을 나섰다.

천자는 패전의 쓴 미소를 띤 채 대전에 이르렀다. 이어서 그는 자리에 주저앉아 괴로운 후회를 했다.

도성 안 백성들이며 관원들은 이미 무성왕이 배반했다는 사실을 알았다. 이에 집집마다 문을 걸어 잠갔으므로 길에는 오가는 행인이 뜸했다.

천자가 황비호와 크게 싸웠다는 소식을 듣고 백관들이 입조하여 왕을 위무하며 안부를 물었다.

"황비호가 무슨 일로 반기를 들었나이까?"

천자가 어찌 잘못을 시인할 수 있겠는가? 그래서 이렇게 말했다.

"황비호의 부인 가씨가 궁에 들어와 하례하다가 소황후를 거역하여 스스로 누대에서 떨어져 죽었소. 황 귀비는 저희 오라비를 믿고 정궁에게 억지로 대들다가 발을 잘못 디뎌 누대 아래로 떨어졌으니 이것 역시 실수였소. 그런데 황비호 자신이 무슨 일로 반기를 들었는지 모르겠으나, 궐문으로 죽일 듯이 들어왔으니 무도함이 참으로 심했소. 여러 신료들은 짐을 위하여 속히 대책을 세우시오!"

백관은 천자의 말을 듣고 나자 묵묵부답 아무 말들이 없었다. 누구도 먼저 의견을 내지 못했다. 이렇게 침묵 속에 있을 때 파발마가 궐문으로 들어와 보고했다.

"문 태사께서 동해를 정벌하시고 승전고를 울리며 돌아오셨습니다."

백관이 크게 기뻐하며 일제히 조정을 나와 영접했다.

문 태사가 말했다.

"제관들, 알현토록 합시다!"

관리들과 함께 조정에 나가 천자를 뵙고 예를 마치고 나서 몸을 일으켰는데, 무성왕이 보이지 않았다. 문 태사는 마음에 의혹이 생겨 아뢰었다.

"무성왕은 어찌하여 조정에 나오지 않았습니까?"

"황비호는 짐을 버리고 배반했소."

문 태사가 놀라 물었다.

"무슨 일로 배반했습니까?"

천자는 앞서 백관들 앞에서 했던 거짓말을 다시 늘어놓았다.

문 태사가 다 듣고 나더니 격앙된 목소리로 말했다.

"소관의 어리석은 소견으로 살피건대 이번 일은 폐하께도 책임이 있는 듯합니다. 황비호는 본디 충군애국의 마음을 지닌 신하입니다. 오늘 가씨가 궁에 들어와 하례를 행한 것 역시 신하의 예를 다한 것인데, 어찌 까닭없이 죽었단 말입니까? 더욱이 적성루는 폐하의 거처로서 중궁과는 떨어져 있는데, 가씨가 어인 일로 이 누대에 올랐단 말입니까? 필시 그 가운데는 시켰거나 유인한 사람이 있어 폐하를 불의에 빠뜨렸을 것입니다."

천자는 묵묵부답 말이 없었다.

"폐하께서 스스로 깊이 살피지 않으셨기에 그 정결한 부인에게 욕이 되었을 것입니다. 황 마마는 올케가 무고하게 죽은 것을 알고 필시 누대에 올라 직간을 하였을 것이고, 폐하께서는 이를 받아들이지 않고 애욕에 빠져 한쪽을 두둔하시면서 황 마마를 누대에서 밀어 떨어뜨렸을 것입니다. 가씨가 분하고 원통하게 죽고 황 마마가 억울함을 당하게 된 것은 실로 임금이 신하를 저버린 데서 생긴 것이니, 황비호인들 가만히 있을 수 있었겠습니까? 또한 '임금이 바르지 않으면 신하가 다른 나라에 투탁한다'고 했습니다. 지금 황비호는 보국충정의 마음으로 사직에 공을 세웠는데, 도리어 골육이 무고하게 참사를 당했으니, 마음의 상처가 실로 대단할 것입니다. 바라옵건대 폐하께서는 신이 황비호를 쫓아갔다 돌아오기를 기다려 황비호의 모든 대죄待罪를 사해 주시면, 사직이 보전될 것입니다."

여전히 천자의 입은 함매된 듯했다. 백관들이 일제히 입을 모았다.

"태사의 일 처리하심이 심히 타당하니 탄복치 않을

수 없습니다."

문 태사가 다시 말했다.

"이는 천자께서 신하를 저버렸던 것이므로 사면하는 것이 마땅합니다. 그러나 만일 황비호에게 임금을 저버린 점이 있었다면 소관의 소견이 잘못이었을 수도 있으니, 이에 대해 하실 말씀이 있으신 분은 곧 상의하여 국사처리에 잘못됨이 없게 하십시다."

반열 가운데서 갑자기 한 관리가 나섰다. 바로 하대부 서영徐榮이었다.

"태사께서 말씀하신 바대로 비록 천자께서 신하를 저버리신 것은 사실일 것으로 생각되나, 황비호에게도 지엄하신 대전을 거역한 죄가 있습니다."

"대부는 그것을 어떻게 아시오?"

"대전의 실정이 사실이라 하지만, 황비호가 어찌 무리를 이끌고 살기등등하게 궐문을 들어와 대전의 죄를 소리내어 말할 수 있단 말입니까? 또한 대전과 궐문에서 크게 싸운 것은 신하로서는 있을 수 없는 일이므로 황비호에게도 옳지 못함이 있는 것입니다."

문 태사가 듣고서 여러 대신들에게 말했다.

"대부가 바로 말해 주셨소. 오늘 여러 대신들은 모두 황감하여 단지 대전의 허물만 얘기했지 황비호의 반역은 말하지 않았구려."

이에 곧 길립吉立과 서경徐慶에게 명했다.

"서둘러 격문을 임동관臨潼關·가몽관佳夢關·청룡관靑龍關의 세 총병에게 전하여 반역자들을 달아나지 못하게 하라. 내가 쫓아가 잡아옴으로써 대법을 바로 하겠노라!"

聞太師驅兵追襲

문 태사가 군사를 몰아 황비호를 추격하다

 문聞 태사가 군사들을 휘몰아 서문을 나서니 길에는 온통 깃발들이 펄럭이고 징소리와 북소리가 요란했으며 함성 또한 산천이 진동했다.

 한편 황씨일가는 맹진孟津을 지나 황하를 건너서 면지현澠池縣에 이르렀다. 그 고을 진의 주장은 장규張奎였다. 황비호는 장규가 만만치 않다는 것을 알고는 감히 성문을 통해 빠져나갈 생각을 하지 못하고 성 밖을 휘돌아 면지를 지났다. 일행은 서둘러 오솔길을 따라 임동관臨潼

關을 향했다.

앞선 가장들이 서서히 백앵림白鶯林에 이르렀을 때 뒤편에서 함성소리가 크게 일어나고 먼지가 자욱이 피어올랐다. 황비호가 머리를 돌려 바라보니, 문 태사의 깃발이 바로 뒤를 따르고 있었다. 황비호는 말안장에 엎드려 탄식하며 말했다.

"문 태사의 군대가 오고 있으니 이를 어찌 대적하랴! 우리는 손을 묶어 죽음을 기다릴 수밖에 없겠구나."

그는 셋째아들 황천상黃天祥을 바라보았다. 천상은 아직 7살에 불과하나 형들처럼 말 위에 앉아 있었다. 황비호가 또 나지막이 탄식했다.

"이 어린것은 철부지거늘 무슨 죄가 있어 이런 봉변을 당한단 말인가!"

이때 가장이 와서 보고했다.

"삼가 아뢰오! 좌측에 또 한 무리의 인마가 이르렀습니다."

황비표가 바라보니 이는 청룡관 장계방張桂芳의 인마였다. 이러는 사이에 또 첩보가 들어왔다.

"가몽관 마가魔家의 네 장수가 오른쪽에서 옵니다."

또 바라보니 중앙으로는 임동관의 총사령관인 장봉張鳳의 군대가 오고 있었다.

이같이 4면에서 인마가 몰려들자 황비호는 빠져나갈 수 없다고 생각하며 장탄식을 하니 그 기운이 하늘에 닿는 듯했다.

한편 청봉산 자양동의 청허도덕진군淸虛道德眞君은 신선계에서 살계를 범하여 옥허궁玉虛宮에서 강론을 못하게 되었다. 이를 알게 된 강자아가 신방神方을 봉하여 곤륜에 올려보내 주기를 기다리면서 오악에서 노닐고 있었다.

하루는 임동관을 지나는데, 무성왕의 원기怨氣로 인해 발아래로 상서로운 빛이 번뜩였다. 청허진군이 구름을 끌어젖히고 아래를 내려다보면서 생각했다.

'무성왕이 곤란을 당하고 있음이니 빈도가 아니면 누가 이를 구할 수 있으리!'

청허진군이 황건역사에게 명했다.

"혼원번混元旛으로 가려서 황가黃家 부자를 으슥한 산으로 옮겨놓았다가, 내가 조가의 인마를 물러가게 한 뒤에 그들이 관문을 벗어날 수 있도록 하라."

문 태사의 대군이 중도에 이르렀을 때, 척후병의 보고가 들어왔다.

"청룡관 총령 장계방이 명을 받잡고자 합니다."

문 태사가 들라 하자 장계방이 군문 앞에 이르러 몸을 굽히며 인사했다.

"황비호가 조가를 빠져나와 필시 관문의 요새를 넘어야 할 터인데 그대는 보았소?"

"저는 보지 못했습니다."

"속히 돌아가 관문의 방비를 굳게 하고 있으시오."

이에 장계방은 명을 받고 떠나갔다. 또 가몽관 마가魔家의 네 장군이 명을 받으러 왔다. 그들 사천왕 또한 황비호를 보지 못했다고 보고했다.

문 태사는 명을 내려 말했다.

"속히 가몽관으로 돌아가 방비를 하고, 협력하여 그 역도를 잡도록 하시오."

이에 네 장군은 명령을 받고 물러갔다. 또 임동관의 수성장인 장봉이 명을 받으러 왔는데, 그 역시 황비호 부자의 종적을 모르고 있었다.

장수들이 모두 돌아간 뒤, 문 태사는 조용히 생각해 보았다.

'모두들 황비호가 이미 서문을 나와 맹진을 지났다고 했는데 왜 보지 못했을까? 세 곳의 인마가 달려왔는데도 모두들 못 보았다고 하니 참으로 이상한 노릇이야. 좋다! 군사들을 이곳에 주둔시키면서 어디로 갔는지 살펴봐야겠다!'

문 태사는 황건역사가 황비호 부자를 몰래 빼돌린 것

을 알 리 없었던 것이다. 이때 청허진군은 공중에서 문 태사가 군대를 주둔시키고 움직이지 않는 것을 보고 생각했다.

'만약에 문중聞仲이 군대를 물러가게 하지 않는다면, 황비호가 어찌 다섯 개의 관문을 빠져나갈 수 있겠는가?'

이에 그는 호로병 마개를 열어 신사神砂를 약간 쏟아내어 동남쪽을 향해 한 번 뿌렸다. 그 술법은 태초의 원기를 가마에서 단련한 현묘한 신공이었다.

잠시 뒤에 문 태사의 군정관이 와서 보고했다.

"삼가 태사께 아룁니다. 무성왕이 가장들을 이끌고 조가를 치러가고 있습니다."

문 태사는 이 첩보를 믿고 회군할 것을 명했다. 급히 추격하여 이를 척살하려면 지름길을 달려 면지에 이르러야 했다. 과연 저 앞으로 한 무리의 사람들이 떼를 지어 나는 듯이 질주하고 있는 것이 보였다. 문 태사는 전군을 독려하여 달렸다.

한편 청허진군이 구름 속에서 황건역사에게 혼원번을 큰길에서 옮기라고 명했다. 황가 부자와 형제 둘은 곧 취했다가 깨어난 듯, 꿈에서 깨어난 듯했다. 모두가 눈썹을 문지르고 눈을 비비면서 정신을 차려 바라보니,

사방의 인마들은 사라져 그림자조차 보이지 않았다. 황명이 이에 감탄하여 말했다.

"길인吉人에게는 하늘의 도움이 저절로 생기는구나!"

황비호는 황망히 여러 형제들에게 말했다.

"방금 전의 인마들이 모두 어디로 가버렸는지 알지 못하겠으나, 이 틈을 타서 빨리 임동관을 지나는 것이 좋겠다."

이에 모든 장수들이 명을 따라 재빠르게 말을 몰아 앞으로 나갔다.

임동관에 이르러 보니 한 무리의 인마가 진을 치고 길을 막고 있었다. 황비호는 거마들을 멈추게 한 다음 앞을 살펴보기 위해 나아가려는데, 포성이 울리는 곳에 요란한 함성소리와 함께 깃발이 나부꼈다. 총사령관 장봉의 한껏 차려입은 갑옷과 투구, 그리고 온갖 말 장식들의 번뜩임만이 보일 뿐이었다.

장봉은 황비호가 무리를 이끌고 관문 앞에 이르렀다는 보고를 받자, 군문 앞에 나가 크게 외쳤다.

"황비호는 나와서 내 말을 들으라!"

무성왕이 신우를 타고 군영 앞에 나와 말했다.

"숙부, 이 조카는 난신難臣이므로 온전한 예를 갖추지 못합니다."

"황비호, 그대의 부친과 나는 친구지간이고, 그대는 천자의 고굉지신股肱之臣이며, 게다가 국척임에도 불구하고 어찌 모반하여 조상을 욕보이는가? 지금 그대의 부친은 총수總帥의 대권을 갖고 있고 또한 그대는 왕위에 있거늘 어찌하여 일개 부인을 위해 임금의 덕을 배반하는가? 오늘의 배반은 마치 쥐가 함정에서 빠져나오지 못하는 것과 같으니, 내 말을 들었거든 속히 말에서 내려 포박을 받으라. 백관들이 상소문을 올려 어전에서 그대의 청탁과 허물을 분별해 줄 것이다. 아마도 천자께서도 전날의 공로를 헤아려 지금의 죄를 벗게 해주실 것이니, 일가의 생명을 보전할 수 있을 것이다. 믿지 못하고 깨닫지도 못한다면 후회만이 남을 뿐이다!"

"숙부 어른, 이 조카의 사람됨을 숙부께서는 잘 알고 계실 것입니다. 지금 천자가 음란하여 주색에 빠져 있으며, 간신들을 등용하고 현능한 신하를 물리쳐 조정을 위태롭게 하고 있어서, 백성들이 난을 생각한 지가 오래 되었습니다. 그런데도 임금은 신하의 처를 속여 예법을 거스르고 패륜을 저질러 처를 죽이고 도의를 저버렸습니다. 임금이 무도한 짓만을 일삼으니, 이는 신하로 하여금 충성을 다하기 어렵게 하는 것입니다. 원컨대 숙부께서는 넓은 마음과 자비의 덕을 베풀어 제가 관문을 나가 현명한 군주에게 기탁할 수 있도록 놓아주십시오. 이후 족하가 결초보은하겠습니다."

이에 장봉이 크게 노하여 말했다.

"이 역적 놈! 감히 이따위 더러운 말을 지껄여 늙은이를 우롱하느냐?"

그는 손을 들어 단칼에 베어버릴 듯이 달려들었다. 황비호는 창으로 버티고 서서 말했다.

"숙부님 화내지 마소서. 나와 숙부님은 모두 같은 신하된 몸이니 만일 숙부께서 모욕을 당하신다면 다른 곳으로 피하시는 것은 매일반일 것입니다. 숙부께서는 무엇이 안타까워 좋은 방편을 행하려 하지 않으십니까?"

이에 장봉이 대갈하여 말했다.

"못된 역적 놈! 감히 그렇게 교묘한 혀를 놀리다니!"

또 한번 칼이 날아왔다. 황비호도 크게 노하여 말을 내달리고 창을 세워 나아갔다. 그렇게 싸우기를 30합, 장봉은 힘이 다하여 말머리를 돌려 달아났다. 황비호는 그 기세를 몰아 뒤쫓았다. 장봉은 뒤에서 방울소리가 들려오자, 조시환鳥翅環을 칼에다 걸고 걸친 전포를 열어 백련추百鍊錘 망치를 꺼냈다. 그리고 자융승紫絨繩 끈으로 단단히 동여매고 나서 손을 뻗어 돌진했다.

백련추는 동그란 모양으로 쟁반만큼 큰 것과 주발만

한 작은 것이 있었다. 사람의 심장을 상하게도 하고 머리를 깨뜨리기도 하며 때로는 늑골을 부러뜨리기도 하는 무기였다.

장봉이 말을 돌려 백련추를 한 번 날리자, 황비호는 보검으로 그것을 감아올려 자융승을 두 도막을 내고 백련추를 거둬들였다. 장봉은 그의 막사로 패주해 들어갔으나 비호도 더 이상 쫓지 않았다. 그는 수레로 군영을 둘러싸게 하고는 짚방석 위에 앉아 여러 형제들과 관을 통과할 계책을 상의했다.

장봉은 패주해 들어가서 전에 앉아 생각에 잠겼다.

'황비호의 용맹함은 전군을 압도하니, 나의 늙은 몸으로 어찌 이길 수 있겠는가! 만약에 패주한다면 또 천자께 죄를 얻게 될 것이로다!'

"소은蕭銀은 어디 있는가?"

소은이 전으로 올라와 장봉을 뵙고 말했다.

"말장末將이 명을 받자옵니다."

"황비호의 힘은 만 명을 대적할 수 있으며 또 나의 백련추마저 빼앗아 갔으니, 힘으로는 도저히 대적할 수 없을 것이다. 너는 황혼 무렵에 궁노수 3천을 뽑아 2경이 되기를 기다려 그들을 이끌고 적진에 가 있다가 나무 두드리는 소리가 나면 일제히 화살을 쏘아 역적을 죽이도록 하라. 그 수급을 조가에 올려 황은에 보답할 수 있을 것이다."

소은은 명을 받들고 수부를 나오며 생각했다.

'황 장군이 옛날 도성에 있을 때, 나는 그의 휘하에 있으면서 돌보아주신 은혜를 입었고 그의 추천으로 장군의 직에까지 올랐는데도 이제껏 불초하게도 만나뵙지를 못했다. 이제 임동관의 부장副將이 되었다고 어찌 은혜를 잊고 도리어 그분에게 화를 입힐 수 있겠는가? 나로서는 차마 하지 못할 짓이다!'

소은은 마침내 의복을 바꾸어 입고 몰래 군영을 빠져나왔다. 어둠을 틈타 잠행하여 마침내 황비호의 군영에 이르렀다.

"누구 있소?"

초병이 말했다.

"너는 누구냐?"

소은이 대답했다.

"나는 본래 황 장군의 수하에 있던 소은이라는 사람인데, 특별히 기밀을 가져왔네."

이에 초병이 서둘러 군영에 들어가 이 사실을 보고하자 황비호가 반색을 했다. 소은이 어둠속에서 나타나 절하며 말했다.

"소장은 지난날 왕공의 문하인 소은으로 은혜를 입어 임동관으로 뽑혀왔습니다. 오늘 장봉 장군이 저에게 밀령을 내려 2경쯤에 가려뽑은 궁노수를 이끌고 와서 왕공일가를 전멸시키고, 수급을 조가에 올려 공을 청하라 했습니다. 생각해 보니 어찌 마음을 속이고 천도天道를 해칠 수 있겠습니까! 그래서 이렇게 변장을 하고 미리 와서 알려드립니다."

황비호가 듣고 크게 놀라면서 말했다.

"장군의 높은 덕에 감사드리네! 하마터면 황가의 노소일가가 모두 비명에 횡사할 뻔했네그려. 이는 진실로 다시 태어나게 해준 은혜이니 어느 때야 갚을 수 있을는지 모르겠네. 오늘날 일이 급박하게 되었는데 족하는 어떻게 나를 구할 수 있겠나?"

"왕공께서는 속히 말에 오르시어 임동관을 치십시오. 제가 관문을 열고 기다리겠습니다. 이 일은 지체할 수 없는 일로 기밀이 누설되어 잘못이 있을까 두렵습니다."

황비호 등이 서둘러 말에 올라 함성을 지르며 공격해 들어가니 마치 포효하는 호랑이의 기세였다.

시간은 바야흐로 초경을 지나 아직 북이 두 번 울리기 전이어서 사졸들은 전혀 준비가 되어 있지 않았다. 소은이 빗장을 열자 황가의 여러 장수들이 한꺼번에 관문을 향해 돌격해 들었다.

이때 장봉은 대청에 앉아 있었는데 문득 보고가 들어왔다.

"황가 장수들이 관문을 뚫고 공격해 들어왔습니다!"

장봉이 사나운 목소리로 괴롭게 부르짖었다.

"내가 사람을 잘못 썼어! 소은은 황비호의 옛 수하로 오늘 그와 내통하여 관을 함락시키고 있으니 이는 오로지 내 불찰이로다!"

장봉은 급히 말에 올라 칼을 빼들고 황비호를 쫓았다. 뜻밖에도 소은은 말을 탄 채 관문 옆에 숨어 있었다. 장봉이 말을 몰아 막 관문을 나서려는데 소은이 그를 창으로 찔러 말 아래로 떨어뜨렸다.

소은이 장봉을 죽이고 말을 달려 뒤쫓아 크게 소리쳤다.

"왕공, 천천히 가십시오! 소장 소은이 이미 장봉을 척살했습니다. 왕공께서는 앞날에 몸조심하십시오! 저는 이제 임동관을 틀어막고 장졸들에게 수비를 명할 것입니다. 추격병이 올 것 같으면 다시금 토판土板을 제거하여 지체시키도록 할 것입니다. 이렇게 작별하니 언제나 존안을 다시 뵈올 수 있을는지 모르겠습니다."

"오늘의 은혜를 어느 날에나 갚을 수 있을는지 모르

겠네."

이리하여 서로 길을 달리하여 작별했다. 황비호가 임동관을 떠나 80여 리를 가서 동관潼關에 이르렀다. 동관의 수성장인 진동陳桐의 기마정탐병이 보고했다.

"황비호와 그 가장들이 관에 이르러 진을 쳤습니다."

진동이 명했다.

"인마를 정렬하고 가시나무 울타리로 요로를 막으라."

진동은 갑옷을 걸치고, 옷매무새를 가지런히 하면서 황비호를 사로잡을 채비를 했다. 황비호는 진영을 갖추고 나서 수성장 진동을 생각했다. 황비호가 한동안 아무 말도 하지 않다가 길게 탄식했다.

'옛날에 진동이 내 막하에 있었을 때 군령을 어겨 그를 참수하려 했었지. 그러나 여러 장수들의 만류로 전공을 세워 속죄하라 했던 적이 있어. 그런데 그가 여기로 전임되어 왔고 또 나와의 악연을 생각하여 반드시 지난 일에 보복하려 들 것이다. 이를 어찌한단 말인가?'

바로 이린 생각에 빠져 있을 때였다. 밖에서 함성소리가 들려왔다. 황비호는 신우에 올라 군영 앞으로 나아갔다. 앞을 보니 진동이 무위武威를 드날리면서 말했다.

"황 장군, 안녕하시오! 나는 태사의 명령을 받들어 장군을 기다린 지 이미 오래 되었소. 일찌감치 말에서 내려 조가로 돌아가 혐의를 벗고, 다른 말이 나오지 않도록 하시지요."

"진 장군, 틀렸어! 간간이 소식이 들려오던 걸 보면 세간의 정이 깊긴 깊은 모양이지. 옛날 그대가 내 막하에 있을 때 난 다른 뜻 없이 그대를 나의 진정한 수하로 대했네. 나중에 그대가 범법한 것은 그대의 잘못이었으나 나는 그대의 죄를 면해 주었지. 이렇게 보면 나 또한 은혜가 없지 않은데, 이제 나를 욕보이려 함은 그 전날의 일을 원한으로 생각하여 갚고자 함인가? 빨리 말을 몰아 나오라. 그대가 세 차례만에 나를 이길 수만 있다면 내가 곧 말에서 내려 포박을 받겠노라."

말을 마치고 창을 흔들며 곧장 나아갔다. 진동은 화극畫戟으로 이에 맞섰다. 두 장수가 좌충우돌하길 20여 합, 진동은 황비호의 적수가 되지 못했고 그는 말머리를 돌려 달아났다.

황비호는 노기충천하여 소리쳤다.

"이놈을 끝장내어 정도가 무엇인지를 알리리라!"

황비호가 앞으로 달려나갔다. 진동은 바로 머리 뒤까지 황비호가 뒤쫓아 오자 화룡火龍표창을 손에 움켜쥐었다. 이 표창은 도인에게 전수받은 것으로 한 번 날리면 연기가 일면서 백발백중하는 것이었다. 표창 하나가 날아오자, 황비호는 "어림도 없지!"라고 생각하며 피했다. 그러나 미처 몸을 피하기도 전에 겨드랑이 사이로부터 표창 하나가 또 날아왔다. 가련하다, 만장신광萬丈神光의 몸이 이로써 명멸하다니! 장군은 표창을 맞고 말 아래로 굴러 떨어지고 말았다.

황명과 주기는 주장이 떨어지는 것을 보고 급히 앞으로 말을 달려나가면서 외쳤다.

"우리 주군을 다치게 하지 말라! 기다려라!"

마치 두 마리의 말과 두 개의 도끼가 하나가 되어 곧장 날아가는 듯했다.

이에 진동은 급히 화극을 꼬나들고 마주쳐 나갔다. 황비표黃飛彪가 황비호를 구해 돌아왔을 때는 그는 이미 죽어 있었다.

진동과 일전을 벌이려는 두 장수의 마음은 진동을 갈기갈기 찢어죽여도 모자랄 만큼 노기등등해 있었다. 진동은 또다시 화극으로 막으면서 달아났다. 복수심으로 불타오른 두 장수는 천지분간을 하지 못한 채 말을 몰기에 여념이 없었다.

진동은 또 표창을 뽑아 주기의 목을 관통시켰고 주기 또한 말에서 떨어졌다. 진동은 재빨리 말고삐를 돌려 그 수급을 취하려 했는데 그보다 앞서 황명이 그곳에 이르러 진동을 막아섰다. 그러나 진동은 이미 두 장수에게 싸워 이겼으므로 회군의 북을 울려 군영으로 돌아갔다.

황비표가 황비호의 시신을 구해 가지고 돌아오자 세 아들이 아버지의 주검을 보고 대성통곡했다. 게다가 주기의 영혼은 아직도 접전터에 남아 있었으니 여러 가장들은 어찌 가슴 아파하지 않는 자가 있겠는가.

여러 장수들은 두 사람이 죽자 마음속에 더 이상 아무런 계책도 없게 되었고, 앞으로 나아갈 곳도 물러나 돌아갈 곳도 없게 되었다. 마치 양이 울타리 안에서 이리저리 헤매듯이 진퇴양난이었다. 천지간에 이렇게 당황스러운 순간은 없을 것이다.

한편 청봉산 자양동의 청허도덕진군은 벽운상碧雲床에 좌정하여 명상하고 있다가 소스라쳐 놀라더니, 손가락을 꼽아 셈해 보고는 이미 황비호에게 액운이 덮쳤음을 알게 되었다. 그는 황망히 백운동자에게 명했다.

"네 사형을 좀 오라고 해라."

백운동자가 즉시 한 명의 도동道童을 불러왔는데, 생긴 것이 키는 아홉 척이나 되었고, 얼굴은 희고 눈빛은 형형한 것이 마치 호랑이의 형상에 표범의 걸음걸이였다. 머리는 둥그렇게 쪽을 지고 있었고 허리는 삼실로 띠를 두르고 발에는 짚신을 신고 있었다. 그는 벽운상 앞에 이르러 절하면서 말했다.

"사부님, 제자를 부르셨습니까?"

"네 부친이 어려운 지경에 있으니 너는 하산하여 한번 만나뵙도록 하라."

황천화黃天化가 대답했다.

"사부님, 제자의 부친이 누구입니까?"

"네 부친은 무성왕 황비호인데, 오늘 동관에서 화룡표창에 맞아 죽었느니라. 너는 곧 하산하여 첫째로는 부친을 구하고, 둘째로는 부자간에 상봉토록 하라. 먼 훗날 주周나라에서 벼슬하여 함께 왕업을 이루는 데 도움이 될 것이니라."

황천화는 듣고 나서 말했다.

"제자가 어찌해서 여기에 오게 되었습니까?"

"어느 해인가 내가 곤륜산에 구름을 타고 어딘가로 가고 있었는데, 너의 정수리에서 살기가 뻗쳐 나오더니 구름을 뚫고 들어와 나의 살 길을 막았다. 내가 너를 만났을 때 넌 겨우 세 살이었다. 네 얼굴과 근골이 맑고도 기이한 것이 나중에 크게 될 성싶은 상이라 내 너를 데리고 산에 올랐던 것이었는데 오늘로 이미 13년이라는 세월이 흘렀구나. 네 부친이 오늘 난을 당했으니 이젠 네가 부친을 구해야 할 차례인 모양이다."

청허진군은 먼저 꽃바구니를 황천화에게 주고 나서 또 칼 한 자루를 주면서 "속히 가서 부친을 구하라"고 분부했다. 청허진군은 또 이러저러한 계책을 알려주었다.

황천화는 사부의 엄명을 받들고 산을 내려왔다. 자양동을 나서서 한줌의 흙을 공중에 뿌리고는 토둔법土遁法으로 동관에 왔는데, 그 빠르기가 마치 바람 같았다.

黃天化潼關會父

황천화가
동관에서 부친을 만나다

황천화가 동관에 이르러 흙먼지 사이로 떨어져 내리니 때는 바야흐로 5경이었다. 보아하니 한 무리의 인마가 둘러서서 등불을 높이 들고 있었는데, 금방 슬프고 애절한 곡성이 들려왔다. 천화가 그들 무리 앞으로 나아가니 검은 그림자들 가운데 이떤 사람이 물었다.

"당신은 누군데 이곳에서 군정을 탐지하는가?"

"빈도는 청봉산 자양동에서 수련을 쌓고 있는 사람인데, 그대의 대왕께서 난을 당하셨다는 것을 알고 구하러 온 것이오. 빨리 통지해 주시오."

가장들이 이 말을 듣고 둘째 주군에게 보고했다. 황비표黃飛彪가 급히 군영 문을 나와 등을 비추어 살펴보니, 옷을 가지런히 차려입은 한 명의 동자가 있었다.

그런데 가만히 뜯어보니, 행동거지와 면모가 놀랍게도 형을 꼭 빼닮아 있었다. 황비표는 황망히 안으로 불러들여 서로 대면했다. 그 도동이 여러 장수들과 인사를 마치자 황비표가 물어보았다.

"도인께서 여기에 온 것은 가형들을 다시 살리고자 함이오?"

"대왕께서는 어디에 계십니까?"

황비표가 그를 데리고 뒤쪽 막사로 갔다. 그곳에 황비호는 요 위에 뉘여 있었고 하늘을 향한 얼굴빛은 마치 백지장 같았다. 그리고 두 눈은 감긴 채 아무 말도 없었다. 황천화는 그 얼굴을 가만히 보고 나서 나지막이 탄식했다.

"아버님, 당신의 명성은 어디에 있습니까? 명리名利는 또 어디에 있습니까? 몸은 왕위에 계셨고 관작은 1품에 계셨으면서 무슨 연고로 이리 낭패를 당하셨습니까!"

황천화는 또 그 옆에 누워 있는 이를 보며 "저 사람은 누굽니까?"라고 물으니, 황비표가 대답했다.

"그는 우리의 의형제인데 그도 진동의 표창을 맞고

죽었소."

"물을 좀 길어다 주십시오."

얼마 안 있어 물이 이르자, 황천화는 꽃바구니에서 선약을 꺼내 물로 개어 꽉 다물고 있는 아버지의 잇몸을 벌려 입 안으로 흘려보냈다. 약 기운이 중황中黃에 이르고 삼관三關을 지나 사지를 통하여 잠깐 사이에 팔만사천 개의 털구멍을 돌아나왔다. 또 약을 상처난 눈 위에 발랐다.

한 시각여가 지난 뒤였다. 갑자기 황비호가 "아파 죽겠네!"라고 부르짖으며 두 눈을 번쩍 떴다. 그가 눈을 뜨고 바라보니 한 동자가 앉아 있는 것이 보였다.

황비호가 말했다.

"틀림없이 저승에서 만나고 있는 것이겠지? 어떻게 이런 선동仙童이 옆자리에 있을 수가?"

황비표가 말했다.

"이 동자가 아니었더라면 장형께서는 회생하실 수 없을 겁니다."

황비호는 다 듣고 나서 몸을 일으켜 감사의 인사를 하고 말했다.

"나에게 무슨 행운이 있기에 오늘 도사의 연민을 얻어 회생할 수 있었는지 모르겠소이다."

황천화는 눈물을 흘리며 땅에 무릎을 꿇고 말했다.

"아버님! 저는 세 살 때 아버님께서 집 뒤 화원에서 잃어버렸던 천화입니다."

황비호와 모든 사람은 그 말을 듣고 경악하면서 말했다.

"진실로 천화가 나를 구하러 온 것이로구나! 아마도 13년이라는 세월이 흘렀겠구나."

황비호가 아들 천화에게 물었다.

"애야, 너는 어느 곳으로 없어졌었으며, 또 그 동안 어찌 지냈느냐?"

"소자는 청봉산 자양동에 있었고, 제 스승은 청허도덕진군이라는 분입니다. 그분은 소자가 출가의 인연이 있음을 알고 저를 높은 산으로 데리고 갔던 것인데 벌써 13년이 되었습니다. 이제야 두 분 숙부님과 세 형제들을 만나게 되었고, 주기 장군도 원기를 회복하게 되었으니, 일가가 다 모인 셈입니다."

황천화는 주위를 살폈다. 그러나 모친 가씨賈氏가 보이지 않았다. 천화는 본디 총명하기 그지없고 그 성정도 마치 불과 같았다. 일시에 얼굴이 붉어지더니, 아버지 황비호에게 이를 앙다물며 따져물었다.

"아버님, 어찌된 연고입니까? 정말로 잔인하시군요!"

황비호가 말했다.

"애야, 오늘에야 이렇게 만나게 되었는데 갑자기 이게 무슨 말이냐?"

"아버님께서 이미 조가에 반역하셨다면 형제들은 모두 데리고 오셨으면서도 어찌 유독 제 어머님만 보이지 않습니까? 여자의 몸으로 조정에 끌려가서 심문 끝에 목숨을 잃으신다면 어찌하렵니까? 또 무성왕의 체면은 무엇이 되겠습니까?"

황비호는 듣고 나서 발을 구르고 눈물을 흘리며 탄식했다.

"이 아이의 말에 내 가슴이 저며오는구나!"

황비호는 가씨부인, 즉 천화의 모친이 어떻게 죽임을 당했는지 전후 사정을 소상히 말해 주었다.

황천화가 다 듣고서 크게 한 번 부르짖고 나더니 이내 혼절하고 말았다. 깜짝 놀란 사람들이 급히 흔들어 깨우니 천화는 두 눈 가득 눈물을 흘리며 미친 듯이 울부짖었다.

"아버님! 이제는 소자도 청봉산에 돌아가지 않으렵니다. 도법수련이고 뭐고 조가를 무너뜨려 어머님 원수를 갚겠습니다!"

이렇게 말하며 통곡하고 있을 때, 갑자기 밖에서 보

고가 들어왔다.

"진동이 밖에서 싸움을 걸고 있습니다."

황비호는 보고를 듣고 안색이 흙빛이 되었다. 황천화는 부친이 황망해 하는 모습을 보고 급히 눈물을 거두며 말했다.

"아버님, 나가십시오. 소자가 있으니 걱정 마십시오."

황비호는 오색신우에 올라타고 갑옷과 투구를 갖추어 군영을 나가면서 외쳤다.

"진동 이놈! 내 오늘 필히 너의 표창에 대한 앙갚음을 하리라!"

진동은 황비호가 멀쩡한 것을 보고 마음속으로 의혹이 생겼으나, 더 이상 묻지 않고 크게 소리쳤다.

"역적은 오라!"

"어리석은 놈! 네가 표창으로 나를 맞추긴 했으나 어찌 알았으랴! 하늘도 나를 어쩌지 못하는 것을!"

황비호는 이렇게 외치면서 신우를 몰아 창을 흔들어 대면서 진동에게로 나아갔다. 진동은 화극을 꼬나들고 마주쳐 나왔다. 그렇게 15합여를 맞붙었을 때, 진동이 말머리를 돌려 곧 달아났다. 황비호가 쫓지 않자 황천화가 소리쳤다.

"아버님, 저놈을 쫓으세요. 소자가 여기 있습니다. 무엇을 두려워하십니까?"

황비호가 뒤를 쫓자, 진동이 이를 보고 표창을 던졌다. 황천화가 몰래 꽃바구니로 화룡표창을 막아 그 표창들을 모두 꽃바구니 속으로 거두어들였다. 진동은 화룡표창을 모두 잃자 말머리를 돌려 황비호와 다시 접전을 벌였다. 그때 뒤에서 한 사람이 크게 소리지르며 나섰다.

"진동, 이 못된 놈, 내가 간다!"

진동이 보니 한 도동이 싸움을 거들어왔다.

"오라! 바로 네 녀석이 내 신표神標를 거두어 간 놈이렷다! 나의 도술을 깨뜨렸으니 어찌 가만둘 수 있으리!"

말을 몰아 화극을 휘저으며 황천화를 맞아 싸웠다. 천화는 급히 등에 차고 있던 보검을 움켜쥐고 진동을 향해 겨눴다. 그러자 검 끝에서 한 줄기 섬광이 번뜩이더니, 술잔만한 크기의 물건이 진동의 얼굴을 향하여 날아갔다. 그 순간 진동의 수급은 말 아래로 굴러 떨어졌다.

황천화의 이 검은 바로 청허진군의 보물로, 이름하여 '막야보검莫耶寶劍'이라고 하는데, 섬광이 힌번 번뜩이면 사람의 머리가 곧 떨어지는 영력靈力이 있었다. 그런 까닭에 진동도 이 검을 만나자 곧 목이 절단되었던 것이다.

진동이 이미 죽자 황명과 주기 등 모든 장수들이 일제히 함성을 지르며 돌진하여 군병들을 죽이고 흩어지게 하면서 동관을 빠져나갔다.

황천화는 부친께 작별인사를 올리고 산으로 돌아가겠다고 말했다.

"얘야, 너는 나와 함께 가겠다 하지 않았느냐?"

"사부의 명을 어길 수는 없습니다."

황비호는 차마 아들과 헤어지기 싫어 탄식했다.

"만남은 어찌 그리 더디고 이별은 어찌 이다지도 빠르단 말인가! 지금 이별하면 어느 때나 다시 만날꼬?"

"머지않아 서기로 가서 만나뵙게 될 것입니다."

이리하여 부자와 형제들이 함께 눈물을 뿌리며 작별했다. 황가 부자가 동관을 떠나 80여 리를 왔는데 천운관穿雲關이 얼마 떨어져 있지 않았다. 천운관의 수성장은 바로 진동의 형인 진오陳梧였다.

진오는 패잔병들의 보고를 이미 들었던 터라 황비호가 동생을 죽인 사실을 알고 있었다. 그는 성격이 삼시신처럼 급하고 사나워 온몸의 일곱 구멍에서 연기가 뿜어져 나오는 사람이었다. 삼시신三尸神은 인체 내에 살면서 해코지를 한다는 도교상의 세 신이다.

진오는 북을 울려 장병들을 모아 동생의 원수를 갚고자 했다. 그러나 이때 반열에서 한 사람이 나섰다.

"주장께서는 나가지 마십시오. 황비호는 용력이 삼군

을 당할 만하고 주기 등도 용맹한 장수들입니다. 적은 수로 많은 것을 대적할 수 없고 약한 것으로 강한 것에 대항할 수 없습니다. 작은 장군께서는 용맹하셨음에도 결국 돌아가시고 말았습니다. 어리석은 소견으로 볼 때, 이는 지모로써 해결해야 할 일입니다. 승패를 예측하기 어려운데 혹시 사고가 생길까 두렵습니다."

편장 하신賀申이었다. 진오는 그의 말을 듣고 말했다.

"하 장군의 말에도 일리가 있기는 하나 무슨 계책이라도 있소?"

하신이 다가와 귓속말로 비책을 말하자, 진오가 크게 기뻐하며 명을 내렸다.

"황비호가 관문에 이르면 속히 보고토록 하라."

얼마 안되어 보고가 들어왔다.

"쇠북을 울리고, 여러 장수들은 말에 올라 무성왕을 맞이하라."

황비호가 말 위에 앉아서 바라보니, 진오가 여러 장수들을 이끌고 나왔는데 몸에는 갑옷도 걸치지 않았으며 손에는 무기도 없이 맞이하는 것이었다. 그는 말 위에서 몸을 굽히며 "대왕!"이라고 불렀다. 황비호 또한 고개를 숙여 말했다.

"난신 황비호는 조정에 죄를 범하여 관문을 나갈 때

마다 곤란을 당했으나, 이제 장군께서 객을 대하는 예로써 예우해 주시니 그 덕이 마치 산과 같습니다. 어제는 또 영제슈弟께서 저지하는 바람에 살상을 하게 되었습니다. 장군께서 이처럼 생각해 주시니 그 커다란 은혜는 결단코 잊지 못할 것입니다."

"이 진오는 대왕께서 여러 대에 걸친 충량이며 충심으로 나라에 보답하시는 분이라는 것을 익히 알고 있습니다. 지금은 임금이 신하를 배반했으니 또 무슨 허물이 되겠습니까? 제 동생 진동 또한 분수를 모르고 가시는 길을 막았으니 이런 천시를 모르는 놈은 죽어 마땅합니다. 소장이 지금 조촐한 음식을 준비하고 있으니, 청컨대 대왕께서는 잠시 수레를 머무르시어 저의 참뜻을 받아주신다면 이 진오에게 이보다 더 큰 다행이 없을 것입니다."

황명이 말 위에서 감탄하며 말했다.

"한 어미의 자식에게도 우매함과 현명함의 구별이 있기가 한 나무 열매에도 시고 단 구분이 있음과 같도다!"

황가의 여러 장수들이 일제히 말에서 내렸다. 진오도 또한 말에서 내리며 말했다.

"대왕께서는 사령부로 드시지요."

여러 사람들도 서로 권했다.

정전에 이르러 서로 예를 행하고 차서에 따라 좌정

했다. 이윽고 여러 장수들이 식사를 마치자, 황비호가 몸을 일으켜 진오에게 사례하며 말했다.

"장군께서 측은하게 여기는 마음으로 번거로이 관문을 열어주는 수고를 하시고 하잘것없는 목숨을 생각해 주셨습니다. 다른 날 이 은혜를 즐거운 마음으로 갚을 것이며 결코 배반하는 일은 없을 것입니다."

진오가 미소를 띠고 몸을 구부려 말했다.

"소장은 대왕께서 반드시 서기로 가셔서 현명한 군주에게 의탁하리라는 것을 믿고 있습니다. 다른 날 만날 기회가 있다면 다시 은혜 갚을 일을 생각해 보도록 하시지요. 지금은 제 하찮은 정성을 담아 변변찮은 술을 좀 준비해 놓았으니 물리치지 말아주십시오."

황비호는 뿌리치지 못하고 주연에 참석했다. 날이 저물자 사례한 다음 작별인사를 고했다. 그러자 진오가 말했다.

"대왕께서는 안심하십시오. 소장은 대왕께서 예까지 오시는 동안 줄곧 편안한 잠자리를 갖지 못하셨음을 알고 있습니다. 말들 또한 피곤에 지쳐 있고 날도 이미 저물었으니 초려에서나마 하룻밤 주무시고 내일 일찍 출발하십시오."

황비호는 혼자 생각했다.

'호의는 고맙지만 이곳은 머물 곳은 아닌 듯싶다.'

그때 황명이 옆에서 말했다.

"장형, 진 장군께서 이미 깊은 인정을 베풀어 주셨으니 내일 떠나도 무방할 것 같습니다."

황비호도 이 말에 하는 수 없이 승낙하고 말았다. 진오는 크게 기뻐하면서 말했다.

"소장이 마땅히 모시고 몇 잔 술을 더 올려야 하겠으나, 대왕께서 연일 피로하실 터라 더 권하지 못하겠습니다. 대왕께서는 편히 쉬십시오. 저는 이만 물러가겠습니다. 내일 아침 일찍 다시 한 잔 올리지요."

황비호는 깊이 감사하면서 진오를 막사 밖까지 전송했다. 가장들은 화촉을 밝혀놓고 모두들 편안히 쉬었다. 모두가 다 고생고생하며 먼 길을 오느라 수고했으므로, 코고는 소리들이 저마다 우렛소리 같았다. 황비호는 대청마루 위에 앉아 전후의 일들을 생각해 보니 심사가 온통 뒤틀려 왔다. 그는 장탄식을 하며 말했다.

"하늘이시여! 우리 황씨일문은 7대에 걸친 상나라의 간성이었거늘, 어찌 알았으리오! 오늘날 이처럼 반역의 죄를 짓고 도망하는 몸이 될 줄을. 나의 이 충심을 하늘만은 아시리라! 무지한 군주가 나의 처를 우롱하고 죽였으니 원통하고 절통하구나! 내 여동생도 내동댕이쳐 죽였으니 뼈 마디마디가 끊어지는 듯 마음이 쓰리구나! 하늘이시여! 이와 같을진대 무왕武王께서 우리들을 용납하시어 군대를 빌려주신다면 이 무도함을 평정할 수 있으리로다."

황비호는 이를 악물고 시를 한 수 지었다.

7대에 걸친 충량으로 큰 공을 이루었거늘,
오늘 서기로 들어가게 될 줄을 뉘 알았으랴?
5관의 길목마다 횡액이 펼쳐 있고,
세 번의 싸움에도 군주 없으니 어찌 헛되이 생각하랴?
나는 새가 숲을 잃은 듯 집안은 이미 풍비박산되었고,
남에 의지하여 뜻을 얻은들 의심만이 앞서네.
하늘이 이 평생의 뜻을 이뤄주신다면,
지난날의 온갖 잘못을 말끔히 씻으련만.

그때 망루에서 북이 한 번 울리는 소리가 들렸다. 무료히 홀로 앉아 생각에 잠겨 있었는데 어느덧 2경이 되어 있었던 것이다.

황비호는 또 생각에 잠겼다.

'왕부의 화려함, 옥당에서의 향연, 화려한 누각, 이 얼마나 부귀한 것인가? 그러나 어찌 알았으리오! 오늘은 몸둘 곳 하나 없게 될 줄을.'

그러던 차에 또 3경을 알리는 북소리가 들려왔다. 황비호는 '내 오늘 어찌하여 이렇게 잠을 못 이루고 있는가!'라고 중얼거리면서, 조급해진 마음에 땀조차 흘렸다.

그때 갑자기 붉은 섬돌 아래에서 한바탕 바람소리가 들려왔다. 회오리바람은 붉은 섬돌을 휘돌아 전 위로 올라왔다. 황비호가 보니 모골이 송연해져 식은땀이 온몸을 적셨다. 그 회오리바람이 부는 곳에서 손 하나가 뻗쳐 나오더니 촛불을 꺼버렸다. 소리가 있어 들어보니 이러했다.

"장군, 첩은 결코 요괴가 아니라 바로 당신의 처 가씨의 혼이 여기에 온 것입니다. 당신 눈앞에 큰 재난이 닥쳐오고 있습니다! 바로 지금 화염의 내습이 있을 것이니 빨리 서방님들을 깨우세요! 장군께서는 우리 어미 없는 세 아이들을 잘 돌보아 주셔야 해요. 서두르세요! 저는 갑니다!"

황비호가 정신이 번쩍 들어 바라보니 등불은 여전히 빛나고 있었다. 황비호는 탁자를 치며 큰소리로 외쳤다.

"빨리 일어나라, 빨리들 일어나!"

황명과 주기 등은 여전히 깊은 잠에 빠져 있다가 고함소리를 듣고는 황망히 일어나 물었다.

"장형께서는 무슨 일로 그리 큰소리를 치십니까?"

황비호는 등불이 꺼지고 가씨의 말이 들렸던 이야기를 했다. 황명이 대문 앞으로 달려나가 문을 열려 했으나 문은 굳게 닫혀 있었다. 용환龍環과 오겸吳謙이 도끼로 문을 찍어내고 보니 막사 앞에 장작을 잔뜩 쌓아놓은 것이 보였다. 주기가 황망히 여러 가장들을 불러 수레를 내오도록 했다. 장수들이 말에 올라 막 막사를 빠져나가는데 진오가 횃불을 든 장수들을 이끌고 벌떼같이 몰려오는 것이 보였다.

순찰병이 진오에게 보고했다.

"황가의 여러 장수들이 막사를 나왔고 수레들도 밖에 있습니다."

진오는 크게 노하여 장수들에게 외쳤다.

"늦었다! 빨리 말을 몰아 앞으로 나가라!"

이에 황비호가 말했다.

"진오야! 네가 어제는 그리도 흐르는 물처럼 크나큰 인정을 베풀더니, 이제는 또 무슨 원한이 있어 이따위 어질지 못한 짓을 저지르느냐?"

진오는 계략이 이미 탄로났음을 알고 마구 욕을 해대며 말했다.

"역적들아! 진실로 줄기는 물론 뿌리까지 뽑아내듯이 네 황가일족이 멸절되길 바라노라. 어찌 앞일을 알겠느냐? 너희 교활한 무리들이 끝내 이리도 구차하게 될 줄을. 이와 같을진대 너도 이 함정을 벗어날 수 없으리라!"

곧이어 말을 몰아 창을 휘두르며 황명에게 달려들었다. 황명은 도끼를 꺼내 이에 대적했다. 달빛없는 한밤 두 진영은 혼전을 거듭했다.

황비호 또한 창을 들고 나가 진오와 접전했다. 진오는 도끼를 꼬나들고 창극에 대항해 왔다. 몇 합이 지나지 않아 황비호는 용력을 발휘하여 한바탕 고함소리와 함께 진오의 심장을 향하여 긴 창을 내질렀다. 진오의 심장은 결국 비호의 창에 꿰뚫리는 신세가 되었다.

진오는 말 아래로 굴러 떨어졌다. 이에 힘을 얻은 장수들이 일제히 돌진하자 마침내 관내는 울부짖는 소리만이 가득한 아비규환이 되었다.

이리하여 천운관 관문은 열렸고 일행은 일제히 진영 앞을 뚫고 나왔다. 동쪽 하늘은 이미 훤하게 밝아오고 있었다.

이제 일행의 목적지는 계패관界牌關이었다. 황명이 말 위에서 말했다.

"이제는 더 이상 싸우지 않아도 되겠지. 계패관은 노주군께서 지키고 계시는 곳이지 않은가."

수레를 재촉하여 80여 리쯤 나아가 살펴보니 관문은

얼마 떨어져 있지 않은 곳에 있었다.

한편 계패관의 수장 황곤黃滾은 바로 황비호의 부친이었다. 그는 큰아들 황비호가 조가에 반란을 일으키고 중도에서 여러 관문의 수장과 병사들을 죽였다는 소식을 듣고 있던 터였다.

황곤은 마음속으로 번민하고 있었다. 이때 정탐병이 보고했다.

"큰 주군께서 둘째, 셋째 주군과 함께 오십니다."

황곤은 급히 군령을 내렸다.

"병사 3천을 뽑아 진세를 펴고 있으라. 그리고 죄수를 호송할 수레 10대를 준비하여 이 역적 놈들을 조가로 압송할 수 있도록 하라!"

黃飛虎泗水大戰

황비호가 사수에서 크게 싸우다

황곤은 군사를 포진시키고 아들들이 오기를 기다렸다. 황명·주기 등은 멀리 한 무리의 인마가 늘어서 있는 것을 보았다. 황명이 황비호에게 말했다.

"노 주군께서 인마를 포진시키고 있고, 또 호송수레도 보입니다. 저 모습으로 보아 결코 좋은 일은 아닐 것 같습니다."

용환도 말했다.

"잠시 노 주군을 만나보시고, 어찌 말씀하시는지를 살핀 연후에 다시 대처하도록 하십시오."

황비호가 앞으로 나아가 몸을 숙이며 말했다.

"아버님, 불효자 비호가 예를 다하지 못합니다."

"네가 누구냐?"

"저는 아버님의 큰아들 황비호가 아닙니까? 어찌하여 그런 물음을 하시는지요?"

황곤이 이에 큰소리로 말했다.

"우리 집안은 천자로부터 7대의 은총을 입었고, 상탕商湯의 충신들로서 충효현량한 사람들은 있었어도, 반역하고 아첨하는 무리는 없었다. 또한 우리 황가일문은 법을 어긴 남자도 없고 재가한 여자도 없었다. 너는 이제 일개 아녀자의 일로 인해 군주의 커다란 은덕에 등을 돌리고, 7대에 걸친 존귀한 자리를 저버렸으며, 허리에 찬 보옥을 끊었으니, 이는 인륜의 대체를 잃은 것이고 국가의 음덕을 잊은 것이다."

부친 황곤의 목소리는 매우 우렁찼다.

"또한 군주를 배반하고 일신의 영달을 위해 어설피 모반하여 황명을 받든 관리들을 죽이고 천자의 관새를 부쉈으며, 이 틈에 약탈을 자행하여 백성들을 도탄에 빠뜨렸다. 이는 조상을 구천지하에서 욕보이는 것이고 부모의 얼굴을 세상에 부끄럽게 하는 짓이니, 천자께는 충성스럽지 못하고 부모 앞에선 효를 다하지 못하는 것이로다. 짐승 같은 놈! 네가 왕위를 비우고 이 애비까지 연루시키다니! 네놈은 살아서는 천하에 부끄럽고, 죽어서는 조상께 욕이 되는 놈이다! 네놈이 무슨 낯짝으로 나를 대하느냐?"

황비호는 부친으로부터 일장연설을 듣고 묵묵히 아무 말도 없었다. 이때 황곤이 또 말했다.

"짐승 같은 놈! 너는 충신효자가 되겠느냐, 말겠느냐?"
"아버님, 어인 말씀이십니까?"
"네가 충신효자가 되려거든 일찌감치 말에서 내려라. 이 애비가 너를 조가에 압송하게 된다면, 나 황곤으로 하여금 자식을 압송하여 공을 세우게 하는 것이니, 천자께서도 반드시 나를 해치지 않으실 것이다. 나는 생명을 보전하는 일이 될 것이고, 너는 죽어서도 상나라의 신하가 되고 애비를 위해 효자가 되는 것이다. 네가 또한 창으로 나를 찔러 말 아래로 떨어뜨리고 나면 반드시 서쪽 땅에 의탁하게 될 것이니, 멋대로 천하를 횡행하는 꼴을 내가 눈으로 보지 않고 귀로 듣지 않아 다행이련만, 그래도 네 녀석은 즐거워할 수 있겠지. 내가 말년에 차꼬를 차고 오라에 묶여 저잣거리에서 죽어 사람들이 손가락질하면서 '이자는 아무개의 애비인데, 아들놈이 모반하여 이 지경에 이르게 되었다네'라는 소리는 듣지 않게 되겠지."

황비호가 다 듣고 나서 신우 위에서 부르짖었다.

"아버님, 책망하지 마소서. 아버님 뜻대로 조가로 압송되어 가면 그만 아닙니까!"

이렇게 말하면서 막 내리려 하는데 곁에 있던 황명이 말 위에서 크게 외쳤다.

"장형께선 내리지 마시오! 천자는 곧 실정한 군주로서 우리들로 하여금 진충보국할 마음을 일게 하지 못했던 것입니다. 한 나라의 군주가 바르지 못하여 인륜의 도리를 어지럽히니, 신하된 자로서 어찌 그 명을 따를 수 있겠습니까! 우리들이 다섯 관문을 나가려 함에 수많은 어려움을 겪고 구사일생으로 여기에 이르렀는데, 이제 노 장군의 말씀을 따른다면 이는 말 아래에서 죽는 것만 못한 일입니다."

황비호는 이 말에도 일리가 있다고 생각하면서 신우 위에서 머리를 숙이고 아무 말도 하지 않고 있었다. 이때 황곤이 황명을 향해 꾸짖었다.

"이 역적 놈들! 내 아들은 조금도 모반할 마음이 없었는데, 이렇듯 애비도 임금도 없고, 인의도 삼강三綱도 오상五常도 없는 필부 같은 네놈들이 바로 이런 일을 부추긴 게로구나. 내 앞에서 감히 내리지 못하게 하니 말이다. 너희들이 그놈을 가지고 한껏 노는 것이냐! 망할 놈들!"

이렇게 말하면서 말을 몰아 칼을 휘두르며 황명에게 달려들었다. 황명은 급히 도끼로 맞서면서 말했다.

"노 장군, 내 말씀 좀 들어보십시오. 황비호 등은 장군의 아들들이고, 황천록黃天祿 등은 또한 손자들입니다. 또 우리들은 장군의 자손들이 아님은 분명하지만 어찌 보면 장군의 수하가 아니겠습니까? 어찌하여 우리들을 호송수레에 가두려 하십니까? 노 장군, 잘못 생각하고 계십니다. 자고로 '극악한 호랑이도 그 자식은 잡아먹지 않는다' 했습니다. 지금 조정은 실정을 거듭하고 윤리를 크게 문란시키고 있어 사방에서 변란과 군대가 일어나며 하늘도 불길한 징조를 보이고 있으니, 화란禍亂이 이미 눈앞에 닥쳤습니다. 지금 노장군의 며느리는 천자에게 능욕을 당했으며 친 따님도 군왕에 의해 죽임을 당했으나, 그 깊은 원한을 풀 수가 없습니다. 그런데도 가문의 골육을 위해 복수할 생각은 아니하시고, 도리어 자식들을 조가에 압송하여 욕보이려 하십니까?"

"이 역적놈, 그 따위 교묘한 혓바닥을 놀려 내 화를 돋우느냐?"

황곤이 크게 노하며 칼을 겨누고 달려들었다. 황명

은 칼을 막으면서 크게 외쳤다.

"황 노인! 장군은 마치 '날이 개일 때는 가려 하지 않고, 비 오기를 기다려 머리를 적시는 꼴'이오! 당신은 한 세상을 풍미한 총관으로 시대를 역행하며 저희들을 베려 하시니 어찌합니까? 제 도끼에 눈썹과 눈이 없으니 까딱 잘못하여 장군께 상처라도 입히는 날엔 노 장군 일생의 꽃다운 이름이 사라지리라는 생각을 해보지도 않으셨습니까?"

황곤이 더욱 노하여 말을 몰아 칼을 춤추듯 휘두르며 나는 듯이 달려오자 주기가 말했다.

"노 장군, 오늘 저희들은 죄를 얻어도 그만입니다. 더는 참을 수 없소이다."

황명·주기·용환·오겸 등 네 장수가 황곤을 가운데에 두고 둘러쌌다. 도끼와 창들이 얽히고 말들도 이리저리 날뛰었다. 황비호는 곁에서 네 장수들이 부친을 둘러싸고 있는 것을 보자, 얼굴에 노기를 띠면서 자책했다.

'이 가증스런 놈들! 내가 여기에 있는데 저토록 아버님을 욕보이다니!'

그때 황명이 큰소리로 외쳤다.

"장형, 우리들이 노 장군을 둘러싸고 있을 터이니 빨리 관문을 나가십시오. 더 무엇을 기다리십니까?"

그러자 비표飛豹・비표飛彪・천록天祿・천작天爵 등이 일제히 가병들과 함께 수레들을 이끌고 관문을 빠져나갔다. 황곤은 자식들이 관문을 뚫고 나가는 것을 보고 노기충천하여 날뛰다가 말에서 떨어지자 곧 검을 빼어 자결하려 했다. 황명이 말에서 내려 덥석 끌어안으며 말했다.

"노 장군께서 이 무슨 경솔한 짓입니까?"

황곤은 눈을 부라리며 꾸짖었다.

"무도한 강도놈들 같으니라고! 네가 내 역적 아들놈을 놓아보내 또다시 나를 우롱하느냐?"

"제가 한 마디 말로써 다하기는 어렵습니다만 진실로 엉킨 실타래는 있으나 풀 방법이 없습니다. 저희들은 이미 너무나 많이 노 장군 자제의 노여움을 샀습니다. 그가 상나라를 등질 때 가지 말도록 저희들은 여러 번 애써 권했습니다. 그는 그때마다 우리 네 사람을 죽이려 했습니다. 우리들은 어찌할 도리가 없어 함께 모의했습니다. '계패관에 이르러 노 장군을 뵙고 조가로 압송할 방법을 마련한다면, 우리 네 사람의 한결같은 원한노 씻을 수 있으리라.' 저희가 이렇게 초지일관 충심을 다하는데도 노 장군께서 단지 농으로 여기고 거들떠보지 않으신다면, 기회를 놓쳐 도리어 불미한 일이 되지나 않을까 두렵습니다."

"네 말대로라면 어떻게 해야 하느냐?"

"노 장군께서는 빨리 말에 올라 황비호를 쫓으시면서 이리 말씀하십시오. '황명이 나에게 권했다. 악독한 호랑이도 자기 새끼는 잡아먹지 않는 법이다. 너희들은 모두 돌아오라. 내 너희들과 함께 서기로 가서 무왕을 만나뵐 것이다. 어떠냐?'라고 말입니다."

황곤이 웃으면서 말했다.

"이 짐승 같은 놈이 말 하나는 잘하는구나. 오히려 나를 꾀려들다니!"

"끝내 그들을 가도록 하시렵니까? 이 모든 일은 그를 속여 관으로 돌아오게 하려는 데서 비롯된 것입니다. 노 장군께서는 관부에 음식과 물을 준비했다가 그와 더불어 드시고 계십시오. 우리 넷은 그를 묶을 밧줄을 마련하고 있다가 장군께서 종을 쳐서 신호를 하면 일제히 손을 써서 세 아들과 세 손자들을 모두 호송수레에 가두어 조가로 압송할 수 있게 하겠습니다. 바라옵건대 노 장군의 천은天恩으로 우리를 구렁텅이에서 구해 주신다면 깊이 그 은덕에 감읍하겠습니다!"

황곤이 듣고 나서 감탄했다.

"황 장군, 그대는 진실로 충성스런 지사로다!"

그리고는 급히 말에 올라 관문을 나서서 큰소리로

외쳤다.

"애야! 황명이 나에게 권하는 것이 정말 도리에 맞는 것 같더구나. 나도 스스로 생각해 보니 너와 함께 서기로 가는 것이 좋겠구나!"

황비호는 혼자 생각했다.

'부친께서 어찌 이런 말씀을 하실까?'

그때 황비표가 말했다.

"이는 황명의 계책입니다. 우리들은 속히 돌아가 그의 지휘를 받는 것이 나을 것입니다."

이에 관으로 들어가 관부에서 부친을 배알했다.

황곤이 말했다.

"예까지 오며 줄곧 전투에 지쳤을 터이니 빨리 술과 음식을 들어라. 너희들이 다 먹고 나면 함께 서기로 가련다."

이에 양쪽에서 바삐 술과 음식을 올렸고 황곤도 함께 어울렸다. 이렇게 네댓 잔이 돌았을 때 황명이 옆에 서 있는 것을 보고 황곤이 금종을 몇 자례 쳤다. 그러나 황명은 듣고도 못 들은 체했다. 이때 용환이 와서 황명에게 "지금이 어떻소?"라고 물으니 황명이 대답했다.

"그대들 둘은 노 장군의 물자도구들을 마차에 실을 준비를 하여 깨끗하게 수습하도록 하시오. 그리고 식량과 말먹이를 태우시오. 그런 다음에 우리들은 일제히 말에 오르는 거요. 노 장군이 반드시 나에게 물어올 것이나 그에게 대답할 말은 준비되어 있소."

두 사람이 물러갔다. 황곤은 황명이 종소리를 듣고도 손을 쓰지 않자 소반상 곁으로 불러 물었다.

"방금 종을 울렸거늘 그대는 왜 손을 쓰지 않는가?"

"노 장군, 도부수刀斧手가 다 준비되지 못했는데 어떻게 손을 움직일 수 있겠습니까? 만약 혹 알아차리고 도망이라도 가버린다면 도리어 불미한 일이 될 것입니다."

용환·오겸 두 장수는 노 장군의 물자들을 모두 수레에 싣고는 나머지에 불을 질렀다. 이에 양쪽에서 "식량과 건초에 불이 났습니다!"라는 보고가 들어오자, 모두가 일제히 말에 올라 관문을 나갔다. 황곤이 괴로워하며 부르짖었다.

"내가 이 강도 같은 놈의 계략에 속았구나!"

황명이 말했다.

"노 장군, 진실로 장군께 말씀드립니다. 저 천자는 무도하나 무왕은 어질고 밝으며 덕이 있는 군주라 들었습니다. 우리들은 이번에 가서 병사를 빌어 복수를 할 것입니다. 장군께서도 가시려면 가십시다. 가시지 않겠다면 강요하지는 못하겠으나, 창고도 불타 이미 양곡도 없어졌으며 조가에 이르면 죽음을 면하기는 어려울 것입니다."

황곤은 깊이 신음하며 길게 탄식했다.

'신하된 도리로 자식의 불충함을 멋대로 버려두어서는 안되나, 어찌 모든 사람의 구미를 다 만족시킬 수 있으랴? 노신은 7대에 걸친 충량이나 이제 역적의 무리가 되고 마는구나!'

황곤은 조가를 향하여 여덟 번 절을 하고는 56냥이 나가는 원수인元帥印을 은안전에 걸어놓았다. 그리고 군사 3천을 선발하니 가장들과 도합 4천여 명이 되었다. 이에 타오르는 불을 끄고 나서 관을 떠났다.

황곤은 사람들과 함께 말을 타고 가면서 말했다.

"황명, 내 보아하니 그대는 내 아들을 위하는 듯한데, 기실 이는 그를 위함이 아니라 우리 일문의 충의를 해치는 것이다. 계패관 밖이 바로 서기라면 아무 상관없겠으나 여기서 80리 떨어진 곳에 사수관氾水關이 있고 그 수성장은 한영韓榮이다. 그의 휘하에 여화余化라는 장수가 하나 있는데, 그는 좌도左道를 터득하여 사람들이 그를 칠수七首장군이라 부른다. 그는 도법에 정통하며, 싸움이 시작되면 두 손을 올려 인사를 하는데 말이 이르는 곳마다 공을 이룬다. 또 그는 화안금정수火眼金睛獸라는 괴수를 타고 다니며 방천극을 쓴다. 우리들이 그곳에 이르면 모두 사로잡혀 결코 빠져나가지 못할 것이다. 내가 만일 너희를 조가로 압송한다면, 이 노구의 한 목숨을 보전할 수도 있으나, 오늘 함께 여기에 이르게 된 것은 진실로 형산荊山에 불을 놓아 옥과 돌이 함께 타버리도록 하는 것이나 마찬가지다. 타고난 팔자는 피하기 어려우니 내 명도 이제 다 된 모양이로구나."

또 7살 난 손자가 말 위에서 울고 있는 것을 보고 다시 더욱 침통해져서 모르는 사이에 이런 소리가 나왔다.

"우리들은 이렇게 오랏줄에 묶일 지경에 이르렀다고 해도 너는 천지간에 무슨 죄를 지었기에 이런 죽음의 화를 만난단 말이냐!"

황곤은 줄곧 탄식을 그치지 않았고 그러는 동안 어느새 사수관에 이르렀다. 그리하여 인마를 쉬게 하고 군문을 세웠다.

황곤은 장막 안에 앉아 양쪽에 늘어선 아들과 손자들을 바라보고 머리를 끄덕이며 말했다.

"오늘은 이렇게 나란히 양쪽에 서 있지만, 내일 당장 누가 먼저 스러질는지 모르겠구나."

이 말을 들은 모든 사람들은 마음속으로 참담함을 느꼈다.

그 다음날 사수관에서 여화는 한영의 명을 받들어 군사를 포진시키고 군문 앞에 나와 싸움을 걸었다.

황비호가 오색신우에 올라 앞으로 나아갔다. 여화도 혼자 앞으로 나왔다. 그는 일찍이 무성왕을 만난 적이 없던 터였는데, 저쪽에서 오고 있는 장수의 모습을 보니 매우 특이했다. 오류버들처럼 긴 수염이 머리 뒤까지 휘날리며, 붉은 봉황의 눈에 드리우운 누에 눈썹, 게다가 금참金鏨 작은 곤봉과 노저蘆杵 방망이를 들고 오색신우를 타고 있었다.

여화가 물었다.

"그쪽은 뉘시오?"

무성왕이 답했다.

"나는 무성왕 황비호라오. 지금 천자가 실정했기로 서주로 가는 길이오. 그대는 뉘시오?"

"말장이 여태껏 대왕의 존안을 뵙지 못했습니다. 대왕께서는 바로 성탕의 사직지신社稷之臣으로, 말하자면 조정의 온갖 부귀가 모두 황문으로부터 나온다고 하는데, 무슨 부족함이 있어 반란을 일으키는 몸이 되었습니까?"

"장군의 말이 비록 옳기는 하나 서로 속사정이 다르고, 또 한 마디 말로 다 설명할 수도 없소이다. 군신간의 도리로 말하자면 '군주가 예로써 신하를 대하면, 신하는 충으로써 군주를 섬긴다'고 했소이다. 지금 온 천하가 천자가 무도하여 신하된 자에게 부끄러운 짓을 했음을 알고 있소. 또한 인륜의 법도를 어지럽히고 도덕을 무너뜨리며 기강을 더럽히고 인의를 해치면서 신민들을 구휼하지 않고 있소이다. 게다가 천하의 제후들은 모두 기주岐周가 있음을 알고 있는 터이오. 이제 천하를 3분해 보면 서주西周가 이미 그 둘을 얻었으므로 천명이 돌아가는 곳을 가히 알 수 있으리니 이 어찌 사람의 힘이라 하겠소? 나는 지금 잠시 이 관문을 빌어 나가고자 하는 것이니 장군의 허락을 바라오."

"대왕의 그 말씀은 좀 잘못되었습니다. 말장이 이 관새를 지킴은 신하로서의 직분을 다하는 것입니다. 대왕께서 모반하지 않았다면 저는 스스로 멀리 영접하러 나갔을 것입니다. 그러나 대왕께서는 지금 반역하여 도망하고 있으니, 저와 대왕은 적이 된 입장이거늘 어찌 대왕을 출관토록 버려둘 수가 있겠습니까? 만일 이 관을 나갈 생각을 한다면 이는 나무에서 물고기를 구하는 격이니 헛될 뿐 아무런 유익함도 없을 것으로 다만 해가 될 따름입니다."

"5관 중에 이미 네 개의 관을 벗어났거늘 어찌 장군의 사수관에서 멈추겠는가! 장군의 말이 선 밥처럼 황량

하니 말을 달려 자웅이나 겨뤄보리라."

황비호는 이렇게 말하면서 창을 들어 여화에게로 나아갔다. 여화도 화극을 휘두르며 마주 나왔다. 두 마리의 맹수가 서로 만난 듯, 창과 극이 한데 어우러지는 한바탕의 큰 싸움이 벌어졌다.

무성왕은 무쇠창을 휘두르며 화가 난 한 마리 은빛 이무기가 여화를 휘감는 듯이 그의 말을 찔러 펄쩍 뛰게 했다. 그러자 여화는 화극으로 막으면서 도망했다. 황비호가 그 뒤를 쫓아 팔꿈치가 맞닿을 거리까지 따라갔을 때, 여화는 화극을 걸어두고 전포를 벌려 주머니 속에서 작은 깃발 하나를 꺼냈다. 이름하여 '육혼번戮魂旛'이라 하는데 여화가 그것을 공중으로 들어올려 몇 번 주문을 외자 검은 기운이 황비호를 뒤덮고는 똑바로 날아서 군문에까지 뻗쳤다. 이 와중에 사졸들이 무성왕을 잡아가고 말았다.

여화가 승전고를 울리며 군진으로 돌아오자, 수장인 한영이 황비호를 끌어내라고 명했다. 여러 사졸들이 황비호를 휘장 앞으로 끌고 왔다. 황비호는 꼿꼿이 자리에 섰다.

"조정에서 뭐 그리 그대에게 섭섭하게 한 일이 있기에 하루아침에 모반을 했단 말인가?"

"허허허! 그대같이 관문을 지키는 장수들은 스스로는 귀한 직분이라 여기겠지만 호랑이의 위엄을 빌린 여우일 뿐이네. 천자의 권위를 빌어 이곳을 탄압하는 것일 따름이니 어찌 조정 정치의 득실이나 화란禍亂의 원인이나 군신들 사이에 등지고 배반하는 연고를 알 수 있으리? 내가 지금 이미 잡힌 몸이 되었고 또 어차피 한 번 죽으면 그만인 것을 무슨 말이 그렇게 많이 필요하겠는가!"

"내가 이 관문을 지키고 역적을 사로잡은 것은 나의 직분을 다했을 따름이니 나 또한 그대와 논쟁하지 않겠소. 잠시 동안 감옥에 가두었다가 나머지 잔당들도 마저 다 잡은 연후에 압송시킬 것이오."

한편 황곤은 진영 중에서 황비호가 사로잡혔다는 보고를 듣고 탄식하며 말했다.

"짐승 같은 놈! 네가 이 애비의 말을 듣지 않더니, 아깝게도 이번 공로를 한영의 수중에 떨어지게 했구나!"

하룻밤이 지나고 그 다음날이 되어 보고가 들어왔다.

"여화가 싸움을 걸고 있습니다."

이번에는 황명·주기가 말에 올라 도끼를 휘두르며 군영을 나와 큰소리로 외쳤다.

"여화, 이 필부야! 우리 장형을 잡아간 이 원한을 씻어주리라!"

두 사람이 말을 몰아 도끼를 휘두르며 달려나가자, 여화는 화극을 꼬나들고 마주쳐 나왔다. 세 마리의 말이 어우러지고 화극과 도끼들이 함께 부딪치는 한바탕의 큰 싸움이었다.

세 장수가 접전을 한 지 30합도 못되어 여화는 말머리를 돌려 달아났다. 두 장수가 뒤를 쫓자 여화는 전처럼 육혼번을 꺼내들고 주문을 외워 두 장수를 사로잡았다. 두 장군이 사로잡혔다는 보고를 들은 황곤은 머리를 숙이고 아무 말도 하지 않았다. 다시 보고가 들어와 여화가 또 싸움을 걸어왔다고 하자, 이번에는 황비표 형제가 소리치며 나섰다. 그렇지만 둘은 역시 똑같은 방식으로 여화의 포로가 되고 말았다.

여화는 이렇게 계속해서 네 번씩이나 싸워 모두 일곱 명의 장수를 사로잡을 수 있었다. 한영은 주연을 베풀어 여화의 공을 치하했다.

황곤은 좌우에 늘어서 있던 장수들이 모두 사로잡힌 것을 보고 심히 안타까워 머리를 끄덕거리며 눈물을 흘렸다.

이러고 있을 때 또 보고가 들어왔다.

"여화가 싸움을 걸어오고 있습니다."

이번에는 둘째손자인 황천록黃天祿이 나섰다.

황천록은 말을 몰아 창을 휘두르며 달려나갔다. 여화는 급히 이를 맞아 싸웠다. 황천록은 비록 나이가 어리기는 하나 본래 장수집안의 아들인지라 전수받은 창술은 매우 정교하고 신의 경지에 이른 듯했으며, 앞뒤 가리지 않고 용맹하게 나아갔다. 이를 두고 바로 '갓 태어난 송아지가 호랑이보다 사납다'고 하는 것이다.

　　황천록이 강물을 뒤엎는 괴수처럼 창을 휘두르니 그 형세는 가히 당해낼 수 없을 것 같았다. 황천록은 그 싸움에서 여화에게 뒤지지 않는다는 것을 알고 말 위에서 한껏 뽐내면서 "단봉입곤륜!"이라고 외치며 창을 휘둘러 여화의 왼쪽 허벅지를 찔렀다. '단봉입곤륜丹鳳入崑崙'이라는 말은 '붉은 봉황이 곤륜산에 들어가다'라는 뜻이다.

　　여화는 부상을 당하여 황망히 도망했다. 황천록은 위태로운 줄도 모르고 뒤를 쫓아갔다. 여화가 비록 패주하고 있기는 하나 그 술수는 여전히 부릴 수 있었기에, 육혼번을 꺼내들고 지난번처럼 하여 황천록도 역시 잡아 감옥에 가뒀다.

　　황비호는 수차례나 황문의 장수들이 붙잡혀 들어오는 것을 보고 마음이 몹시 상하던 터였다. 그런데 문득 그의 둘째아들마저 잡혀온 것을 보고는 짐짓 자기도 모르는 사이에 눈물이 흘러 얼굴을 타고 흘러내렸다. 가련하구나! 이것이 바로 부자간의 마음씀이요, 골육간의 정이리라. 그들 부자의 슬픈 통곡은 말로 하기 어려울 지경이었다.

한편 황곤은 또 둘째손자가 잡혀갔다는 보고를 접하자 심사가 심히 처량하고 슬펐다. 그러나 아무리 생각해 보아도 쓸 만한 계책이 없었다. 그러다가 황곤은 책상을 탁 치면서 "그래! 그러자! 그래!"라고 외치고는 급히 가장들과 3천 병사에게 명을 내렸다.

"너희들은 수레에 있는 금옥 등과 값진 귀중품들을 한영에게 바치고 살길을 찾아 관을 벗어나도록 해라. 나와 손자들 모두 살 수 있는 길은 없을 듯싶구나."

이에 여러 가장들이 무릎을 꿇고 말했다.

"노 장군께서는 잠시 근심을 푸십시오. '길인吉人에게는 저절로 하늘의 도움이 생긴다'고 하는데 어찌하여 그렇게 하시려는 겁니까?"

"여화는 좌도의 요인妖人이니 또 그의 환술幻術을 어떻게 당해낼 수 있겠느냐? 만일 그놈에게 사로잡힌다면 도리어 나의 옛날의 명성이 하루아침에 물거품이 되고 말 것이야."

황곤이 이렇게 말할 때, 두 손자들이 곁에서 흐느껴 울었다. 황곤도 같이 울면서 말했다.

"애들아, 내가 앞으로 무슨 영화가 있겠느냐? 할애비가 너희들을 위해 한영에게 애원한다 해도 또한 그가 너희 둘을 용서해 줄는지 어쩔는지는 모를 일이다."

황곤은 머리에 쓰고 있던 투구를 벗고 허리의 옥대를 푼 뒤 갑옷과 전모를 벗었다. 그리고 허리엔 옥결玉玦을 차고 두 손자를 데리고 한영의 진중 막사 앞에 이르렀다. 황곤은 막사 앞에 이르러 문지기에게 말했다.

"수고롭겠지만 그대가 한 총령께 황곤이 뵈러왔다고 좀 전해 주게."

군정관이 한영에게 보고하자 한영이 곧 나왔다. 대문입구에 이르니 황곤이 흰 소복을 입고 꿇어앉아 있었는데, 뒤에는 천작·천상 두 손자 역시 꿇어앉아 있었다.

飛虎歸周見子牙

황비호가 주나라에 귀순하여 강자아를 만나다

황곤은 무릎으로 기어 군문 앞에 나가 죄를 청하면서 한영에게 말했다.

"죄인 황곤이 삼가 총령을 뵙습니다."

한영이 급히 답례하며 말했다.

"노 장군, 이 일은 모두 국가의 대사이니, 또한 이 말장이 감히 마음대로 행할 수 없는 일입니다. 이제 노 장군께서 이와 같이 하시니 무슨 가르침을 주시려는 것입니까?"

"우리 황문이 법을 어겼으므로 마땅히 단죄받아야 함

은 어쩔 수 없는 일이지만, 다만 한 가지 인정상의 도리로 불쌍한 처지에 놓여 있기에 총령께서 법을 떠나 인덕을 베풀어 주시기를 바라는 바입니다. 자식이 애비를 연루하여 죽음에까지 이른다 해도 나는 원망하지 않습니다만, 우리 황문은 7대 동안 충량하여 일찍이 신하로서의 절개를 저버린 적이 없었습니다. 그러나 이제 불행히도 이렇게 비참한 운명을 만나 우리 아들과 손자들이 모두 도륙을 당하게 된 것은 정말 애석한 일입니다. 제가 이처럼 무릎걸음으로 기어 총령을 뵙기를 청한 것은 아무것도 모르는 어린아이들이 너무나 가련하여 행여 그 죄를 용서받을 수 있을까 해서입니다. 청컨대 총령께서는 부디 이 일곱 살 난 손자놈을 출관케 하여 황문의 맥을 보전하게 해주기를 빕니다."

"노 장군께서는 무슨 말씀이십니까? 제가 이곳에 주재하는 것은 관을 지키라는 직분이 주어졌기 때문입니다. 어찌 사사로운 정을 따르면서 군주를 잊는단 말입니까? 한 집안이 법을 어기게 되면 털끝만큼의 사사로움도 용납되지 않는 법입니다. 조가로 압송되면 조정에서 공론이 있게 될 것이고 그리하면 청淸과 탁濁이 반드시 가려질 것입니다. 또한 말과 명분이 바르게 되고 순리에 맞게 될 것이니 뉘라서 감히 복종치 않겠습니까? 지금 노 장군께서는 제가 황천상으로 하여금 관문을 나가도록 해주기를 원하시지만, 그리하면 저는 곧 똑같이 반역을 범하고 조정을 기만하게 되는 것이니 법의 기강이 있다고 할 수 있겠습니까? 그리된다면 저나 노 장군이나 모두 다 죄를 면하기 어려울 것이니 그것만은 결코 따를 수 없습니다."

"총령! 황가문중이 법을 어겼고 또 일가권속들이 많다고는 하나 이 어린것이 무슨 방해가 되겠소? 또한 설사 풀어준다 해도 무슨 일을 할 수 있겠소? 측은지심은 사람들이 모두 가지고 있는 바라고 했습니다. 장군께서는 어찌 하나만을 고집하고 다른 방편은 생각지 않으십니까? 옛말에 이르기를 '높은 자리에 있을 때 편리를 도모하지 않는 것은 마치 보물산에 들어갔다가 빈손으로 돌아오는 것과 같다'고 했습니다. 인생이 어찌 한평생 어려운 일 없이 지나가는 것이겠습니까? 우리 일가가 모두 오욕을 당한 것에 원한을 품고 있기는 하나, 결코 무도한 간신배들은 아니며 진심으로 반역할 마음이 있었던 것도 아닙니다. 바라건대 장군께서는 불쌍히 여겨 도망가도록 놓아주시오. 그리하면 살아서도 마땅히 보답하겠거니와 죽더라도 결초보은할 것입니다."

황곤이 재삼재사 설득했으나 한영이 법을 고수하여

허락하질 않았다. 그러자 황곤이 크게 노하여 두 손자에게 말했다.

"내가 원수의 자리에 있으면서도 도리어 기세를 꺾고서 사람을 구해 보고자 한 것이거늘! 총령이 용납해 주지 않는다고 하니, 나와 너희들이 진흙수렁에 던져진들 무슨 두려움이 있겠느냐!"

이에 한영의 관부로 제 발로 걸어가 감옥에 이르게 되었다. 황비호는 홀연 부친이 두 아들과 함께 오는 것을 보고는 목을 놓아 통곡했다.

"아버님의 말씀처럼 불초자식이 오늘날 만세의 대역죄인이 될 줄을 어찌 생각이나 했겠습니까!"

한편 한영은 이미 황가 부자를 잡는 공훈을 세운 터에 또 황가의 재화와 보물들을 거두어들였으므로, 관리들이 주연을 열어 총령에게 공을 치하드렸다. 피리를 불고 북을 울리고 생황을 연주하면서 모두들 즐기고 마셔 댔다. 한영은 술을 마시는 가운데 호송관으로 누구를 뽑을지를 상의했다.

여화가 말했다.

"원수께서 황가 부자를 압송하려 하신다면 제가 가겠습니다. 그래야 걱정이 없으실 겁니다."

이에 한영이 크게 기뻐했다.

"장군이 앞장서서 가야 내 마음이 편안할 것이오."

그날 저녁 늦게야 술자리가 끝났다.

다음날 여화는 군사 3천을 가려 뽑아 황씨일가 11명의 죄인을 조가로 압송했다. 80리를 가서 계패관에 이르자, 황곤은 호송수레 안에서 그의 관부와 대청이 예전그대로임을 바라보았다. 누가 알았으리? 이제는 죄인이 되어 보는 것마다 마음 상해 하며 저도 모르게 눈물을 흘리게 될 줄을! 관내의 군민들이 일제히 나와 보고 탄식하며 눈물 흘리지 않는 이가 없었다.

한편 건원산乾元山 금광동金光洞의 태을진인太乙眞人은 한가로이 벽유상에 앉아 명상에 잠겨 있다가 홀연히 한 생각이 떠올랐다. 진인은 소매 속에서 손가락을 꼽아보고는 아차싶다는 듯이 중얼거렸다.

'이런! 황가부자에게 위험이 닥쳐 있군. 내가 구해야겠다.'

그는 이렇게 중얼거리고는 금하金霞동자를 불러 분부했다.

"네 사형을 오라 하여라."

동자가 도원桃園에 이르러 보니 나타哪吒가 창술을 연

마하고 있었다. 동자가 "사부님께서 오시랍니다" 하니 나타는 창을 거두고 벽유상 아래에 이르러 큰절을 올렸다.

태을진인이 말했다.

"황비호 부자에게 어려운 일이 생겼느니라. 너는 하산하여 그를 한번 구하도록 하여라. 사수관汜水關을 내보내고 나서 너는 속히 돌아오도록 하되 잘못되는 일이 없도록 하여라."

나타는 본래 세상구경을 좋아했기 때문에 마음속으로 무척 기뻐하면서 급히 이것저것을 꾸려 하산할 준비를 했다. 그는 풍화이륜風火二輪에 올라 화첨창火尖鎗을 들고 천운관穿雲關을 향했다.

나타는 삽시간에 천운관에 내려왔다. 그가 산등성이에서 한번 보니 아직 아무런 움직임도 없었다. 그렇게 한참을 서 있자, 저쪽에서 한 무리의 인마가 깃발을 나부끼며 칼과 극이 삼엄한 가운데 다가오고 있었다.

나타가 풍화이륜에 올라타고 요로를 지키고 서 있자, 순찰병이 나는 듯이 이를 여화에게 보고했다.

"장군! 어떤 자가 수레 앞에 서서 길목을 지키고 있습니다."

이에 여화는 진을 치라는 명을 내리고는 화안금정수를 재촉하여 진영을 나와 살펴보니 나타가 풍화이륜 위에 서 있는 것이 보였다.

여화가 물었다.

"풍화이륜을 타고 있는 그대는 뉘시오?"

"나는 이곳에 산 지 오래 된 사람으로 그 동안 이곳을 지나는 사람은 관원이나 천자를 불문하고 통행세를 받아왔었소. 그대는 지금 어딜 가시오? 통행세를 내놓는다면 길을 계속 갈 수 있게 해주겠소."

"으하하하! 나는 사수관의 총령이신 한영韓榮 장군의 전위장군 여화다. 지금 역적 황비호 일당을 조가로 압송하여 공을 청하러 가는 길인데, 네놈 참 대담하기도 하구나! 감히 길을 막고 서서 노래를 부르고 있다니! 빨리 물러간다면 목숨만은 부지하게 해주마."

"좋소, 내게 금전金塼 열 개만 내놓는다면 보내주겠소."

이 말에 여화는 크게 노하여 화안금정수를 휘몰아 방천극을 휘두르며 나는 듯이 쳐왔다. 나타는 손에 잡고 있던 창으로 이에 대적했다. 두 장수는 서로 맞서 한바탕 큰 싸움을 벌이며 좌충우돌했다. 하나가 칠고성七孤星으로 영웅맹호의 기세라면, 하나는 연꽃의 화신으로 신묘한 위풍을 떨치고 있었다.

나타의 묘법은 보통을 훨씬 뛰어넘는 것이어서 여화는 힘이 다하고 근육이 늘어질 지경이 되었다. 마침내 그는 극을 감추고 날갯짓을 하듯 훌쩍 도망했다.

나타는 "내가 간다!"라고 외치며 곧바로 뒤쫓았다. 여화가 머리를 돌려 살펴보니, 나타가 뒤쫓는 것이 보였다. 그는 육혼번을 꺼내 전처럼 하여 나타를 사로잡으려 했다. 나타는 한번 보더니 코웃음을 치면서 말했다.

"이 물건은 육혼번이렷다. 뭐 특별할 것도 없지!"

나타는 몇 가닥의 검은 기운이 몰려오는 것을 보더니 손을 뻗어 이를 잡아서 표범가죽으로 만든 주머니에 넣고는 묶어버렸다. 그리고는 크게 소리쳐 말했다.

"얼마나 있는가? 한번 내놓아보시지!"

여화는 그의 보물이 보잘것없다는 것을 알자 괴수를 몰아 달려와서 다시 나타와 싸웠다. 나타는 왼손엔 창을 들고 방천극을 막으며 오른손으로는 금전 하나를 들어 공중에 던졌다.

나타가 "빨리!"라고 외치자, 5색의 상서로운 기운이 천지의 어둠 속에서 뻗치면서 이 건원산의 보물이 빛을 발했다. 그 금전이 떨어져 여화의 투구를 때리자 여화는 안장에 납작 엎드려 있었음에도 상처에서 피가 솟구쳐 흘러나오기 시작했다.

마침내 여화는 화극을 끌며 도망하기 시작했다. 나타가 그 뒤를 쫓으면서 생각했다.

'내가 사부의 명을 받들어 황가부자를 구하러 왔는데, 추격을 하다가 잘못되는 날엔 대사를 그르칠 수 있을 것이다.'

다시 금전 하나를 꺼내 군대를 치니, 별이 날고 구름이 흩어지며 얼음이 산산이 부서지듯 그들은 흩어져 서로 목숨을 부지하기에 바빴다.

나타가 호송수레 안에서 봉두난발을 하고 있는 사람들을 보고 큰 목소리로 물었다.

"누가 황 장군이오?"

황비호가 반문했다.

"쌍륜에 타고 있는 사람은 누구요?"

나타가 대답했다.

"나는 건원산 금광동 태을진인의 문하로, 이름은 이나타라 합니다. 장군이 지금 곤란을 당하고 있다는 것을 알고 스승께서 내게 하산하여 구하라 명하셨습니다."

무성왕이 이에 크게 기뻐했다. 나타는 금전으로 호송수레를 열고 여러 장수들을 구출해 내었다. 황비호가 몸을 숙여 인사하자 나타가 말했다.

"여러 장군들, 천천히 가십시오. 나는 조금 앞서 가서 사수관을 다스린 뒤에 장군들을 기다려 관을 나가게 해드리겠습니다."

여러 사람들이 감사하다는 인사를 했다.

"크나큰 덕에 깊이 감사드립니다. 마지막 숨을 부지하기 어려운 터에 이같이 구해 주시니 삼가 머리를 조아릴 뿐입니다."

이러면서 각자 무기를 손에 들고 뒤따라 떠났다.

한영은 부중에서 마침 여러 장수들과 술을 마시고 기쁨에 들떠 황가의 일을 이야기하고 있었다. 이때 갑자기 선행관 여화가 명을 기다린다는 보고가 들어오자 크게 놀랐다. 이윽고 여화가 들어오자 그는 황급히 물었다.

"장군은 어찌하여 돌아왔소? 안색이 좋지 않은데 부상이 심한 것 같소."

여화는 이에 죄를 청하면서 말했다.

"인마가 천운관에 거의 이를 무렵에 어떤 자가 이름도 밝히지 않고 풍화이륜에 올라탄 채 길을 막고 있었습니다. 제가 만나보니 금전 열 개를 요구하며, 이를 바쳐야만 비로소 길을 내주겠다고 하더이다. 저는 그와 한바탕 싸움을 벌였습니다. 그런데 그놈의 창법이 신묘하여 저로서는 어쩔 수 없어 기수를 돌려 저의 보물로 그놈을 사로잡으려 했습니다. 그래서 막 육혼번을 드는 순간, 그자가 손을 뻗어 빼앗아가고 말았습니다. 이에 다시 기수를 돌려 그와 접전했는데, 그 자의 손이 움직이는 곳에 노란 섬광이 번쩍이면서 제 목덜미를 치는 것이었습니다. 그리하여 이렇게 패주하고 말았습니다."

"황가 부자는 어떻게 되었소?"

"모르겠습니다."

한영이 발을 동동 구르며 소리쳤다.

"그렇게 고생을 하고서도 그 역적들을 도망가게 하다니, 천자께서 아시게 되면 나의 죄를 어찌 벗는단 말인가!"

그러자 장수들이 말했다.

"생각건대 황비호는 앞으로 나아가도 관문을 나갈 수는 없을 것이며, 뒤로 물러나려 해도 조가로는 돌아갈 수 없을 터이니, 총령께서는 속히 인마를 내어 관새를 수비케 함으로써 반도들이 빠져나가지 못하게 하십시오."

바로 이렇게 의논하고 있을 때였다. 순찰관이 와서 보고했다.

"어떤 자가 수레를 타고 장을 휘두르며 무용을 과시하면서 '칠수ㄴ는장군'을 내놓으라 하고 있습니다."

여화가 바로 곁에 있다가 "바로 그놈입니다"라고 하자, 한영이 크게 노하여 "내가 잡으리라!"고 외쳤다. 장수들도 명에 따라 일제히 말에 올라 막사를 나서니 전군이 벌떼처럼 밀려나왔다. 나타는 수레바퀴를 옮겨타면서 크게 외쳤다.

"여화는 빨리 나와라! 한 가지 분명히 할 것이 있다!"

한영이 단기로 말을 몰아 앞으로 나아가 물었다.

"그대는 누군가?"

나타가 대답했다.

"나는 건원산 금광동 태을진인의 문하로 이름은 이나타다. 사부님의 명을 받들어 하산하여 황가 부자를 구하러 온 것이다. 방금 여화를 만났는데 아직 죽이지 못하여 그를 잡으러 왔다."

"조정을 어지럽히는 죄인들이 또 예까지 창궐하다니 심히 가증스럽도다!"

"성탕의 운수는 이제 다했고 서기西岐의 현명한 군주가 이미 일어났다. 황가는 바로 이 서기의 동량들로 하늘이 낸 사람들이다. 그대들은 또 어찌하여 천명을 어겨 이렇듯 뜻밖의 화를 불러일으키는 것인가?"

이에 한영이 크게 노하여 말을 몰아 달려나왔다. 나타는 수레에 올라 창을 돌리며 이에 대적했다. 수레와 말이 부딪쳐 몇 합이 지나기도 전에 좌우 군사들이 일제히 포위해 들었다.

그렇지만 나타의 화첨창은 금광동에서 전수받은 것

으로 그 사용법이 좀 달랐다. 창을 내밀 때는 마치 은룡銀龍이 발톱을 내미는 것과 같고, 창을 거둘 때는 번개가 치고 무지개가 나는 듯했다. 창으로 찌르니 뭇 장수들이 낙엽 떨어지듯 말에서 떨어졌다. 장수들은 당해내지 못하고 모두들 도망했다.

한영이 사력을 다해 대적했는데, 싸움이 한창 무르익을 무렵 뒤에서 황명·주기·용환·오겸과 두 비표가 큰 소리로 외치며 일제히 짓쳐왔다.

"이번에는 반드시 한영을 사로잡으리라!"

한편 여화도 어쩔 수 없이 용기를 내어 화안금정수를 몰고 화간극畫杆戟을 휘두르며 진영을 뛰쳐나왔다. 양 진영의 혼전 중에 나타가 얼핏보니 황가의 여러 장수들이 짓쳐오고 있었다.

그는 금전을 공중에 던져 이번에는 한영을 맞추었다. 그리하여 그의 호심경護心鏡을 산산이 부숴버리자 그는 황망히 달아나기에 바빴다. 이에 여화가 크게 외치며 금정수를 몰아 달려왔다.

나타는 3, 4합도 되기 전에 창으로 화극을 막으면서 표범가죽 주머니에서 급히 건곤권을 꺼내 여화를 내리쳤다. 건곤권이 곧바로 여화의 팔꿈치를 맞추니 여화는 힘줄이 끊어지고 뼈가 부스러져 금정수에서 떨어질 듯하더니 곧 동북쪽으로 도망쳤다.

나타는 사수관을 거두었고, 황명 등 여섯 장수는 관내에서 뿔뿔이 흩어지는 병사들을 쳐서 소탕해 버렸다.

그 다음날 황곤이 황비호 등과 함께 일제히 부중에 이르러 한영의 물자들을 수레에 모두 싣고 사수관을 나오니 바로 서기의 경계였다.

나타는 금계령金鷄嶺까지 전송을 하고 작별했다. 황곤과 황비호 그리고 여러 장수들이 감사하며 말했다.

"공자께서 어리석은 목숨을 구해 주신 것은 천행이라 할 뜻밖의 일이었습니다. 훗날 다시 만날 기회가 있다면 영광이겠습니다."

사람들이 이렇게 인사했다.

나타가 건원산으로 떠나간 뒤, 무성왕은 여전히 낮에는 가고 밤에는 머물고 하면서 고산준령들을 넘고 깊은 물굽이, 깎아지른 협곡과 울창한 수림을 지났다.

황가의 장수들이 수양산首陽山 도화령桃花嶺을 지나고, 연산燕山을 건너니 하루가 안되어 서기산에 이르렀다. 이제 겨우 70리 밖에 안되는 곳에 바로 서기성西岐城이 있었다. 무성왕은 병사들이 기산에 이르자 영채를 짓게 하고는 황곤에게 보고했다.

"아버님, 소자가 먼저 서기로 가서 강姜 승상을 만나보겠습니다. 만일 기꺼이 우리들을 받아준다면 바로 성에 들게 될 것이고, 만일 우리들을 받아들이지 않는다면 다른 방도를 생각해 보도록 하지요."

"네 말이 참 좋을 듯하구나. 뜻대로 하거라."

이에 황비호는 흰 소복에 건을 쓰고 말에 올라 70여 리를 나가 서기에 이르렀다. 서기의 경치를 보니 산천은 수려하고 풍토가 유순하고 후덕한 것이 크게 달라보였다. 행인들은 길을 양보하고 예에 따라 존비를 구별했으며 사람과 물자가 풍성했다. 또한 땅은 험난한 요새의 이로움이 있었다. 황비호는 감탄하면서 속으로 이렇게 생각했다.

'서기는 성인의 땅이라더니, 과연 백성들은 편안하고 물자는 풍부하니 요순시대라 하더라도 과장된 말이 아니로다.'

그는 성으로 들어가 물었다.

"강 승상부가 어디 있습니까?"

이에 백성들이 "소금교小金橋 언저리에 있습니다"라고 대답했다. 황비호가 소금교에 이르러 상부相府에 도착했다. 당후관에게 알리자, 당후관이 운판을 두드려 승상께 전에 오를 것을 청했다.

강자아가 은안전을 나왔다. 당후관이 명함을 올리자 다 보고 난 자아가 혼잣말로 중얼거렸다.

'조가의 황비호라면 바로 무성왕인데, 오늘 무슨 일로 여기까지 온 것일까?'

그리고는 "뵙자고 하라"라고 급히 명했다. 자아는 관복을 갖추어 입고 의문儀門으로 마중나가 기다리고 있었다. 황비호가 적수첨滴水簷 앞으로 나아가 인사하자 자아도 머리를 땅에 대고 답하면서 말했다.

"대왕께서 왕림해 주셨는데 멀리 마중 나가야 했습니다. 그리하여 영접의 예를 소홀했으나 너무 허물치 마시길 바랍니다."

"말장 황비호는 난신입니다. 이제 상商을 버리고 주周로 돌아온 것은 마치 숲을 잃은 새가 가지를 찾아 앉으려는 것과 같습니다. 들어오게 해주신다면 저는 그 깊은 은혜에 크게 감사할 따름입니다!"

강자아가 황망히 그를 부축해 일으키고는 주인과 손님의 자리를 정하여 앉으려 할 때, 황비호가 말했다.

"저는 상나라의 역신인데 어찌 감히 승상의 옆자리에 앉을 수 있겠습니까?"

"대왕께서는 무슨 말씀을 그리 심하게 하십니까? 제가 비록 재상의 지위에 있기는 합니다만 옛날에는 대왕의 다스림을 받았던 몸입니다. 그런데 어찌하여 그리 겸양하십니까?"

황비호는 그제야 실례한다면서 자리에 앉았다. 자아는 몸을 굽히면서 물었다.

"대왕께서는 어찌하여 상商을 버리셨습니까?"

"천자는 포악하고 음탕하며, 권신들은 정권을 휘어잡은 채 충량지사를 용납하지 아니하고 오로지 소인배들만 가까이 하고 있습니다. 또한 그들은 색을 탐함에 밤낮을 가리지 않으며, 사직을 가벼이 여겨 충신들을 주살함에 거리낌이 없고, 수많은 백성들을 토목공사에 내몰아 못살게 굴고 있습니다. 그리고 금년 정초에는 소장의 아내가 중궁에게 하례를 드리러 갔었는데, 달기妲己가 음모를 꾸며 억울한 죄를 뒤집어 씌워 누대에서 떨어져 죽게 만들었습니다. 또한 소장의 누이는 서궁西宮에 있다가 이 사실을 알게 되어 적성루에 올라 그 그릇됨을 밝히려 했습니다만, 천자는 달기만을 역성들어 제 누이를 누각 아래로 내동댕이쳐 온 몸이 바스러져 죽게 했습니다. 지는 '임금이 바르지 않으면 신하가 국외로 망명한다'는 것 또한 예법의 당연함이라 여기고 있습니다. 그래서 이렇게 조가를 등지고 5관을 빠져나와 몸을 맡겨 견마의 노고를 다하려고 하는 것입니다. 만일 우리 부자를 받아주신다면, 이는 곧 승상의 커다란 은혜를 입는 것입니다."

자아는 이 말을 듣고 크게 기뻐하며 말했다.

"대왕께서 이미 몸을 맡겨 온 힘을 다해 사직을 보좌하고자 하시니, 무왕께서는 천군만마를 얻는 일이 됩니다. 어찌 용납지 않을 까닭이 있겠습니까?"

이어 명을 내렸다.

"대왕을 공관으로 모셔서 편히 쉬게 해드려라. 나는 곧 입조할 준비를 해야겠다."

이에 황비호는 물러나와 공관으로 갔다.

강자아가 말을 타고 입조하니 무왕은 현경전顯慶殿에 있었다. 자아가 들어와 예를 마치자 왕이 말했다.

"승상께선 무슨 일로 나를 만나려 하십니까?"

"대왕께 크나큰 기쁨이 있습니다! 지금 성탕왕조의 무성왕 황비호가 천자를 버리고 대왕께 투탁하러 왔으니, 이는 서토가 흥성할 징조입니다."

"황비호는 조가의 국척이 아니오?"

"바로 그렇습니다. 옛날에 선왕께서 유리에서 풀려나와 조가에 머무실 적에 일찍이 그로부터 큰 은혜를 입으셨습니다. 이제 이미 귀순했으니 만나보는 것이 마땅한 도리일 것입니다."

이에 무왕은 황비호를 부르도록 명했다. 얼마 지나

지 않아 황비호가 부름을 받고 왔다. 전 앞에 이르자 황비호는 엎드려 절을 올리며 아뢰었다.

"성탕의 난신 황비호가 대왕의 천세를 비옵니다!"

무왕도 답례하며 말했다.

"장군께서는 천하에 덕을 행하고 사방에 의로움을 떨쳐 그 은혜를 베풀고 덕망을 쌓음에 사람마다 우러르는 참으로 뛰어난 군자이신지라 장군을 사모한 지가 오래되었습니다. 언제나 만나뵐 수 있을까 했는데 이리 뵙게 되니 이는 실로 3생生의 커다란 행운이라 할 것입니다!"

"대왕께서 깨우쳐 주신 큰 은혜를 입었으니 저희 일문은 함정과 그물로부터 빠져나와 감히 미력한 힘이나마 다하여 대왕께 보답하고자 합니다!"

무왕이 자아에게 물었다.

"옛날 장군이 상나라에 있을 때 관직은 무엇이었소?"

"진국무성왕鎭國武成王을 배수받고 있었습니다."

"우리 서기에서는 한 글자만 바꾸어 개국무성왕開國武成王에 봉하겠소."

이에 황비호는 그 은혜에 감사했고, 무왕은 주연을 베풀어 군신이 함께 마시며 즐겼다. 연회가 끝나고, 그 다음날 황비호는 전에 올라 은혜에 감사드리고 나서 또 아뢰었다.

"신의 아비 황곤과 아우 비표飛彪·비표飛豹, 그리고 아들 천록天祿·천작天爵·천상天祥, 의동생 황명·주기·용환·오겸과 가장 1천 명, 군대 3천은 아직껏 도성에 들어오지 못하고 지금 서기산에 진을 치고 있으면서 어명의 가부를 기다리고 있습니다."

"노 장군께서도 계신 만큼 속히 전하여 도성에 들어오도록 하십시오. 모두에게 이전의 작록을 유지하도록 하겠습니다."

이리하여 서기는 황비호를 저절로 얻게 되었고 이르는 곳마다 병장기가 일어나고 분분히 인걸과 준마가 흥기했다.

晁田兵探西岐事

조전이
서기의 일을 정탐하다

문 태사가 황비호를 추격하여 임동관에 이르렀을 때 도덕진군이 한 줌의 신사神砂를 뿌려 태사의 군대를 돌아가게 만든 일은 이미 말한 바 있다.

문 태사는 본래 벽유궁 금령성모金靈聖母의 문하로 오행대도五行大道에 능통하여, 능히 바다를 뒤집고 산을 옮길 수 있으며, 바람소리만 듣고도 승패를 가늠할 줄 알며, 흙냄새만 맡고도 군사정황을 짐작하는데, 어찌 한 줌의 신사를 못 알아보았겠는가? 대저 이는 바로 천수가 이미 서주로 돌아가고 있음이다.

문 태사는 이렇듯 한번 음양이 엇갈리자 일시에 계책을 잘못 세우게 되었고, 군대가 돌아온 것을 보면서 스스로 미혹되었음을 깨닫게 되었다.

조가로 돌아오자 백관들이 모두 문 태사를 보러와서는 그 추격의 경위를 물었다. 태사가 추격했던 일들을 한바탕 이야기하자 모두들 아무 말도 하지 못했다. 태사도 한참 동안 침묵을 지키면서 스스로 생각해 보았다.

'황비호를 도망가게 하다니! 왼쪽에는 청룡관의 장계방張桂芳이, 오른쪽에는 마가魔家의 네 장군이, 가운데에는 5관이 막고 있었으니, 그가 날개를 달았다 한들 날아서도 도망갈 수 없었을 터인데.'

이때 갑자기 보고가 들어왔다.

"임동관 소은蕭銀이 빗장을 열어놓고 장봉張鳳을 죽여 황비호에게 관을 나가도록 해주었습니다."

문 태사가 아무 말도 못하고 있을 때 또 잇달아 보고가 들어왔다.

"황비호가 동관에서 진동을 죽였습니다."

"천운관에서 진오를 죽였습니다."

"계패관 황곤이 아들을 따라 서기로 도망했습니다."

"사수관에서 한영이 급보를 보내왔습니다."

문 태사는 한영의 서신을 보고난 뒤 크게 노해 말했다.

"내가 조가의 선군으로부터 태자의 뒷일을 부탁한다는 탁고托孤의 막중한 임무를 맡았는데, 이제 뜻하지 않게 실정을 하여 사방에서 전쟁이 일어나고 동남쪽에서는 반란이 일어났다. 어찌 알았으랴, 화란이 안으로부터 생겨날 줄을! 정월 초하루의 재앙으로 인하여 총애 받던 충신이 반란을 하게 될 줄을! 이를 추격하여 중도에서 미혹되어 돌아오게 됨은 또 천명이라고 할 수밖에 없구나. 지금 같아서는 성패도 알 수 없고 흥망도 단정할 수 없으나, 선왕께서 자식을 맡긴 은혜는 감히 저버릴 수 없음이니, 단지 신하의 절개를 다하여 죽음으로 선왕께 보답할 뿐이다."

좌우에 명하여 장수들을 모으는 북소리를 울리라 했다. 잠시 뒤 여러 관리들이 모두 모여들었다.

문 태사가 장군들에게 의견을 구했다.

"장군들, 지금 황비호 그 역적놈이 이미 희발姬發에게로 들어갔다고 하니 뒤에 반드시 화란을 일으킬 것이오. 그러니 지금 먼저 군대를 일으켜 그 죄를 밝히는 것이 좋을 것이오. 그것은 바로 신하답지 못한 자를 토벌하는 일이 아니겠소. 의견들은 어떠하오?"

총병관 노웅魯雄이 앞으로 나와 말했다.

"소장이 태사께 아룁니다. 지금 동백후 강문환은 해

마다 전쟁을 그치지를 않아 유혼관遊魂關의 두영竇榮을 고달프게 하고 있으며, 남백후 악순은 다달이 삼산관三山關의 백성들을 괴롭히고 있어 등구공鄧九公이 잠도 편안히 자지 못하는 형편입니다. 황비호가 지금 비록 모반하여 5관을 빠져나갔으나, 태사께서 대장들의 진수鎭守를 점검하시어 관새의 방비를 엄중히 하신다면, 생각건대 희발이 서둘러 군대를 일으켜 온다 하더라도 중앙에는 5관의 험난함이 있고 좌우에는 청룡靑龍·가몽佳夢의 2관이 있으니, 황비호가 아무리 재간이 있다 한들 아무 일도 하지 못하게 될 것입니다. 그러니 무엇이 태사께서 노하실 일이 되겠습니까? 바야흐로 지금 두 곳에서는 전쟁이 그치지 않고 있는데, 또 어찌하여 그곳에서 전쟁을 일으켜 일을 더 벌여놓으려 하십니까? 게다가 지금은 창고도 텅텅 비어 재물과 양식이 부족한 형편이라는 것도 헤아리셔야 할 것입니다."

"노 장군의 말씀도 옳기는 합니다만 서토西土가 본분을 지키지 않고 있으니, 만일 화란을 일으키게 된다면 내가 어찌 아무런 준비도 하고 있지 않을 수 있겠소이까? 게다가 서기의 남궁괄은 그 용력이 삼군에 맞먹고, 산의생은 지모가 능수능란하며, 또 강상은 도덕군자이니 방비하지 않을 수 없는 것이오. 한 가지가 잘못되면 백 가지가 잘못되는 법이오. 목이 마르게 되어서야 우물을 파는 것은 후회해도 이미 때 늦은 일인 것이오."

"태사께서 이렇게 머뭇거리시면서 결정치 못하고 계시느니, 한두 장수를 뽑아 5관을 나가 서기의 정보를 염탐해 오도록 하는 것이 좋을 것입니다. 그리하여 그들이 움직이면 곧 우리도 움직이고 그들이 멈추면 곧 우리도 멈추면 될 것입니다."

"장군의 말이 옳소."

태사가 좌우에게 물었다.

"누가 서기에 가서 살펴보겠소?"

안에서 응답하는 소리가 들렸다.

"소장이 가겠습니다."

나오고 있는 자는 우성상장佑聖上將 조전晁田이었다. 그는 문 태사에게 몸을 굽혀 절하면서 말했다.

"소장이 이번에 가서, 첫째로는 그 허실을 정탐하고, 둘째로는 서기의 진퇴의 요로를 살펴보겠습니다."

태사는 조전이 간다고 하자 크게 기뻐했다. 조전은 인마 3만을 뽑아 즉시 조정을 물러나왔다.

조전·조뢰晁雷의 인마는 조가를 출발하여 황하를 건넜다. 그리고 낮에는 가고 밤에는 쉬면서 진군하기를 몇 날을 했다. 이윽고 서기에 이르자 조전이 폭약에 불을 붙이고 조용히 다가가서, 전군이 고함을 치며 돌진하여 서문西門에 군대를 주둔시켰다.

자아는 승상부에서 한가로이 앉아 있다가 갑작스러운 함성에 황망하여 수하들에게 물었다.

"어인 함성인가?"

얼마 안되어 순찰병이 승상부에 이르러 아뢰었다.

"삼가 승상께 아뢰오. 조가의 인마가 서문에 주둔하고 있는데 무슨 일인지 모르겠습니다."

강자아는 즉시 장군들을 모이도록 명했다. 잠시 뒤 장수들이 전에 오르자 자아가 물었다.

"천자의 군사가 침범했는데 어찌된 까닭이오?"

장수들은 모두 모른다고 말했다.

이때 조전은 진영을 갖추고 동생과 함께 의논했다.

"지금 태사의 명을 받들어 서기의 허실을 살피러 왔는데, 이렇게 아무런 방비도 없어서야. 오늘 서기로 가서 그 진세를 살펴보는 게 어떠냐?"

"형님의 말씀이 그럴 듯합니다."

말을 마친 조뢰가 말에 올라 칼을 비껴들고 성 아래로 다가가 싸움을 걸었다.

강자아는 남궁괄을 불러 내보냈다. 남궁괄은 한 무리 인마를 이끌고 성을 나가서 진세를 펼쳤다. 기문旗門 앞에 말을 세우고 바라보니, 그는 조뢰였다. 남궁괄이 말했다.

"조 장군, 어서 오시오! 그런데 지금 천자께선 까닭없이 이 서방에 군대를 보내시니 도대체 무슨 일이오?"

"나는 천자의 칙명과 문 태사의 군령을 받들고 무도한 희발을 치러온 것이오. 스스로 무왕의 자리에 서서 천자의 가르침을 따르지 아니하고 역적 황비호를 거두어준 일은 정말 가증스럽소! 그대는 속히 성에 들어가 그대의 주군에게 일찌감치 그 역적놈을 내놓아 조가로 압송할 수 있도록 하라고 아뢰시오. 그렇게 한다면 그대의 한 군郡의 재앙은 면하게 될 것이오."

"허허허, 조뢰! 천자의 죄악은 너무나 깊고 무겁소. 들어보려오? 우선 대신들을 소금에 절였고, 두원선杜元銑을 참하여 사천감司天監을 잃었소. 포락炮烙의 형벌을 만들어 간언을 용납지 않았고, 채분蠆盆의 형벌을 만들어 비난이 깊은 궁에까지 이르게 했소. 숙부를 죽이고 심장을 도려냈고, 녹대를 세우면서 과중한 부역을 부과했소. 이어서 임금이 신하의 처를 희롱하여 오륜을 무너뜨렸으며, 소인배들을 총애하여 기강과 상도常道를 크게 그르쳤지 않소."

"그만 하시오."

그러나 남궁괄은 못 들은 척 말을 이었다.

"우리 주군은 서기를 지키면서 법을 받들어 인을 행하시니, 임금은 신하를 존중해 주고 신하는 공경을 다하며, 아들은 효성스럽고 아버지는 자애롭소. 천하를 3분해 볼 때 그 둘이 이미 서기로 돌아오니, 백성들은 즐겁고 편안해 하며 병사들은 마음으로 따르며 기뻐하고 있소. 그대가 오늘 감히 인마를 몰아 서기를 침범함은 바로 그대 스스로를 욕보이는 화를 자초하는 것이오."

그 말에 조뢰는 크게 노하여 말을 몰아 칼을 휘두르면서 남궁괄에게 달려들었다. 남궁괄도 칼을 치켜들고 정면으로 맞서 싸웠다. 두 마리의 말이 부딪치는 곳에 한 쌍의 칼이 어우러지며 한바탕 큰 싸움이 벌어졌다. 남궁괄과 조뢰가 그렇게 싸우길 30합이 되자 조뢰는 힘이 다하고 힘줄이 늘어질 지경이 되었다. 어찌 남궁괄의 적수가 되겠는가! 남궁괄이 그를 걷어차 말 아래로 내동댕이쳤다. 그리고는 승리의 북소리를 울리며 서기로 돌아왔다. 강자아가 물었다.

"승부는 어떠했소?"

"조뢰가 서기를 치러왔기에 소장이 이를 사로잡아 명령을 기다리고 있는 중입니다."

"끌고 오라!"

좌우에서 조뢰를 적수첨滴水簽 앞으로 끌고 왔다. 조뢰는 꿇어앉지 않았다.

"조뢰, 그대는 사로잡혀 왔거늘 어찌하여 무릎을 꿇고 목숨을 빌지 않는가?"

이에 조뢰는 눈을 치켜뜨고 크게 꾸짖어 말했다.

"너는 대조리나 엮고 국수나 팔던 소인배가 아니더냐! 나로 말하면 천자의 나라에서 명을 받은 천자의 신하다. 지금 불행히도 사로잡혀 왔으니 죽을 따름이지 어찌 무릎을 꿇겠는가!"

이에 자아가 명했다.

"끌어내어 참수하라!"

여러 사람들이 달려들어 조뢰를 끌고 나갔다. 주위에 있던 여러 장수들은 조뢰가 자아의 약점을 헐뜯는 소리를 듣고는 마음속으로 자아의 출신이 별 볼일 없음을 조소했다. 자아가 어떤 인물인가! 곧 장수들의 속마음을 알아차리고 말했다.

"조뢰는 내가 대조리나 엮고 국수나 파는 소인배라고 말했으나 그 말로 결코 나를 욕보일 수는 없소. 옛날에 이윤伊尹은 신莘땅의 필부였으나 뒤에 성탕을 보좌하여 상商의 충신이 되었소. 단지 때를 만남에 선후가 있을 뿐이오."

이때 무성왕 황비호가 나와 말했다.

"승상, 조뢰는 천자가 있다는 것만을 알 뿐, 서주가 있음은 모르고 있습니다. 소장이 이 자를 항복시켜 귀순토록 한다면, 뒤에 천자정벌에 또한 한 몫 해낼 수 있을 것입니다."

자아가 이를 허락했다. 황비호가 승상부를 나와서 보니 조뢰가 꿇어앉아 형 집행을 기다리고 있는 것이 보였다. 황비호가 다가가자 조뢰는 황비호가 오는 것을 보고도 아무 말도 하지 않은 채 고개만 숙이고 있었다. 황비호가 말했다.

"그대는 천시도 지리도 인화人和도 알지 못하오? 천하를 3분해 보면 서주가 이미 그 둘을 얻어, 동남과 서북쪽이 모두 천자에게서 떨어져 나갔소. 천자가 비록 한때는 강성했지만 이는 마치 노인의 건강이 봄추위를 겪고 나면 어떻게 될지 모르듯이 위태로운 지경이오. 한편 무왕께서는 문文으로도 족히 나라를 태평하게 다스리시며, 무武로도 나라를 안정시킬 수 있소. 생각해 보오. 내가 천자에게 있을 때 진국무성왕에 제수되어 있었는데, 이제 이곳에 와서는 한 글자만을 고쳐 개국무성왕에 봉해졌소. 천하가 그 마음으로 기뻐하며 주나라를 좇고 있소이다. 그러니 무왕의 덕이 요순의 덕이라고 해도 지나친 것은 아닐 것이오. 내가 지금 그대를 위해 승상께 힘써 권유해 볼 터이니, 장군이 귀순하기만 한다면 귀인으로 칭송됨이 만세를 갈 것이오. 만일 잘못을 고집하여 형을 받게 된다면 목숨도 부지하지 못하게 될 것임은 자명한 일이오."

조뢰는 황비호의 말을 듣자 마음이 밝아져서 말했다.

"황 장군, 방금 전에 소장이 강상의 심기를 건드렸는데 어찌 나를 살려주겠습니까?"

"장군이 귀순할 마음이 생겼으니 내가 힘써 변호할 것이오."

말을 끝낸 황비호는 다시 안으로 들어가서 강자아를 만나 조뢰의 귀순에 관한 일을 갖추어 말했다. 그러자 자아가 말했다.

"항복하려는 자를 주살하는 것은 옳지 못한 일입니다. 황 장군께서 기왕에 그리 말씀하였으니 풀어주도록 하겠습니다."

소뢰가 적수첨 아래에 이르러 엎드리며 아뢰었다.

"소장이 잠시 경솔하여 존안을 범했으니 도리로 보아 마땅히 군법에 처해져야 할 것이나, 이렇게 사면의 은혜를 입었으니 그 은덕이 산과 같습니다. 하오나 성 밖의 진영에는 아직 소장의 형 조전이 있습니다. 제가 성 밖으로 나가 그를 불러 함께 승상을 뵙겠습니다."

자아는 그의 말을 듣고 이를 허락했다.

한편 조전은 동생 조뢰가 사로잡혔다는 보고를 듣자 마음속으로 심히 불쾌해 하면서 중얼거렸다.

'문 태사께서 우리들에게 저들의 허실을 살펴보라 명하셨거늘, 이제 출전하여 이렇게 사로잡혀 꺾일 줄이야!'

그 말이 채 끝나기도 전에 보고가 들어왔다.

"둘째 장군께서 원문에서 말을 내리셨습니다."

조뢰가 형을 만나러 군막 안으로 들어왔다. 조전이 말했다.

"네가 사로잡혔다고 들었는데 어떻게 돌아왔느냐?"

"제가 남궁괄에게 잡혀 강자아를 만났는데 면전에서 한바탕 그를 심히 모욕했더니 저를 참수하려 했습니다. 그런데 무성왕의 말씀에 제 간담은 찢어지는 듯했습니다. 저는 이제 주나라에 귀순했으니, 형님도 성에 들어가시길 청하는 바입니다."

조전이 이 말을 듣고 크게 꾸짖어 말했다.

"이 죽일 놈! 네가 황비호의 한 마디 교묘한 언변에 녹아 서토에 투항했으니, 네놈은 그 역적놈들과 한패거리가 되었구나. 무슨 면목으로 문 태사를 뵙는단 말이냐?"

"형님께서는 모르시겠지만 지금 우리들만이 서주에 귀순하는 것이 아니라 천하가 모두 기뻐하며 서주로 돌아가고 있습니다."

"천하가 다 기뻐하며 서주로 돌아가고 있음은 나도 안다. 그렇지만 너와 내가 투항한다는 것은 부모와 처자식들이 모두 조가에 있음은 생각지도 않는 짓이다. 우리들은 비록 편안함을 얻을지는 몰라도 부모가 죽임을 당하게 되는데도 어찌 편할 수 있겠느냐?"

"그럼 이제 어떻게 하면 되겠습니까?"

이에 조전이 하나의 계책을 알려주었다. 조뢰는 그 계책대로 서기성으로 들어가 강자아를 만나 말했다.

"소장이 명을 받들어 형 조전으로 하여금 귀순토록 회유했더니 형님도 승상의 막하에 있기를 원한다고 했습니다. 다만 한 가지 제 형님이 말하길, 천자의 교지를 받들어 서기를 치러온 것이니 이는 칙명인데, 설령 소장은 사로잡혀 서주에 귀순했더라도 제 형이 만일 손을 묶고 들어와 뵙는다면 제상들에게 나중에 핑계거리를 주는 셈이 되는 것이라고 하면서, 승상께서 한 장수에게 그의 진영에 가서 그를 청하도록 해주신다면 가히 체면이 설 수 있을 것이라고 했습니다."

"아, 장군이 형을 서기로 들어오도록 청했구려."

자아는 이렇게 말하면서 좌우를 둘러보며 물었다.

"그대들 가운데 누가 조전을 청하러 가보겠소?"

좌측에 있던 황비호가 나섰다. 자아가 이를 허락했다. 두 장수가 승상부를 떠나자 자아는 신갑·신면에게 쪽지를 주어 속히 떠나도록 명했다. 두 장수가 명령을 받들고 떠나자 자아는 또 남궁괄에게도 쪽지를 주어 속히 떠나도록 했다.

한편 황비호는 조뢰와 함께 성을 나와 영문(轅門)에 이르니 조전이 원문에서 몸을 굽히고 있는 것이 보였다. 그는 무성왕을 맞이하며 "왕께서는 어서 오십시오!"라고 했다. 황비호가 세 겹으로 된 울타리 안으로 들어가자 갑자기 조전이 "잡아라!"하고 소리쳤다. 그러자 양편에 있던 도부수들이 일제히 달려들어 갈고리를 던져 움직이지 못하게 하면서 옷을 벗기고는 밧줄로 묶어버렸다.

황비호가 크게 꾸짖었다.

"이 의리를 배반한 역적놈! 은혜를 원수로 갚다니!"

"쇠로 만든 신발이 닳아지도록 찾아다녀도 찾을 곳 없더니, 얻을 때는 아무런 힘도 들이지 않고 얻었다'라는 말도 못 들어봤더냐? 이제 역적을 잡아 조가로 압송하려던 참에 그대가 온 것은 참으로 공교로운 일이 되었구나."

이어서 명을 내렸다.

"속히 5관으로 회군하라!"

그리하여 조전 형제는 희희낙락하며 돌아가는데, 포성도 울리지 않고 함성도 내지 않으며 구름이 날듯 번개가 치듯이 달렸다. 한 35리 남짓 가서 군대가 용산龍山 입구에 이르렀을 때, 양쪽으로 깃발이 나부끼며 인마가 포진해 있는 것이 보였다. 저쪽에서 크게 외치는 소리가 들렸다.

"조전! 속히 무성왕을 풀어드려라! 내가 강 승상의 명을 받고 여기에서 기다린 지 오래다!"

이에 조전이 노하여 말했다.

"나는 서기의 장수를 상하게 한 일이 없거늘 어찌하여 감히 중도에서 길을 막고 조정 죄인을 가로채려는 게냐!"

이렇게 말하고는 말을 몰아 칼을 휘두르며 달려들었다. 신갑은 도끼를 들고 정면으로 맞섰다. 두 마리의 말이 부딪치고 칼과 도끼가 한데 어우러지길 20여 합이 되었다. 신면은 신갑의 도끼솜씨가 조전보다 더 나은 것을 보고는 '황 장군을 구하러 왔으니 마땅히 앞으로 돌격해야 한다'라고 생각하며, 말을 재촉하여 적진으로 쳐들어갔다.

조뢰는 신면의 말이 이르는 것을 보고 하는 수 없이 칼을 들고 나와 싸웠다. 그렇게 싸우길 몇 합도 되지 않아 조뢰는 속으로 계책에 걸려들었음을 알고는 말머리를 돌려 황급히 도망했다.

신면은 도주하는 관병들을 치면서 황비호를 구했다. 황비호가 감사의 말을 하고 말을 몰아 나와보니 신갑이 조전과 크게 싸우고 있는 것이 보였다. 황비호는 크게 노하여 말했다.

"내가 조전 같은 놈들과 의를 맺으려 했다니, 이 도둑 같은 놈들!"

황비호는 단검을 들고 돌진했다. 불과 몇 합도 되기 전에 조전은 황비호에 의해 말에서 떨어져 결박당하고 말았다. 무성왕은 그의 얼굴을 손가락질하며 크게 꾸짖어 말했다.

"이놈! 네가 간교한 계책으로 나를 잡으려 했으나, 어찌 강 승상의 기기묘묘한 지모를 능가할 수 있겠느냐! 천명이 예 있거늘!"

이리하여 조전을 서기로 압송하여 돌아왔다.

한편 조뢰는 목숨을 겨우 건져 도망했는데, 길이 보이는 대로 달리다가 길이 생소하여 그만 길을 잃고 말았다. 왼쪽으로 가려 해도, 오른쪽을 뚫어보려 해도 서기산 안에 있을 뿐이었다. 그렇게 헤매다가 2경이 되었을 때에야 비로소 큰길로 나오게 되었다.

앞에는 어둠이 짙게 깔려 있었는데 갑자기 불빛이 높이 치솟으면서 말방울 소리가 울리는 곳에서 포성과 함성이 일었다. 한 장수가 눈앞에 다가오는데 그는 바로 남궁괄이었다. 등불에 어른거리는 그림자 속에서 조뢰가 말했다.

"남궁 장군, 저에게 살 길을 열어주신다면 훗날 그 은혜에 크게 보답하겠습니다."

"잔말 말고 빨리 말에서 내려 포박을 받아라!"

이에 조뢰는 크게 노하여 칼을 휘두르며 달려들었다. 그러나 그가 어찌 남궁 장군의 적수가 될 수 있겠는가! 남궁괄이 크게 소리치며 그를 사로잡아 말 아래로 던지니 주위에 있던 장수들이 그를 결박했다. 가히 제 손바닥을 뒤집는 듯 순식간의 일이었다.

이때 하늘빛이 서서히 밝아오고 있었는데, 황비호는 이미 승상부 앞에서 기다리고 있었다. 곧 참모회의가 열렸다.

황비호가 사아에게 감사하며 말했다.

"승상께서 구해 주시지 않았더라면, 자칫 저 역당들의 독수에 걸려들 뻔했습니다."

강자아가 말했다.

"돌아왔을 때부터 수상하여 진작 이 도적이 거짓을 꾸

미고 있다는 것을 알고 있었소. 그래서 두 곳에서 세 장수를 기다리게 했던 것이니 과연 내가 생각했던 바를 벗어나지 않았군요."

이때 남궁괄과 신갑이 조전과 조뢰를 사로잡아왔다.

강자아가 소리쳤다.

"필부들! 이런 간교한 술책으로 어찌 나를 속일 수 있겠느냐! 어리석은 것들!"

이어 명했다.

"끌어내 참하라!"

이에 군정관이 명을 받들어 두 장수를 둘러싸고 승상부를 나갔다. 이때 조뢰가 큰소리로 부르짖었다.

"원통하오!"

그러나 자아는 웃으면서 말했다.

"명명백백 사람을 해치려는 음모를 꾸미고도 또 무엇이 원통하다는 게냐?"

자아는 다시 "조뢰를 이리로 끌어내라"고 좌우에 분부하고 나서 말했다.

"필부야! 너희 형제들이 충량지사를 해쳐서 높은 공을 이루어 돌아가고자 모의했음을 이 늙은이가 미리부터 알고 있었다는 것을 모르느냐? 이제 이렇게 사로잡혔으니 참수되는 것은 당연한 이치거늘 무엇이 원통하다는 게냐?"

"승상! 천하가 서주로 돌아가고 있음은 사람이면 누구나 알고 있는 일이오. 제 형의 말이, 부모님께서 모두 조가에 계신데 자식들이 만일 참된 군주에게로 귀순한다면 부모님들이 화를 당하게 될 것이 뻔한 이치라 했습니다. 이는 따져볼 것도 없는 것이라고 여겨졌기에 졸렬하지만 계책을 세우게 된 것입니다. 이제 승상께 간파당하여 참수형에 처해지게 되었으니 참으로 안타까운 노릇일 뿐입니다."

"네 부모가 조가에 있다면 나와 함께 상의하여 집안사람들을 이리로 옮겨올 계책을 마련할 것이지, 어찌하여 이런 못된 마음을 일으켰느냐?"

"소장의 재주와 지혜가 모자라고 얕아 심오한 계책을 생각지 못했던 것이오. 진작 승상께 고했더라면 이런 불운은 없었을 것이라 후회됩니다."

여기까지 이야기했을 때, 자아가 물었다.

"황 장군, 조뢰에게 부모가 있습니까?"

"있습니다."

"부모가 있다면 그의 형편이 진실일 것이오."

자아는 이렇게 말하고는 조전을 풀어주라 명했다. 두 장수가 땅에 무릎을 꿇자 자아가 말했다.

"조전을 볼모로 삼을 터이니 조뢰는 이 쪽지를 가지고 조가로 가서 집안식구들을 데려오도록 하라."

이에 조뢰는 자아의 계책이 담긴 쪽지를 가지고 조가로 향했다.

張桂芳奉詔西征

장계방이 조칙을 받들어 서쪽 정벌에 나서다

조뢰는 서기를 떠나 밤늦게 5관에 들었다. 그리고는 다시 면지를 지나 황하를 건너고 이어서 조가를 향했다. 그렇게 하루도 쉬지 않고 가서 마침내 도성에 이르렀다.

그는 먼저 문 태사의 부중으로 갔다. 문 태사는 이때 은안전에 앉아 있었는데, "조뢰가 명을 기다립니다"라는 보고가 있자 급히 달려가 서기의 실정을 물었다.

조뢰가 대답했다.

"소장의 군대가 서기에 이르렀을 때 저쪽에서 남궁괄이 싸움을 걸어왔습니다. 소장이 말을 달려 그와 30합을 싸우고도 승부가 가려지지 않자 양측에서 징을 울려 싸움을 멈췄습니다. 그 다음날 아우 조전이 신갑과 크게 싸웠는데, 신갑이 패하여 달아났습니다. 그렇지만 며칠을 싸워도 승패가 가려지지 않았습니다. 게다가 사수관의 한영韓榮이 식량을 원조해 주지 않아 전군이 피폐해졌습니다. 대저 식량이라 함은 삼군의 생명인지라 소장이 이렇게 밤을 틈타 태사를 찾아뵙는 것입니다. 바라옵건대 속히 군량미와 병졸들을 더 내어 구원해 주십시오."

이에 문 태사는 한동안 깊이 신음하더니 말했다.

"앞서 화패火牌와 영전令箭으로 군령을 전했거늘 한영은 어찌하여 식량을 지급하지 않았더란 말인가? 조뢰, 그대는 인마 3천과 식량 1천 석을 받아 이 밤으로 서기로 가서 구하라. 곧 이 노부老夫가 대장을 뽑아 함께 서기를 치도록 하겠다. 늦는 잘못이 없도록 하라."

조뢰는 명을 받들어 속히 인마 3천과 군량미 1천 석을 준비하여 조가를 빠져나왔다. 그러나 조뢰가 집안사람들을 그대로 남겨둘 리는 없는 일, 그들은 조뢰를 따라 그밤으로 서기를 향했다.

사나흘이 지나고 문 태사는 갑자기 이상한 생각이 들었다.

'사수관의 한영이 왜 돕지 않았을까? 반드시 무슨 까

닭이 있으리라!'

이에 문 태사는 향을 피우고 3개의 금전金錢으로 8괘의 현묘한 점을 쳐보고는 그 까닭을 어림잡아 내더니 책상을 치며 분통해 했다.

"내가 잘못 생각했구나! 이 도적놈이 집안을 이끌고 떠나가게 하다니! 이렇게 분할 데가 있나!"

문 태사는 군대를 동원하여 추격하려 했으나 그들은 이미 멀리 떠나버린 뒤였다. 그리하여 그의 제자인 길립吉立과 여경餘慶에게 물었다.

"이제 누구에게 서기를 치라는 명을 내리는 것이 좋겠는가?"

길립이 대답했다.

"태사께서 서기를 치려 하신다면 청룡관의 장계방張桂芳이 아니면 안됩니다."

문 태사가 크게 기뻐하며 화패와 영전을 내어 전령을 청룡관으로 보냈다. 그러는 한편 신위神威대장군 구인丘引으로 하여금 장계방 대신 관새의 수비를 맡도록 했다.

전령이 청룡관에 이르자 장계방은 태사의 영전과 화패를 받았다. 그리고 교체할 사람이 신위대장군 구인이라는 사실도 알게 되었다. 장계방은 인마 10만을 준비하고 풍후風后의 후예인 풍림風林을 선봉장으로 삼았다.

며칠 후 구인이 도착하여 인수인계를 마치자, 장계방은 포성을 울리며 10만의 용맹한 군대를 이끌고 출발했다. 부府·주州·현縣·도道를 지나면서 밤에는 머물고 낮에는 행군했다.

그 위용이 실로 대단했다. 수를 헤아릴 수도 없이 많은 깃발이 파도치듯 나부꼈고, 창칼이 빛을 받아 사납게 번득거렸다. 둥둥 울리는 북소리는 봄날에 치는 벼락소리 같았고, 쟁쟁 치는 징소리도 천지를 울렸다.

정찰병이 중군에 보고했다.

"총관께 아뢰오! 인마가 이미 서기에 이르렀습니다."

장계방은 성에서 5리쯤 떨어진 곳에 진영을 세우게 했다. 그리고는 포성과 함성을 울리며 보장寶帳을 설치하여 참모들을 소집했다. 장계방은 병사들을 주둔시키고 움직이지 않았다.

한편 조뢰가 인마와 식량을 갖고 무사히 돌아온 뒤, 자아는 문 태사의 공격에 힘써 대비하고 있는 중이었다. 그때 정찰병이 들어와 보고했다.

"장계방이 10만의 군대를 이끌고 남문에 진영을 쳤습니다."

자아는 장수들을 불러모아 적을 물리칠 계책을 논의

했다.

"황 장군, 장계방의 용병술은 어떻습니까?"

"승상께서 하문하시니 소장이 부득이 사실을 말씀드리겠습니다."

"장군은 어찌하여 그렇게 말씀하십니까? 나와 장군은 모두 대신의 직위로 군주의 심복들이거늘, 어찌하여 꼭 그렇게 '부득이 사실을 이야기한다'고 말씀하시는지요?"

"장계방은 좌도방문左道傍門의 술사로 그에게는 사람을 해치는 환술幻術이 있습니다."

"무슨 환술입니까?"

"그 술법은 정말 괴상합니다. 보통 어떤 사람과 싸움을 하게 되면 반드시 먼저 통성명을 하는데, 만일 소장이 '황 아무개'라고 밝히고 싸움을 할 때 그가 '황비호는 말에서 내리지 않고 또 무엇을 기다리느냐!'라고 외치면 소장은 어느덧 말에서 내리게 됩니다. 바로 이러한 술법이 있기 때문에 상대하기가 어렵습니다. 승상께서는 반드시 모든 장군들에게 분부하시어 만일 장계방과 맞붙게 되면 절대로 통성명하지 말라고 하십시오. 만약 통성명하는 자가 있다면 그는 반드시 잡히게 되어 있습니다."

강자아는 다 듣고 나자 얼굴에 걱정하는 빛이 역력했다. 곁에 서 있던 장수들 중에서 이 말을 믿지 않는 자들이 말했다.

"어찌 그럴 리가! 어찌 이름을 부른다고 말에서 내리게 될 리가 있겠소? 그게 사실이라면 우리 장수들 1백 명의 1백 가지 이름을 부르면 모두 잡혀간단 말입니까?"

모든 관리와 장수들이 조소를 머금을 따름이었다.

한편 장계방은 선행관인 풍림風林에게 명하여 먼저 서기로 가서 그쪽의 진세를 살피라 했다. 풍림은 말에 올라 서기성 아래에 이르러 싸움을 청했다. 자아가 보고를 듣고 나서 물었다.

"누가 먼저 나가 대적해 볼 텐가?"

안에서 한 장수가 나왔는데, 이는 곧 문왕의 아들인 희숙건姬叔乾이었다. 희숙건의 성격은 마치 타오르는 불길 같아 황 장군의 말을 듣고도 이에 불복하고 싸움에 앞장서려고 한 것이다.

그는 곧 말에 올라 창을 휘두르며 나갔다. 바라보니 비취빛 깃발 아래 한 장수가 있었는데, 얼굴은 짙은 남색이었고 머리카락은 주사硃砂와 같이 붉었으며 입술 밖으로 툭 삐져나온 이빨이 아래위로 나 있었다.

희숙건이 물었다.

"게 오는 장수가 장계방인가?"

풍림이 대답했다.

"아니다. 나는 장 총병의 선봉장 풍림으로 칙령을 받들어 역도들을 토벌하러 왔다. 이제 너희 군주는 까닭 없이 덕을 배반하여 스스로 무왕武王이라 칭하고 역적 황비호를 거두어주었으니, 이는 악함을 조장하여 해를 끼치려는 것이다. 하늘이 보낸 군대가 이르렀는데도 목을 빼어 죽음을 받지 아니하고 도리어 감히 이에 대적하려 하다니! 속히 이름을 대고 봉棒 아래에 무릎을 꿇어라!"

희숙건이 이에 크게 노하여 말했다.

"천하의 제후들과 백성들이 모두 기뻐하며 서주로 돌아오고 있는 것은 천명이 바로 여기에 있음이니라. 어찌하여 감히 이 서토를 침범하여 죽음을 재촉하느냐? 오늘은 내 너를 용서해 줄 터이니 장계방에게 나오라고 해라!"

풍림이 소리쳐 꾸짖었다.

"역적놈이 감히 나를 욕보여!"

그리고는 말을 몰아 두 개의 낭아봉을 꼬나들고 나는 듯이 짓쳐왔다. 희숙건도 창을 휘두르며 이에 대적했다. 두 장수는 그렇게 30여 합을 싸웠으나 승부가 가려지지 않았다.

희숙건의 창법은 신묘함을 전수받고 그 정수를 갈고닦아 혼신의 힘을 발휘하여 털끝만큼의 실수도 없었다.

풍림은 짧은 병기로 긴 창을 공격해 들어갈 수 없었으므로, 희숙건이 짐짓 실수하는 척하면서 창을 내지르자 왼쪽 다리를 찔리고 말았다. 이에 풍림은 말머리를 돌려 본진으로 도망했다. 희숙건은 말을 몰아 추격했다.

풍림은 비록 부상을 입었으나 그 술법은 여전했다. 희숙건이 뒤쫓아 오자 입 속으로 몇 마디 주문을 외우고 탁 뱉어냈더니 한 가닥 검은 연기가 뿜어져 나와 그물로 변했다. 그 안에 대략 주발만한 한 개의 붉은 구슬이 보였다. 그것이 희숙건에게로 날아가 곧바로 안면을 쳤다.

가련타! 희숙건은 바로 문왕의 12번째 아들이거늘 이렇게 구슬에 맞아 말에서 떨어졌던 것이다. 풍림은 재빨리 말을 돌려 다시 봉으로 그를 때려죽였다. 풍림은 수급을 베어 매달고 북을 울리며 진영으로 돌아왔.

서기의 패잔병들은 성으로 들어가 강 승상에게 보고했다. 자아는 희숙건이 전사했음을 알고 앙앙불락이었다. 무왕도 동생이 전사했음을 전해 듣고 심장을 도려내듯이 애통해 했고 여러 장수들은 장수들대로 이를 갈며 복수를 맹세했다.

다음날 장계방은 크게 대오를 정비하고 나아가 '강상'을 부르며 화답할 것을 청했다. 자아가 말했다.

"호랑이굴에 들어가지 않고 어찌 호랑이를 잡겠는가?"

그러면서 곧 명을 내렸다.

"5방方의 대오를 취하라."

양쪽엔 용을 채찍질하고 호랑이를 굴복시킬 만한 장수들이 늘어섰고 용맹한 병사들이 진세를 펼쳤다.

성을 나서니 저쪽 진영의 깃발 아래에 한 장수가 보였다. 그는 은빛투구에 흰 갑옷을 입고 백마에 위에 올라 장창을 들고 있었다. 흰 깃발도 있었는데 그 위에는 '칙령을 받들어 서기를 정벌하러 온 장계방'이라고 커다란 글자가 쓰여 있었다.

장계방 또한 강자아의 인마가 성을 나오는 것을 보았는데, 그 대오가 가지런하고 군기가 삼엄했다. 좌우에는 웅장들의 위엄이 있었으며, 전후로는 진퇴의 군법이 엄했다. 금빛투구를 쓴 사람은 그 영걸스런 풍모가 당당했고, 은빛투구를 쓴 이는 그 기개가 당당했다. 대오마다 모두가 용감하고 날랜 병사들이었다.

또 자아를 보니 그는 청종마靑鬃馬를 타고 있었고 몸에는 도복을 입었는데, 두 뺨에는 허연 구레나룻이 길다랗게 나 있었으며 손엔 자웅보검雌雄寶劍을 들고 있었다.

장계방이 또 어떤 깃발 아래를 바라보니 무성왕 황비호가 창을 들고 있는 것이 보였다. 그는 마음속으로 크게 노하여 단기로 군진 앞까지 나아가 자아를 보면서 말했다.

"강상! 그대는 본래 천자의 신하로 일찍이 그 은혜와 봉록을 받았던 터이거늘, 어찌 조정을 배반하여 희발의 사악함을 조장하는가? 또한 역적 황비호를 끌어들이고 간교한 계책으로 조전梟田을 서주에 투항토록 부추겼으니, 그 엄청난 대죄는 죽음으로도 갚지 못하리라. 내가 이제 칙명을 받들어 친히 정벌을 나왔으니 속히 말에서 내려 포박을 받아 임금을 속이고 나라를 배반한 죄를 바로잡도록 하라. 그대가 감히 천병天兵에 항거한다면, 이 서토를 짓밟아 인명과 재물을 몽땅 불태워버릴 것이다."

강자아는 말 위에서 껄껄껄 웃으며 말했다.

"그대의 말은 구구절절 틀렸소! 그대는 '현명한 신하는 임금을 가려 벼슬하고, 훌륭한 새는 나무를 잘 살펴 깃든다'라는 말을 들어보지도 못했는가! 천하가 모두 돌아오는데 그대는 어찌하여 조가에 머무는가! 그대가 충신이라면 천자의 포악무도함을 조장할 수 없을 것이오."

많은 군마들조차 죽은 듯이 숨을 멈췄다.

"우리는 군신간에 법을 지키며 공적인 일을 받들며, 또한 삼가 신하된 절개를 기르고 있소이다. 이제 이렇게 군대를 내어 서기를 범했으니 이는 곧 그대가 나를 욕보이는 것이지, 내가 그대를 욕보이는 것이 아니오. 행여

이로움을 잃게 된다면 세인들의 웃음거리가 되리니 심히 애석하오. 이제 내가 간하는 말에 따르는 것만 같지 못하리니, 그대는 군대를 돌려 회군하는 것이 바로 상책일 것이오. 그렇지 않으면 스스로 화를 초래하여 근심만 남기게 될 것이오."

"듣자하니 그대는 곤륜崑崙에서 수년간 학문을 닦았다고 들었는데, 그런데도 천지간의 무궁한 변화를 알지 못하는가? 그대의 말은 갓난아이라도 경중을 알지 못한다고 비웃으리라. 그대는 실로 지자智者의 말을 모르는구나."

장계방이 이렇게 말하면서 선봉장에게 명했다.

"강상을 잡아오너라!"

그러자 풍림이 말을 달려 짓쳐나왔다. 풍림이 언뜻 보니 자아의 기문 아래에 한 장수가 있었다. 사람과 말 할 것 없이 마치 황금에 붉은 태양이 비춘 듯 붉은 마노瑪瑙 같았다. 그가 말을 몰아 칼을 춤추며 풍림과 대적해 들었다. 그는 바로 대장군 남궁괄로 거두절미하고 칼을 휘둘렀다.

두 장수의 접전은 구름을 가르고 땅을 휘감는 듯했으며, 징과 북소리가 하늘에 울려퍼졌다.

한편 멀리 무성왕 황비호가 자아의 보독번寶纛旛 아래 있는 것을 보자 장계방은 노기등등하여 말을 몰아 짓쳐왔다. 황비호도 오색신우를 휘몰아 나가면서 꾸짖었다.

"무뢰한 놈! 어찌 감히 우리 땅을 범할 수 있더란 말이냐?"

소는 뿔을 돋워 덤벼들었고 말은 엉덩이를 추슬렀다. 한 쌍의 창이 서로 어우러져 아슬아슬 격렬한 싸움이 벌어졌다. 장계방은 흉중에 좌도의 술수를 지니고 있었으므로 황비호를 기필코 사로잡으리라 생각하고 있었다. 두 장수의 싸움이 15합도 채 못되었을 때 장계방이 큰소리로 외쳤다.

"황비호는 말에서 내리지 않고 또 어느 때를 기다리는가!"

황비호는 자기도 모르는 사이에 안장에서 떨어져 내리고 말았다. 병사들이 막 달려들어 사로잡으려 하자, 저쪽 진에서 한 장수, 곧 주기周紀가 나는 듯이 말을 몰아 나오며 도끼를 휘둘러 장계방에게 달려들었다. 이때 두 황비표도 함께 달려 나와 황비호를 엄호했다.

주기는 장계방과 한바탕 싸웠다. 그러나 장계방은 이내 창을 감추고 달아났다. 주기는 그 까닭도 모르고 그 뒤를 쫓았다. 장계방은 본래 주기와는 잘 알고 있었던 터였으므로 크게 외쳤다.

"주기는 말에서 아니 내리고 또 어느 때를 기다리는

가!"

주기도 말에서 떨어져 버렸다. 여러 장수들이 그를 구하려 했을 때는 이미 시간이 늦어 있었다. 주기가 사졸들에게 묶여 군문으로 끌려간 뒤였다.

한편 풍림은 남궁괄과 싸우고 있었다. 갑자기 풍림이 말을 돌려 달아나자 남궁괄이 그 뒤를 쫓았다. 풍림이 그전처럼 입을 벌리니 검은 연기가 뿜어져 나왔고 자욱한 연기 속에서 주발만한 크기의 구슬 하나가 굴러나와 남궁괄을 맞췄다. 그리하여 남궁괄 역시 사로잡히고 말았다. 장계방은 크게 승리를 거두어 북을 울리며 진영으로 돌아왔다.

장계방은 장수들을 소집하고 주기와 남궁괄을 중군으로 끌어내도록 했다. 장계방이 말했다.

"무릎꿇지 않는 자는 누구냐?"

남궁괄이 크게 소리쳤다.

"미친 놈! 장수란 그 몸을 나라에 바쳤거늘 어찌 한 번 죽는 것을 애석해 하겠느냐? 이미 간교한 술수로 잡히긴 했으나 어찌 네 앞에서 무릎까지 꿇겠느냐? 헛소리하지 말라!"

그러자 장계방이 명을 내렸다.

"이 두 죄인을 함거에 가두거라! 서기를 격파하고 나서 조가로 압송하여 성상의 교지에 따르도록 하겠다."

다음날 장계방이 친히 성 아래로 나와 싸움을 걸었다. 정탐병의 보고가 승상부에 들어왔다.

"장계방이 싸움을 겁니다."

그러나 자아는 명을 내리지 못하고 있다가 정전을 구하는 패, 즉 정전패停戰牌를 내걸도록 했다. 그가 이름을 부르기만 하면 말에서 상대편 장수가 말에서 굴러떨어지기 때문이다. 그러자 장계방이 웃으면서 말했다.

"강상이 나에게 한바탕 혼쭐이 나더니 정전패를 내걸었구나!"

장계방은 병사들을 점검하여 정돈하면서 내일을 대비했다.

한편 건원산 금광동 태을진인은 벽유상에 앉아 운기조식運氣調息하고 있었는데, 홀연히 마음에 짚이는 것이 있었다. 진인은 곧 그 까닭을 알아차렸다. 급히 금하동자에게 명하여 나타를 불렀다.

나타가 자리에 이르러 절을 하자 태을진인이 말했다.

"이곳은 네가 오래 머물 곳이 아니다. 너는 속히 서기로 가서 네 사숙이신 강자아를 도와 공업을 이루도록 하여라. 지금 36로의 군대가 서기를 정벌하려 하니, 너는 미리 가서 명군明君을 보좌하여 하늘에서 내리신 조짐에 응하도록 하여라."

이에 나타는 마음 가득히 기뻐하면서 곧바로 하산할 것을 고했다. 그런 다음 풍화륜에 올라 화첨창을 들고 비스듬히 멘 표피낭豹皮囊을 달랑거리며 서기로 향했다.

나타는 순식간에 서기에 도착했고 소금교小金橋 상부에 이르러 풍화륜에서 내렸다. 좌우에서 보고했다.

"한 도동이 뵙기를 청합니다."

고심이 컸던 강자아는 도동이라는 말에 반색을 하며 들여보내라고 명했다. 나타는 전각 앞에 이르자 엎드려 절하면서 "사숙!"이라고 불렀다. 자아가 물었다.

"그대는 어디에서 왔는가?"

"제자는 건원산 금광동 태을진인의 제자로 이름은 이나타라 합니다. 이제 스승의 명을 받들어 하산했으니 사숙의 좌우에서 쓰이고자 합니다."

이에 자아가 크게 기뻐하며 따뜻한 위로의 말을 끝내기도 전에 무성왕이 반열에서 나와 전날에 구원해 준 은덕에 감사했다.

나타가 물었다.

"어떤 자가 이렇게 서기를 치고 있는 것입니까?"

황비호가 대답했다.

"청룡관의 장계방이라는 자인데 그는 좌도에 뛰어난 자요. 잇달아 두 명의 장수를 사로잡아 갔구려. 그리하여 강 승상께서 밖에 '정전패'를 내거셨소이다."

"제가 이렇게 하산하여 사숙을 도우러 왔는데 어찌 손 놓고 있겠습니까!"

이렇게 말하고 나타는 자아를 보고 말했다.

"사숙어른! 제가 스승님의 명을 받들어 하산했으니 계속 정전패를 걸어두는 것은 좋은 계책이 아닙니다. 제가 적진으로 나아가 장계방을 사로잡겠습니다."

자아는 이를 허락했다.

그 시각 상대편 진영에서는 정탐병이 장계방에게 보고하고 있었다.

"서기에서 정전패를 내렸습니다."

장계방은 선봉장 풍림에게 말했다.

"강자아가 연일 출진하지 않더니 어디에서 구원군이라도 얻은 모양이다. 오늘 정전패를 떼어냈다 하니 그대가 가서 싸움을 걸어보라."

선봉장 풍림은 곧 그 명을 받들고 진영을 나와 싸움을 걸었다. 정탐병이 이 사실을 승상부에 보고하자 나타가 말했다.

"제가 나가겠습니다."

"반드시 조심하시게. 장계방의 술법은 상대방의 이름을 부르는 데 있네. 대답하면 곧 말에서 떨어지게 되는 것일세."

나타가 곧 성을 나갔다. 나타가 바라보니 푸른빛 얼굴에 선홍색 머리카락을 한 흉악하기 이를 데 없는 한 장수가 낭아봉狼牙棒을 휘두르며 말을 몰아 진을 나오는 것이 보였다. 나타가 풍화륜에 버티고 서 있는 것을 보고 풍림이 물었다.

"그대는 누구인가?"

"나는 강 승상의 사질師姪인 이나타라는 사람이다. 그대가 호명만 하면 사람을 말에서 떨어지게 할 수 있다는 장계방인가?"

"아니다. 나는 선봉장 풍림이다."

"네 목숨은 살려줄 터이니 장계방더러 나오라 해라."

그러자 풍림은 크게 노하여 말을 몰아 낭아봉을 휘두르며 달려들었다. 나타는 들고 있던 창으로 이에 맞섰다. 창과 봉이 서로 맞닥뜨리면서 성 아래에서 일대 접전이 벌어졌다.

싸운 지 20여 합이 되었을 때 풍림은 속으로 생각했다. '보아하니 나타란 놈은 도골道骨이 기이하기 그지없으

니 결코 허투루 대할 상대가 아닌 듯하다. 행여나 저놈에게 수모를 당하지나 않을까?'

그리고는 말을 돌려 달아났.

나타가 그 뒤를 쫓았다. 앞서 달아나는 자는 마치 맹렬한 바람에 낙엽이 떨어지듯 했고, 뒤에서 쫓는 자는 소나기가 꽃잎을 부수는 듯했다. 풍림이 머리를 돌려 바라보니 나타가 바짝 다가서고 있었다.

풍림이 다시 입을 벌리자 검은 연기가 뿜어져 나오면서 그 연기 속에서 주발만한 크기의 구슬 하나가 나타나 나타의 얼굴을 덮쳐왔다. 나타가 웃으면서 말했다.

"이 술법은 정도正道가 아니지?"

그러면서 손으로 한 번 가리키니 연기가 저절로 없어져버렸다. 풍림은 나타가 그의 술법을 깨뜨리는 것을 보더니 성난 목소리로 크게 부르짖었다.

"감히 나의 술법을 깨뜨려 화를 돋우는구나!"

곧 말을 돌려 다시 싸움을 걸었다. 나타가 표피낭에서 건곤권乾坤圈을 꺼내 던지자 풍림의 왼쪽 어깻죽지에 맞았다. 풍림은 근육이 잘리고 뼈가 비스러져 내리는 듯한 느낌을 받았다. 그 순간 거의 말에서 떨어질 듯하다가 용케도 진영으로 달아날 수 있었다.

풍림이 진영으로 들어가 장계방에게 상세히 지난 일

을 보고하고 있을 때 또 보고가 들어왔다.

"나타가 장군의 이름을 부르며 싸움을 걸고 있습니다."

이에 장계방은 크게 노하여 급히 말에 올라 창을 비껴들고 진영을 나섰다. 얼핏 보니 나타는 그의 무위武威를 한껏 드러내고 있었다. 장계방이 물었다.

"풍화륜을 타고 있는 놈이 나타렷다?"

"그렇다."

"네가 우리 선봉장을 쳤다는데 사실이냐?"

"이놈 필부야! 듣자니 네가 이름을 불러 낙마케 한다고 하여 내 특별히 널 만나러 온 것이다!"

이렇게 말하고서 창을 번득이며 달려들었다. 장계방도 급히 마주쳐 나갔다. 풍화륜과 말이 부딪치고 한 쌍의 창이 어우러지는 장관이었다. 하나는 연꽃의 화신인 영주자靈珠子, 또 하나는 봉신방의 상문신喪門神 같았다.

장계방은 나타와 그렇게 30합이나 싸웠다. 나타의 창법은 태을신선가의 비전으로 마치 번개가 장천을 휘감듯, 바람소리가 옥수玉樹를 스치듯 했다. 장계방의 창법도 대단히 뛰어난 것이어서 나름대로 웅장한 위엄이 있었으나, 오랫동안 대적할 수는 없었다.

일이 여의치 않자 장계방은 도술을 부려 나타를 사로잡으려 했다. 장계방이 큰소리로 외쳤다.

"나타는 풍화륜에서 내리지 않고 또 어느 때를 기다리는가!"

나타도 깜짝 놀랐으나 두 다리에 힘을 주어 쌍륜에 버티고 서서 떨어져 내리지 않았다.

장계방은 그렇게 외쳐도 나타가 쌍륜에서 떨어지지 않자 크게 놀라 중얼거렸다.

'스승께서 비밀리에 전수해 주신 토어착장법吐語捉將法은 그 이름을 부르면 잡게끔 되어 있는 것으로, 전에는 항상 효과를 나타냈거늘 오늘은 어찌 되지 않는 것인가!'

그러면서 다시 외쳤다. 그러나 나타는 아랑곳하지 않고 있을 뿐이었다. 연거푸 세 번을 부르자 나타가 크게 꾸짖었다.

"때를 놓쳤다, 이놈 필부야! 나는 내 의지로 떨어지지 않는 것인데, 어찌하여 억지로 나를 불러 떨어져 내리게 하려는 것이냐?"

이에 장계방은 크게 노하여 사력을 다해 싸웠다. 나타가 창을 한 번 내지를 때마다 마치 은룡銀龍이 바다 속을 뒤집는 듯했으며, 흰 눈이 온 하늘에 흩날리는 듯했다. 장계방은 싸움에 지칠 대로 지쳐 힘이 다하고 근육이 늘어지는 듯했다. 전신은 온통 땀으로 범벅이 되었다. 이때 나타가 건곤권을 날려 장계방을 쳤다.